夜莺不来

玛丽苏消亡史 著

新 星 出 版 社 NEW STAR PRESS

图书在版编目（CIP）数据

夜莺不来 / 玛丽苏消亡史著. -- 北京 : 新星出版社, 2024.6
ISBN 978-7-5133-5601-5

Ⅰ.①夜… Ⅱ.①玛… Ⅲ.①言情小说 - 中国 - 当代 Ⅳ.①I247.5

中国国家版本馆CIP数据核字(2024)第064909号

夜莺不来

玛丽苏消亡史 著

责任编辑 李文彧　**特约编辑** 刘兆兰　方剑虹
装帧设计 罗智超　**责任印制** 李珊珊

出 版 人 马汝军
出版发行 新星出版社
（北京市西城区车公庄大街丙 3 号楼　100044）
网　　址 www.newstarpress.com
法律顾问 北京市岳成律师事务所
印　　刷 深圳市福圣印刷有限公司
开　　本 889mm×1260mm 1/32
印　　张 8.625
字　　数 230 千字
版　　次 2024 年 6 月第 1 版　2024 年 6 月第 1 次印刷
书　　号 ISBN 978-7-5133-5601-5
定　　价 49.80 元

我倚暖了石栏上的青苔
青苔凉透了我的心坎
但夜莺不来
夜莺不来

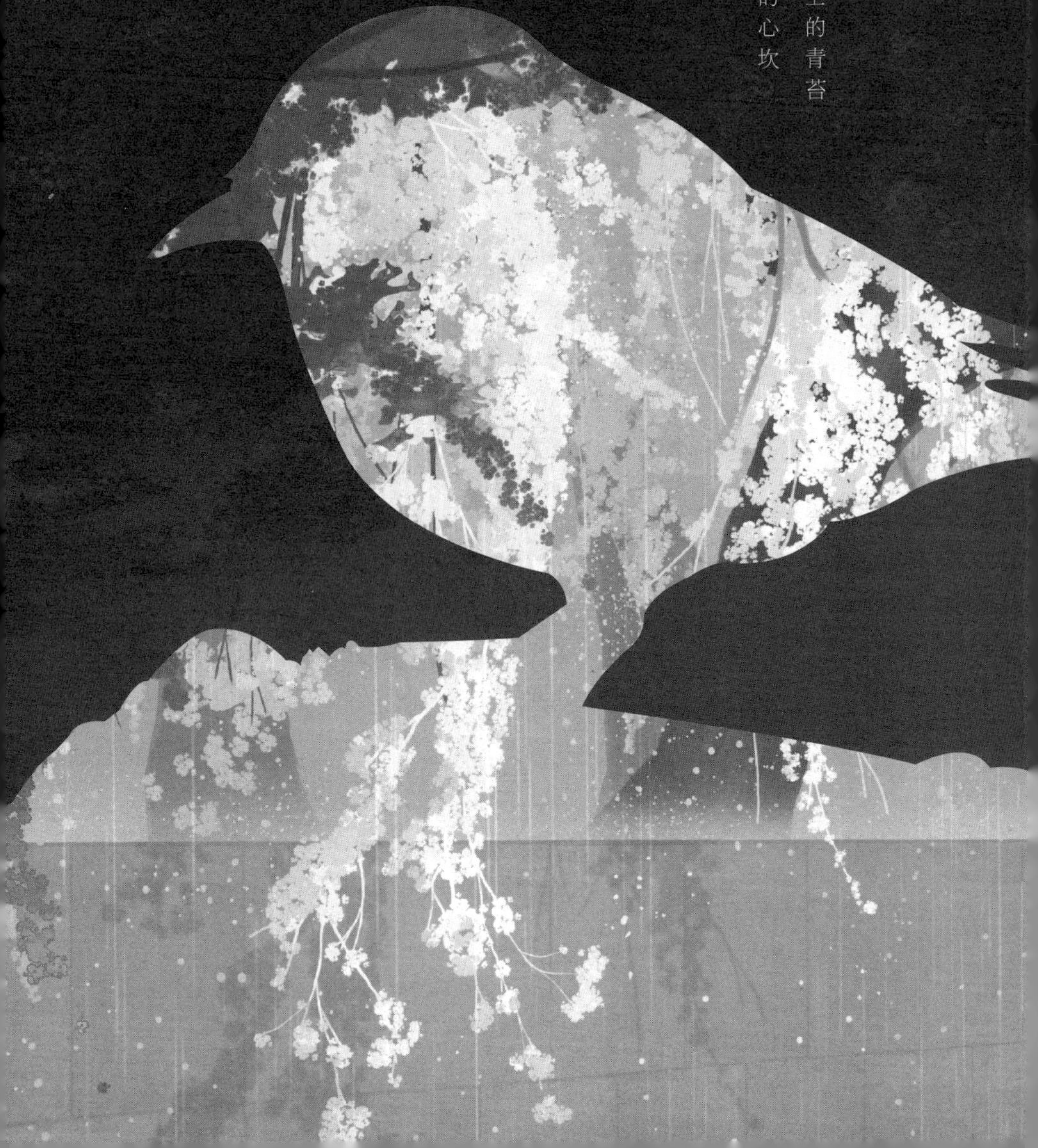

目录

CONTENTS

CHAPTER 01 重逢 第一章

罗宁最近牙疼得很厉害。

右脸开始微肿，疼得最厉害的时候，最里面发炎的智齿像埋着团跳跃的火焰。越到深夜，这团火烧得越旺，顺着牙神经一路灼烧到脑袋，连带着整个脑壳都噼里啪啦的疼。她病恹恹地躺在床上，握着书昏昏沉沉地看。

爸妈让她去看牙医，她一律置若罔闻。

“趁过年之前把你的牙拔了吧，”罗振阳坐在太师椅上，把橘子瓣上的白色筋络揪得一干二净，慢条斯理吃完后拍了拍裤子，“牙疼得厉害也没法学习，怎么考试?”他指了指出来喝水休息的女儿，对她下了最后通牒。

一想到拔牙，罗宁心里免不了发怵。她一直是玩阳奉阴违这一套的好手，表面上答应得比谁都乖巧，私底下宁愿含着冰块缓解，也不往医院多走一步。

还有一个月才过年，罗宁趁着亲戚来往不密切的时候，拎着水果篮子去了爷爷奶奶家。

老爷子今年八十有四了，前段时间脑梗住院，打了两个月的点滴，两个儿子儿媳轮流着去照顾。罗宁去了几次，很少看见他有清醒的时候，最后医生也劝家属把病人拉回去静养，话里话外的意思也就是最多再活三个多月。

罗宁与爷爷奶奶的关系并不亲厚，哪怕她小学的时候跟着他们住过一段时间。印象里，他们虽然物质上对她并不吝啬，面上却鲜少有好颜色。

罗宁年纪小，但心思不幼稚，知道他们嫌弃她是个女孩。他们有两个儿子，罗宁的父母因为工作只能生一个，叔叔婶婶那边也只有一个女儿，是她的堂妹罗然然。

停车对罗宁来说不是一件轻松的事情，她好不容易把车歪歪扭扭地停在了破旧楼房前面，有人就敲了敲她的车窗。

外面站了一个年轻俏丽的女孩，大冬天穿着轻薄的小外套，嘴里还嚼着口香糖。

罗宁没想到刚好碰到罗然然，一边下车一边问："叔叔婶婶今天也来看咱爷爷？"

"你来得不巧，"罗然然朝旁边停了一溜的车子努努嘴，"不止我爸妈，咱奶奶家那些姑啊姨啊，全来了。"

罗宁硬着头皮上去了。

每逢这种亲朋相聚的场合，她都感觉无所适从，二十六岁的人了，还得亦步亦趋跟在父母后面。那些熟悉或陌生的面孔，叫得上来或叫不上来的称呼，呼啦啦全围上来——夸张的寒暄，虚假的赞慕，自以为是过来人的施舍指点，夹杂着心知肚明的试探和对比，令人烦不胜烦。

她象征性地和这些亲戚打了招呼，就借着看望老人的名义躲房间里去了。

老爷子瘫痪在床，吐字也不清楚，没病的时候是爱散步爱遛鸟的人，如今连大小便都不能自理。人躺在病床上，是没有尊严可以讲的。

因为生病，他瘦得很厉害，黄蜡的皮囊像是草草披在所剩无几的骨架上，看见罗宁进来，脸侧耷拉下来的皮肉剧烈抖动着，嘴里含糊叫喊了几声，一行清泪就落了下来。

罗宁讲不出来话，她自诩是心硬冷情的人，此刻都免不了有些伤感，看见爷爷躺床上的样子，不由得想到他壮年的时候。

他是古板的老教师，向来不苟言笑，有着上一辈人特有的“优点”，例如节俭与谦卑，明明家里富裕，却固执地保持生活的清贫；是知识分子，但总要求子女时刻怀着“我们不如别人”的危机感，“万般皆下品，唯有读书高”是他教育子女时奉行的一贯准则。

罗振阳深受他父亲的影响。

罗宁学生时期没有多余的零花钱，罗振阳是疼她的，很多时候只要她开口，基本都会满足她的需求。但是青春期的罗宁也有她自己的自尊心，她宁愿放弃和同学们假期出去玩耍的机会，去成为一个孤僻、不被大部分人所注意的边缘学生。

罗宁想着探望完就回去，但还是被迫留下来吃了一顿饭。

“你怎么只吃凉菜啊？”罗然然坐她身边，夹了一块烤羊排放在她面前的小碟子里。罗然然还没大学毕业，只有寒假的时候两人的联系才会密切一些。

罗宁赶忙把羊排还给她：“不敢吃，前几天智齿发炎疼死我了，”她指着自己的右脸低声说道，“我吃了好些天的降火药。”

罗然然：“我之前也是，拔了就好了。”

罗宁摆摆手：“现在不疼了，”她一想到拔牙的场景，小腿肚子就有点发软，“想想就恐怖。”

“去拔吧姐，”对方一副了然的神情，“拔牙也不都是疼的，我上次就还好，这个得看医生的技术。”

不知道是不是罗然然的嗓门高，吸引了旁边围坐着的几个姑奶奶，话题瞬间就围绕着她们展开了。

罗宁心里暗叫糟糕，罗然然还在上学，话题大多都是冲着她来的。

“宁宁今年多大了？做什么工作？”

“二十六了，工作……现在正在考编。”

“多好啊，你爸妈也都是教师，就只有你一个女儿，得留身边照顾着他们。”

罗宁忙不迭点头，但对方还在继续发问：“有对象了吗？”

“……现在还不考虑。”罗宁朝罗然然投过去一个求救的眼神，对方意会，起身给长辈倒饮料，打断了话题。

下午罗然然没回家，自告奋勇带着罗宁去看牙齿。

“说真的，”罗然然一边系安全带一边说，“我不理解你为什么要回来找工作，”她调整坐姿之后又补了一句，“你大学时候的城市不比这儿好？这边考编压力多大。”

罗宁转动方向盘，眼睛盯着后视镜：“等你毕业了就知道了。”

“不用毕业，我爸妈现在就开始让我准备了，他们的意思无非就让我考公考编呗，我真的很讨厌当老师。”

“我也不喜欢当老师。”罗宁附和她，敛着细眉，语气很认真。

罗然然没说话，盯着她看了半分钟。

“我脸上有东西？”罗宁奇怪。

“姐，你知道我爸妈一直让我向你学习吗？”罗然然问她。

罗宁笑轻笑了一声：“你可千万别学我。”

罗宁这话并没有谦虚，她的人生就按着长辈规划好的航线进行，无趣且古板。

她不是聪明的孩子，读书对她来说很痛苦，自己又没有任性的资本，加上父母好面子，总喜欢拿别人来与她对比。她咬着牙上了一年又一年，成绩只能说是中等稍稍偏上，好不容易熬到高考，填志愿时偷偷把父母选择的本地的几所大学划掉，如愿去了遥远的南方城市。

她本科和研究生都在沿海城市的师范学校读书，今年上半年经导师介绍进了一个不错的公司实习，职务是总经理秘书。

虽然自由比家庭更具诱惑力，但是大学距离如此远，已经让父母心生不满，留在那里工作更是天方夜谭。在控制欲极强的父母的长期管制下，罗宁早已跳过了愤怒的环节，她异常平静，近乎沉默地接受了一切。

在其他城市的几年喘息已经是恩赐，她的中途可能会有一些偏航，终究还是要回到父母所划定的港湾。

“你讨厌当老师，这不也在考吗？”罗然然撇嘴，“等你考上，你爸妈下一步就该给你介绍相亲对象了。”

罗宁闻言，嘴角噙着莫名的笑。

罗然然猜测：“姐，你该不会——”

“我要搬出去住。”罗宁打断她的话，“之前家里租出去的房子没人住了，我想自己一个人搬进去，学习状态更好。”

“伯父伯母同意吗？”

“我都同意回来工作了，况且我这么大的人，他们还有什么不放心的。”

“那是了，你一直以来都是乖乖女。”

“你觉得我是吗？”罗宁说话的时候柔声细语，所有的情绪都隐在里面不易察觉。

罗然然狡猾地眨了眨眼睛：“表面上是。”

“仔细讲讲。”

“乖乖女不抽这个，”她将手掌伸进罗宁的大衣口袋，轻轻松松从里面顺出来一个长方形的纸盒，揭开盒子嗅了一口，得意扬扬，“这个给我吧。”

罗宁刚找到车位停了车，罗然然就忙不迭跑下去抽烟了。

“你这烟没劲。”

罗然然冻得直跺脚，又捏住一根递给罗宁，被罗宁拒绝了。她含了一口漱口水，薄荷味的凉气在口腔里横冲直撞，抬眼端详了罗然然带她来的地方。

规模中等的私立诊所，门店装修合规中带着讲究。

进去拍了片子，果不其然，四颗智齿，左侧两颗还没长出来，右侧疼痛的那两颗全长歪了，右下角还是难搞的阻生智齿。

“都得拔，”对面的医生是个三十岁左右的女人，拿着笔在片子上给罗宁比画着看，“不拔的话，后面智齿再生长，很容易把前面的恒牙顶坏。”

隔着玻璃门，问诊室旁边的小隔间里兵荒马乱，孩子撕心裂肺的哭号混着医生不耐的安慰，夹杂着机器摩擦牙齿的钻鸣声，直直往罗宁的脑子里钻，后面的智齿似乎又开始隐隐作痛了。

“一次性拔完吗？”

“先拔右侧的上下两颗，”医生开始低头在病历上写东西，“看后续恢复情况，另外一侧等长出来再说。”

医生把病历翻转过来，推向罗宁，示意她填资料：“身上没来例假吧？现在拔的话可以直接约医生。”

罗宁碰了碰身旁的罗然然：“上次给你拔牙的是哪个医生？”

“有个很帅的年轻医生，”罗然然的语速加快了一些，“好像姓李。”

“他不在，”对面捕捉到了关键词，“外出学习去了，明天才回来，你现在约他的话，可能得排到下周。”

“啊。”罗然然发出遗憾的声音。

身旁的罗宁闻言看了她一眼。

“我明天下午来拔牙，看哪个医生有时间就帮我约哪一个吧。”她登记完，交上费用就拉着罗然然走了。

“明天我和同学有约，没法来陪你。”罗然然边玩手机边不满地嘟囔，“谁想到那个医生排满了。”

“我自己来拔，”罗宁把她开车送回家，“我还以为你真要给我推荐什么技术好的牙医。”

第二天罗宁早起背书，牙科医院突然给她打了电话。原来之前约好的就诊时间有变，前台的小护士问她方不方便调一下，将就诊时间提前为今天上午十点。

罗宁答应了，挂掉电话后简单收拾一下就出发了。

到达医院的时候距离十点还有二十分钟，前台的小护士给她接了一杯水，让她坐在沙发上稍等一会儿。

罗宁捧着温水，眼睛瞄着对面不停闪烁着荧光的电视，发现下面的台词异常模糊。她眯着眼睛看了一会儿，才意识到自己来得匆忙，隐形眼镜没戴，眼镜也扔车上了。她近视度数不高，但是散光严重，十米外人畜不分。

刚想起身去拿，小护士就喊她的名字。罗宁只好放下杯子，跟着小护士上楼。

说不紧张是假的，尤其看到隔间里的那张躺椅，以及悬在上面的硕大的照明灯。

“打麻醉也很疼吧？”

“李医生打的是无痛麻醉哦，没有那么疼的。”小护士是脸蛋圆圆的南方姑娘，个子不高，像是来实习的大学生。

罗宁敏锐地捕捉到了关键词——李医生。

她想到了昨天罗然然的反应。

罗宁：“昨天没约上他，说他外出学习还没回来，今天怎么是他拔呢？”

小护士：“给你拔牙的医生有事休班了，李医生昨天晚上回来，刚好早晨过来替班。”

穿过了走廊，最里面的隔间是她的治疗室。主治医师侧对着门口，微微低着头，一边戴手套，一边认真看病例本。

罗宁在相隔几米远的门口瞥了模糊的一眼，只感觉隔间里的灯光幽冷，像垂在屋檐下的冰凌。光线从天花板直直流淌下来，印在他的无纺布帽上，又顺着颈肩、腰线一路而下，勾出模糊的光影。

他有着年轻高挑的骨架，探身去拿东西时，身上披着的一次性手术服往下滑了一小截，淡蓝色的绑带垂在他的背后，随着动作轻轻晃动。

他没有回头，只是虚虚抬了抬胳膊。小护士指着椅子示意罗宁躺上去，自己连忙过去把医生后面的带子系好。

躺椅发出微微的吱呀声，罗宁扭动了几下，寻找合适又舒服的位置，她的头发披散着，垫在脖子下面乱糟糟的，很难受。

上面的照明灯唰地亮起，一只胳膊把它扯下来推到罗宁眼前，她被晃得偏了偏脸，目光落在他下垂的衣摆处。

塑料袋子被撕开，旁边的水枪哗啦哗啦流淌，身旁的医生终于开口说了第一句话。是每次拔牙之前，医生惯常确认患者名字的流程性询问。

“罗宁?”

半是确定半是迟疑的嗓音，隔着口罩，含含糊糊传到她的耳侧。她的心头猛然一跳，下意识转头，却被人轻轻托住右侧脸颊固定住:“先别动。”

很多时候，眼睛具有蒙蔽性，往往是声音和味觉要远比视觉更深一步抵达记忆深处，猝不及防地勾起自以为忘记的画面和情绪。

她听过这个人喊她名字很多次，要远比现在成年时更加丰富清澈，调笑的、佯怒的、含情的、急促喘息的。

像是隔了很多年很多年回巢的春燕，抖动着沾满雨滴的尾。

李煜安拉过椅子坐在她身侧，松开手，把照明灯往下拉，刺眼的光线离开她的瞳孔，这下罗宁看清楚了——

发套把他的头发遮盖得严严实实，口罩和护目镜掩住了大半面容，只露出光洁的额头和锋利的眉；垂着的眼却不锐利，眼尾弧度拘着说不出的认真。

“张嘴。”这次是命令的语气，李煜安戴着一次性的白色皮胶手套，微微俯下身，捏着口镜往里面瞧。

冰凉的器械擦过罗宁的口腔软肉，仅仅几秒钟，她就感觉唾液不受控制地分泌了出来。

“这次先拔右侧上下两颗，”他把口镜拿出来，一只手指微微勾住中间部分，凉丝丝的把柄就贴在了她的下颌处。话音还没落，他的指尖就擦着她的嘴角探了进去，皮质手套的涩感沿着她的牙齿一直蔓延到舌根，他触到了最后面的智齿，问：“现在还疼吗？”

罗宁摇摇头。

李煜安收回手，拿着沾了碘酊的棉签涂抹在她的牙龈上，苦涩的味道在口腔里还没完全发散开来，他已经拿着麻醉针利落地扎了下去。

无痛麻醉，说无痛那是假的，但是情急之下，疼痛的感觉她还没来及做出反应。

李煜安把麻醉针丢掉，滑动椅子往后退了些距离。麻药生效得等两分钟，他像是在思索什么事情，坐在那里没发出任何声响，但是存在感极其强烈。

躺在这里的罗宁借了近视的光，她微合着眼，盘算着该怎么面对这个情景。

不想与家乡的同学旧友重逢，这也是她不愿意回家工作的原因之一。她高三连毕业典礼都没参加，扔掉了电话卡，逃命一般离开家乡，她在班里本就没有多少存在感，没有人知道她考上了哪所大学，去了哪所城市。

李煜安是她高中三年的同学，前一年半他们是陌生人，后一年半他们表面上是陌生人。她也有年轻不懂事的时候，那些发生过的事情此时突然闯入脑海，回想起来只让人脸红，罗宁现下只后悔为何踏进这个医院。

气氛有些说不出的凝滞，罗宁面色有些微微发烫，感觉像是被人注视着，抬眼追寻过去，就只能看见对方略显模糊的身形。

脖颈后面的头发扎得她难受，她动了两下，李煜安注意到了，转头吩咐了小护士：“麻烦下去给她拿个头绳。”

说完后，他用手背帮她把凌乱的头发顺了一顺。距离的逼近迫使罗宁偏了下头，刚动一下，就被他用手臂抵住，这下她的身体全部牢牢陷进躺椅里。因为怕影响他拔牙时的视线，罗宁没敢再动弹。

这时他忽然低了头，护目镜下眸色流动，有说不清的神采。他俯身在她耳边悄悄说了句话，是只有他们能听到的音量:“我还以为是同名，不大敢认呢。”

这个开场白究竟是普通寒暄还是阴阳怪气，罗宁拿捏不准，不太敢轻易接话。

麻药的功能强大，她半边脸都木了，思维也变得迟钝缓慢，半晌之后，她才缓缓道:“不好意思，我们认识?”

李煜安没接话，用手背轻轻蹭了蹭她的发尾，只盯着她瞧。

他原本离她很近，此时又靠近了一些，耳边有起伏不定的呼吸声，不知道是她的还是他的，而落在她面上的目光探究中夹缠着幽暗。罗宁有些喘不过气来，后背竟渗出了一层薄薄的汗。

半分钟后，他突然直起身，嗤笑了一声。

“你就装，”李煜安挑眉，语气含着嘲讽，“别是打麻药打傻了。”

他的态度转变很快，眨眼之间，刚刚那个压迫感很强的男人立时褪掉了危险气息，嗓音轻柔，拖着调子带些懒，逐字逐句间是熟稔的倨傲。

罗宁放松了身体，轻轻吐气，闻言提醒他:“麻药可是你给我打的。”

“怎么，想讹我?”

“素不相识的，我图什么。”

“素不相识，”他重复她的话，好似在认真品评这几个字的含义和分量，随后又严肃正经地喊了她的名字，“罗宁。”

“我没戴眼镜。”罗宁放低了声音，喃喃解释了一句。

“听声音也听不出来吗?”他掀起眼皮，毫不留情地戳破她拙劣的谎，含笑的嗓音似乎掺杂着冰霜，“怪让人伤心的。”

麻药的药效开始充分发挥出来，罗宁说话已经含糊:“那你得让我想想。”

"拔牙的时候再想吧，"李煜安看着护士推门进来，他也起身在工作台上挑选器具。

等她扎上头发的时候，他俯身而下的身影遮住了头顶上方的灯，医护服周围镀上了一圈圈的光晕。他一边用冰凉的手捏住她的下颌，一边善意地提醒她："现在我是你的主治医师，想不出来，我会不高兴，手抖拔错了也不是不可能。"

罗宁这下只能发出微弱的气音。

拔牙前被那么一搅和，她已经没那么紧张了，但当锋利的刀尖划开牙龈，她感到口腔里瞬间溢满了液体。

李煜安动作停了下来，小护士拿下吸唾管，扶着她起身并示意她吐出来。她一张嘴，漱口池里赫然是一摊红通通的血。

罗宁整个人都蒙了，她直愣愣地抬头，碰巧李煜安也在垂眸看她，两人飞快地对视了一眼，罗宁率先撤回目光。

"害怕？"对方问她。

"不疼的哦，你别紧张。"小护士看着罗宁苍白的面容，赶紧扶她躺下。

拔牙对医生来说算是力气活，而年轻男人的劲很大，袖衣下的小臂肌肉紧绷，锤子、锯子和其他一些她叫不出来名字的器械在他手里都成了称心顺手的工具，一件件在她的嘴巴里轮番敲打扭转。

罗宁紧闭着眼，整个人连同躺椅都在随着李煜安的力量一晃一颤。拔牙的疼痛是不明显的，但是长时间大张着嘴巴，既让她觉得酸痛又让她感到狼狈尴尬，牙齿逐渐与牙龈分离的拉扯感就宛如将断的弦，一点一点切割她的神经。

"咚"，一声轻响，一颗牙齿落进盘子里。李煜安抬眼看了看表，这一颗智齿耗费了近四十分钟，要比他平日里拔牙的速度慢了很多。他微喘了一口气，看着躺在眼下的罗宁睫毛微颤，白皙的额上浮了一层薄汗。

"疼？"他问。

对方不回他。

“疼就出声，”他示意护士给她擦汗，“下一颗会拔得很快。”

罗宁从隔间出来的时候，嘴巴里含着棉球，门框上的金属边框可以映照出倒影。她路过时放慢脚步瞄了一眼，一闪而过的是她半张浮肿的脸。

半小时后不出血才可以离开，她找了一个小角落坐下，从宽大的棉服里拿出口罩戴上，又把背后的帽子兜头盖上，倚在墙壁上轻轻合上眼。

一个冰凉的袋子突然蹭到罗宁的口罩上，她吓了一跳，睁眼就看见了李煜安。

他脱下了一次性的防护服，白大褂贴在身上显得很是长身玉立，只见他一只手松松地勾着摘下来的口罩，另一只手捏着冰袋，递到她眼前晃了一晃。

少年时期的李煜安眉眼清秀稚嫩，鼻子嘴巴生得尤其好，眨眼含笑间如同暖月照积雪，这七年的时光好似带了寒气，一年接一年，把他的眉眼雕琢得愈发深邃，鼻尖唇角也有了锋利的弧度。

他有许多小习惯，讲话时语速不紧不慢，听别人说事情则会认真盯着对方的眼睛。他在一句两句间的交流中给人的第一印象是温柔有礼，是好看也好相处的人，从而让人忽略了他大部分时间都在沉默，沉默得像是覆了一层霜的孤刃。

李煜安见罗宁没接，干脆拿冰袋挑开罗宁的帽子，将袋子贴近她拔牙的右脸。罗宁不想在他面前摘下口罩，只好伸手接过来。

“用这个敷一敷，”他把手揣进兜里，变戏法似的从里面掏出一盒冰激凌，不由分说地塞进她的手里，“棉球吐出来之后，冰激凌也变软了，可以吃着冰一下，消消肿。”

罗宁缓缓点头。

“一个星期以后过来拆线，然后，注意事项——”

此时罗宁从口袋中拿出了一张印满字的纸张，递到他眼前——刚刚小护士给她讲了许多拔牙后的注意事项，说完之后怕她忘记，又给了她一张医院里的清单。

她不能开口讲话，只想一个人安静地待一会儿，拿出这个是示意李煜安她已经知道了。

“说过了是吧，”李煜安的声音听起来像冰河下面汹涌的暗流，带着不易察觉的寒气，“那你下个星期能过来拆线？”

罗宁知道他的脾气，他不太喜欢别人打断他讲话，只好抬眼看了他一下，只见他抿着唇，眼神里的情绪让人捉摸不透。

“李医生。”有人小跑过来喊他，李煜安没等她回答，就直接转身离开了。

罗宁找了前台坐诊的医生瞧了一眼，确定不出血了才吐掉棉球。她把绑头发的头绳还给小护士，捧着冰激凌的盒子就要离开。

“李医生给你的？”小护士眨眨眼。

“嗯，怎么了，你想吃吗？”罗宁感觉右脸的肿胀好了一些，吐字也变得清晰了，起了开玩笑的心思，她边说边作势把冰激凌递给她。

“我不吃我不吃，”对方连忙摆手，“我就是刚才看见他去对面便利店买这个了。”

“他人呢？”

“在楼上，还在工作，估计得半小时才能结束，很快的。”

罗宁想笑笑，又觉得侧脸肿胀，不敢牵扯到伤处：“我不等他，等他下来就告诉他我走了就行。”

“好的，”她爽快地答应，又试探问了句，“你们……什么关系？朋友还是亲戚？”

冰激凌的外壳上已经滚了一圈细细的水珠，蹭湿了罗宁的手掌心，她思考了两秒：“我们是高中同学。”

“哦！”对方恍然大悟，“那得好些年没见了吧。”

“差点没认出来。”

小护士乐呵呵的:“那以后看牙都来这儿吧，他是小院长，怎么都能给老同学打折。”

“小院长?”

“啊? 你不知道吗?”这个护士倒是个实心眼，知道什么说什么，听她的意思，这个私立医院应该在李煜安父亲的名下。

罗宁知道李煜安的父亲是市立口腔医院的院长。他母亲早逝，父亲又另外组建家庭，而且高中时期他与父亲的关系并不怎么和睦，所以那时候就搬出来单独住。两人无话不谈的时候，罗宁也很少听他提起他的父亲，问他时，他就像只被暴雨淋湿了的大猫，神情恹恹的。

“我们做同学的时候，也不是很熟，具体我不是很清楚。”罗宁打了圆场，准备拿包离开。

“多来几次就熟了，下次说不定能碰上欣宜姐，她好像也是你们高中同学。”

“郑欣宜?”罗宁停住了脚步,露出了似笑非笑的神情,“他俩还在一起?”

小护士宛若听见了大八卦，激动到甚至想拉住她的胳膊阻止她离开:“你是说，他俩高中在一起过?”

罗宁端详着对方的神色，缓缓言道:“我没有那个意思，只知道他们高中关系很不错，原来现在还是联系密切。”

“欣宜姐好像说过，说两人之前是邻居，打小就认识。”

罗宁点头:“青梅竹马。”

“欣宜姐和我们都熟，人超级好，经常下班过来请我们喝奶茶。他俩现在还不在一起，这就有点说不过去了，连我们都替他俩着急，你说对不对?”

罗宁没附和她，她想起高中时候的很多场景，甚至自己都在惊讶为什么会记得这么清楚。

郑欣宜总是安静地站在李煜安身侧，每当有喜欢起哄的同学打趣班里一些走得近的男女生，作为当事人的她就会笑，然后用胳膊轻轻戳一下身旁的男孩："煜安，你快去管管他们。"

李煜安对此一概置之不理："嘴长他们身上，我管不了。"

"那之前乔彤送你情书，他们起哄的时候你为什么不让他们出声啊？"郑欣宜柳叶眉鹅蛋脸，个子不算高，但举手投足间很有女神范儿。她踮起脚看李煜安，身上的校服拉链蹭着他衣服下摆，讲话时柔声细语。

李煜安此时就会表现出不解的样子："怎么，你也要送？"

郑欣宜作势要捶他："谁要喜欢你！"

如果和女孩儿打交道是一门学问，那李煜安一定是优等生。他和同时期的大部分男生不太一样，不怎么爱出风头，不爱说脏话，虽然有温和的外表，但绝非是轻易好接近的性子。更重要的是，他看得懂女孩儿们眼中欲说还休的情意，更懂得如何"万花丛中过，片叶不沾身"。

罗宁肿着半张脸回家了。

父母都在单位里没回来，她自己不太擅长做饭，只煮了一点稀粥，配着绵软的蛋糕一小口一小口艰难地咽下去。

她回家已经有大半年，这期间没怎么出去过，大大小小的考试参加了不少，大多都是公立初高中的招聘联考，成绩不理想，好几次都是差一点点进面试，这也可能和她的心态有关。前几日市职校招聘老师，哪怕只是一个备案制，罗宁也退而求其次地报名了。

在家里的时间长了，父母的耐心逐渐消失殆尽，夫妻俩因为一点鸡毛蒜皮的小事争吵起来，战火都能蔓延到她的身上。罗宁早有搬出去的打算，前几天正在打扫老房子的卫生，看书的进度也被耽误了，自己心里也焦躁，如今肿着脸也得坐在书桌前刷题。

到下午的时候，罗宁感觉书本上的字看起来一阵阵的发晕，去量了一下体温，三十八度五，才知道自己是发烧了。她撂下书本，吞了几粒退烧药，缩在被子里昏昏沉沉睡到晚上。

宋文慧下班回到家，找了一圈没看见人，最后掀开被子才发现里面躺了个半死不活的女儿，伸手探了探罗宁的额头，不由分说就把她从床上拖了下来。

“拔了两颗牙，也不去打消炎针，你不发烧谁发烧？”宋文慧开车带罗宁去医院的时候，还在不停地数落她。

“我不想打针。”后座上躺着的罗宁回了一句。

“你不想？你不想的事情多了去了，”宋文慧像是找到了发泄口，“你还不想回来工作，就看看你现在这个状态，生病都不知道去医院，你让我们怎么放心！就这样还天天想搬出去住，你连自己都养不活……”

罗宁不吭声了。从小到大每次生病总是先要挨顿骂，自己要是反驳，那旧账真的可以翻到明天早晨了。

自从辞掉工作回家考编，她整个人都是低能量的状态，好像陷入了一个挣扎不出来的泥潭。她也没有太多的朋友可以约出来散心，她有段时间很想养宠物，但是罗振阳和宋文慧都极其反对，固执地认为宠物都不干净。

前段时间她去超市里买了几尾银鱼，养在了一个玻璃鱼缸里，下面还铺上了洗干净的细沙和水草，结果不出两个星期，这几条小鱼一条接一条地翻了肚皮，浮在水面上咽了气。再后来她干脆去花卉市场搬了几盆多肉回来，一排排摆在窗前，整整齐齐像童话里站岗的小锡兵。一个月之后，大部分多肉都变了色，扒开土一看，原来是罗宁浇水浇得太多，把根都泡烂了……

去打针的医院和上午拔牙的口腔医院紧挨着，路过的时候罗宁有意无意往里面看了几眼，里面看着像是要下班了。

刚挂上点滴，罗振阳就打来了电话。宋文慧要赶回去做饭，罗宁让她先走，自己一会儿坐地铁回家。

两小瓶盐水，滴得不算快，罗宁的血管比一般人要细，凌乱地分布在苍白的皮肤下，针头周围一圈都在隐隐泛青。她小心翼翼地把手垂在衣袖外面，身体向后靠，上半身埋进黑色羽绒服里。这件衣服她穿了五六个冬季，运动品牌的基本款，宽大厚实，每次裹住身体的时候，她会感觉自己像一只即将冬眠的松鼠，心底浮上来一股奇异的安全感。

输液室的人不算多，但不怎么安静，有小孩子在哭闹，对面的一对老年夫妇偶尔还互相呛几句。这里的座椅是背靠背的形式，身后坐了一个和她相似年龄的姑娘，罗宁猜测她是在给男朋友打电话，语气像是撒娇又像是抱怨："下班就直接过来看看我，离得很近，没几步路，咱俩很久没在一起吃饭了，你就那么忙吗？"

对方的回答似乎让她不怎么满意，罗宁从她的声线中也能感受到一种不甘心的妥协："那好吧，你快点来，我最后一瓶马上要结束了。"

冰凉的点滴顺着血管流进身体里，再怎么裹紧衣服，半边身子都是凉的。宋文慧在照顾子女方面向来粗心，罗宁也有些埋怨自己，怎么就没带个水杯过来，当下想喝口热水都没有办法。

她忍了十分钟左右，口腔上拔牙的创口还是滚烫，发干的喉咙都带着一丝血腥味。对面的老夫妻吵架吵到彼此都口干舌燥，其中一人拿着保温杯出去，不一会儿接了热水回来。

外面肯定有饮水机，不如去问医护人员要个一次性杯子。罗宁心里想着，准备起身用没有打针的左手去够上面挂着的盐水瓶。

"感觉身体怎么样了？"

身后传来的声音顿时让她停止了所有的动作。

讲话动听的男人，罗宁认识的不多，今天上午碰见的那人算一个。

罗宁把伸到一半的左手缩了回来，后背莫名紧绷起来，因为就在这一瞬间，她意识到了后面的女孩是谁。

郑欣宜把缠着绷带的手放在李煜安面前晃了一晃："扁桃体发炎，只打今天一天，我从剧院下班直接过来的。"

只听见李煜安“嗯”了一声。

罗宁身后响起窸窸窣窣的动静，是要穿衣服准备离开时发出的声响，她把自己重新埋进羽绒服里，缓缓垂下了眼。

郑欣宜说:“我没开车，也没吃饭，咱俩一起?”

不怪刚刚罗宁听不出郑欣宜的声音，她哑着嗓子，再温柔的语气也讲不出从前柔情似水的味道。

“我直接送你回你爸妈家。”对方答非所问。

“那你和我们一起吃吧。”

“拿着包,”李煜安出声提醒她,“不用管我，我吃过了。”

“刚下班就吃过了?”郑欣宜脱口问出这句话后又后悔。女人不依不饶的样子总是不可爱的，她连忙补了一句:“那好，下次我去找你。”

对面的老夫妻又嚷嚷起来:“哎哟，都回血了!”

罗宁皱着眉，只觉得前后都吵闹，让她心烦意乱的。

“别睡了姑娘,”前面婆婆的手突然伸到罗宁面前,“你的针都回血了!”

罗宁并没有闭眼，因为不想和后面的两人打照面，于是垂着头，将大半面容隐藏在衣领下。此时闻言去看手背，只见贴着手面的透明输液软管升起猩红，血液还有往上流动的架势，再抬头一看，上面的输液滴壶空空的，挂着的盐水瓶不知不觉间已经见底。

“愣着干吗，掐住管子别让它继续回了,”对面的老夫妻比她还急,“赶紧喊医生过来给你拔针。”

“我……我还有一瓶,”罗宁手忙脚乱地捏住滑轮。她动作幅度大，微微往后侧了一下头，眼神顺带扫了一眼后座，却发现那里空无一人，刚刚还在这里交谈的两人不知何时已经离开。

护士拿着盐水瓶过来给罗宁换上的时候，她正在给对面的老夫妻道谢，等护士走远才反应过来自己应该问她要一次性水杯。

算了，反正要挂完了，罗宁心想。

出来的时候罗宁看了一眼手机，还差三分钟到八点半。肚子空空，浑身又冷，冬夜的风吹过来，她两条腿都有些发软。

口腔医院对面有一家二十四小时营业的便利店，罗宁小跑过去，推开门，扑过来一股浓厚的关东煮味。她摸了摸自己的脸颊，去保温柜里找了一圈，都是些热豆浆热咖啡之类的饮料。

“有加热的矿泉水吗?”罗宁问。

售货员奇怪地盯了她一眼:“没有，只有冰的，后面仓库里有常温的。”

“那麻烦你帮我拿瓶常温的吧。”

室外温度徘徊在零度左右，罗宁扫完码，握住矿泉水瓶身都感到一阵凉意。她拧开盖子缓缓喝了两口，拔牙的伤口碰到冰润的液体，竟有些隐隐发酸。

诸事不顺，她烦躁地拧上瓶盖，出去的时候将瓶子随意地往口袋里一塞，手指碰到了一个纸质的硬盒。

外烟不好买，前几天那一盒被罗然然顺走了之后，她又开车去了烟草店买了几条，拆开往衣服里塞了一盒，剩下的藏在衣柜的最高层。

摸到烟的一瞬间，罗宁心里泛起了痒，下意识地从里面抽出了一根，递到鼻尖嗅了一嗅。刚想放回去，对面车位上停着的一辆车有了动静，先是车头的闪光灯朝她亮了几下，紧接着又鸣了两声笛。

车是好车，黑色的雷克萨斯，罗宁不由得多看了两眼。

正当罗宁要移开目光时，驾驶座门突然被推开，穿着黑色冲锋衣的李煜安从里面侧身而出。便利店广告牌的LED灯照到他身上，映得他肤色如玉色，只是这人沉着眉眼，像看见猎物一样直直盯着她瞧。

罗宁转身就要走。

“罗宁!”

李煜安迈开腿，几步就到了她面前，堵住她要往前走的路。

罗宁个子不矮，快一米七的身高，抬眼就能看见对方紧绷的下颌骨。

他冲锋衣的领子被风刮得竖立起来，能隐约看见里面穿了一件烟灰色的薄卫衣。

她蹙眉打量他，心道：穿这么少，不冷吗？

“你跑什么？”他低头看她，见她不动了，语气缓了下来，“又不认识我了？”

罗宁见他离得近，又往后退了几步，谁知李煜安亦步亦趋跟着她，胳膊微微抬起，朝她伸出了手。

罗宁往旁边靠了靠，警惕地盯着他：“干什么？”

对方因为她的动作不悦：“什么干什么，”他抬了抬下巴示意，“你手里拿的是什么？”

罗宁将手里的烟盒往口袋里塞，哪想李煜安直接上了手，隔着她的羽绒服牢牢捏住她的手腕。罗宁觉得别扭，下意识想抽出手甩开他的桎梏，在胳膊往后拉扯的空当，那盒烟就那么落进他的掌心里。

烟盒在他的手指间翻转，他垂着眼皮看了两秒，短促地笑了一声：“拔完牙短期内不能抽烟，容易使创口面上的血凝块脱落。”

罗宁没打算抽，只是想闻闻味解解馋，但又想到对方出于好心，只好口上应答：“我知道了。”

“我以为你听一遍就能记住来着。”李煜安从里面抽出一根，指尖翻飞往上一扔，随即低头含住，又把烟盒重新塞回罗宁口袋里。

罗宁觉得他弹烟的手法利索漂亮，倒没在意他讲话。她抬头看向他，目光停在他微抿的唇上，问：“你说什么？”

“之前我给你讲注意事项，”他去口袋里摸打火机，翻了两个口袋没摸着，眼神又落回罗宁面上，“你好像不是很愿意听。”

比起他的无聊问题，罗宁倒是更想知道他为什么送完郑欣宜后又出现在医院门口。

罗宁把自己的打火机扔给他，李煜安点了两下，没点着，将烟拿了下来，漫不经心地说："风太大了。"

"那你背过身去。"罗宁语气有点不耐烦。

他轻薄的眼皮掠过她，微微俯下身，按了两下打火机，手掌轻护着火光，下颌处滚动了两下，浓白的烟雾从肺腑深处裹挟而出，像云一样四处弥漫。

熟悉的薄荷味顺着风飘散，罗宁抽了抽鼻子。

"挂了几瓶水？"

"两瓶。"

"那我到医院的时候，你是刚挂完第一瓶。"

罗宁偏头看他。她的眼神隔着冬夜里的风，极浅极淡地落在他的身上，她烟的味道也很淡，李煜安深吸了一口，烟雾被压进肺里，有着说不出的麻痒。

"你车上有保温壶吗？"罗宁突然问，"我很渴。"

李煜安把剩下三分之一没吸完的烟掐灭，转头扔进垃圾桶，返回车上拿了一个黑色的保温杯，快步走来，一把塞进罗宁怀里。

"你先拿着。"说完进了便利店。

很快他就出来了，原来是买了一大包一次性纸杯。他拆开之后，将两个纸杯重叠，把剩下的杯子夹在臂弯里，一只手拧开罗宁拿着的保温杯，示意她往纸杯里倒热水。

"别喝太热的，"他嘱咐她，又抽出罗宁口袋里的纯净水兑了一点进去，看着她仰头喝了一杯后，又低头给她兑了半杯。

感觉重新活了过来，罗宁捏住纸杯，看向李煜安："谢谢你。"

他的眼神从她的唇角划过，闻言微微颔首。

罗宁抬手擦了擦残留的水渍，说道："你回车上吧，天冷，我要回家了。"

李煜安不动，他看了一眼自己的车，说："我还没吃饭。"

就在半小时之前，他对另一个女人说了截然不同的话。

罗宁愣了两秒，说："哦。"

李煜安很有耐心，将臂弯下的纸杯包装袋认认真真封好口，等着罗宁接下来的话。

“那我要回家吃饭了。”罗宁把纸杯捏成一团，寻了一圈垃圾桶，发现正好被李煜安遮挡住。

他伸手把她手中折叠的纸杯抽出来，扔到后面垃圾桶里，说:“我送你。”说完掏出了车钥匙按了一下，黑色的雷克萨斯应声而响，车灯在不远处闪烁着。

罗宁也没矫情，地铁口距离这儿还得走五分钟。她跟着李煜安走到车前，他给她打开副驾驶的门，自己则从车头绕到驾驶位。

“你的爱好就是送女孩回家吗?”罗宁去摸安全带的时候发问。

“那也分情况，”李煜安俯身过来，身上的冲锋衣擦过她的羽绒服发出沙沙声响，他的手指提前她一步摸到安全带纽扣，轻轻松松拉过来替她扣上,“有的，是出于礼貌不得不送；有的，是心甘情愿，要等对方赏脸。”

他话说得轻佻，不动声色地一点点试探，罗宁嗅到了他身上残留的细微烟味。

“要是待会儿感到热，可以把羽绒服脱下来。”他启动车子的同时开了暖气,汽车驶入正路的时候,他看了她一眼,顿了一顿,“你这是什么眼神。”

罗宁心里揣着明白，眼里也露出几分，闻言把头转向窗外，给他报了自己家的大概位置。

车内充斥着凝滞的沉默，李煜安率先开口:“现在做什么工作?”

“刚读完书，等着考试。”罗宁答得中规中矩。

“之前在哪里读书？本地?”

罗宁说了一个城市。李煜安动了动放在方向盘上的手指，良久之后，微哂:“那是挺远的。”

他没按罗宁认识的路线走，行驶了一段时间后，把车停在路边。罗宁隔着车窗去看向外面，是一段街巷，夜里才开始热闹。她之前来过几次，吃的玩的地方很多，周围有几家出名的私厨馆子。

罗宁无声地看他。李煜安边解安全带边说："我去拿点东西，稍等我一下。"

罗宁靠在车座上，看着他的身影被人群遮住，突然感受到口袋里的一阵嗡鸣，拿出来手机一看，上面赫然显示着"方知许"三个字。

她划开接听："喂？"

对面的信号不是很好，含笑的嗓音伴着丝丝缕缕的杂音传到她的耳边："在做什么？"

罗宁清了清嗓子："今天拔牙去了，刚挂完点滴。"

"受罪了吧，你不是最怕疼来着。"

"还好，"她迟疑了一下，"医生拔牙技术挺好的，不怎么疼。"

"过段时间有个调研活动，"方知许也清了清嗓子，"地点距你很近，有什么需要我带给你的东西吗？"

李煜安回来的速度很快，远远地能看到车上的罗宁。她把车窗摇下来一半，夜风把几缕长发吹到外面，她正捂着耳朵打电话，神色是今晚和他在一起时从未见过的柔和，发现他过来之后，草草对着手机说了些什么才挂断。

等李煜安上车之后，她才看见他手里拎着一个手提的牛皮纸袋。

李煜安在启动车子之前，将纸袋搁在了罗宁的膝上。

有点沉，还带着些温热。罗宁收也不是，不收也不是，沉默了一会儿，说："你不是也没吃饭？"

"现在才想起来关心我？"李煜安勾起唇角，"我贴心是看在你是病人的分儿上，不是谁都有这个待遇。"

罗宁不爱听他这样讲话，把车窗摇上后只低垂着眼。

"你不待见我，"他转动方向盘，罗宁家居住的小区就快要到眼前，"防备我，看见我如临大敌，为什么？"

“都是同学，还说什么待见不待见的。”她打了圆滑的调子，虚虚实实让人摸不着边。

李煜安将车缓缓停住，一字一句说得缓慢而清晰：“你以前勾我的时候，可不像今天这么冷淡。”

坐在狭窄的空间里，罗宁连愤怒都是无声无息。她轻笑了一声，压下澎湃的心潮，还偏要去挑战他的耐性：“怎么还生起气了？”

“那倒不至于，只是提醒你一下。”

“多亏你的提醒，要不然我还真就忘了。”罗宁拽了几下安全带，不知道他怎么扣的，竟纹丝不动。

“不妨事，”李煜安看着她的动作逐渐暴躁，才慢吞吞靠过来，一边帮忙一边在她耳侧咬字，“你记性不好，我记性好。”

他在她的耳郭间呵气，又注视着她如玉般凝白的耳垂一点点变红。

两人算是不欢而散，罗宁一路沉默回到家里，在玄关处换鞋的时候，身边过来给她开门的罗振阳问：“你怀里抱的是什么东西？”

罗宁愣了一愣，意识到自己还拿着李煜安给她打包的食物。她随手递给父亲：“吃的，我拔牙了，回来喝点汤就行，这个你们解决就是了。”

“家里给你留饭了，就不要在外面买了，多不健康，”宋文慧从罗振阳手中拿过牛皮纸袋，心生不满，一边拆开一边埋怨，看清楚后，又问罗宁，“这是你给自己买的？还热着。”

罗宁过来看了一眼，三个包装精致的小碗，严严实实，分别盛着番茄蒸蛋、巴沙鱼粥和奶油土豆泥，另外还有一个玻璃瓶里装了温热新鲜的蔬菜汁。

都是绵软嫩滑的食物，不需要过多咀嚼，适合刚拔完牙的人吃。

迎接李煜安的是一室黑暗。

他站在玄关处，手指划过壁纸，摸到灯的开关，指关节曲起稍稍用力，

“咔嗒”，暖光直接扑洒在他半边脸上，光面和阴影的交界是他刀刻般高挺的眉骨和鼻梁。他维持着这个姿势没动，手下动作，又“咔嗒”一下，屋内重回浓黑静谧。他像上瘾一般，如此反复开关几次，阳台上的麦麦突然扑棱起来翅膀，宣告着自己的存在。

麦麦是一只七岁的雄性玄凤鹦鹉，品种是常见的黄化珍珠，黑漆漆的小眼睛随着主人的走近不停地打转。李煜安给它喂了鸟粮，它用小脑袋低头拱了两下食物，随即跳到他的手背上，用面颊的两团红晕蹭着他的皮肤，说不出的娇憨可爱。

“欢迎回家。”李煜安说。

麦麦跟着学舌：“欢迎回家！欢迎回家！”

“傻鸟。”

麦麦歪着头看他。它会说的词汇不多，这个词显然超出它的能力范围，它用力扑扇了几下翅膀，叫出了别的名字。

“别喊了。”李煜安用拇指蹭蹭它的脑袋，自言自语，“今天见到了。”

CHAPTER 02

雪夜

第二章

罗宁开始陆陆续续地往外搬东西。

最初父母还是不太乐意，但是老房子所在的小区距离爷爷奶奶家更近，几个子女给老爷子请了护工，罗宁搬过去，倒也可以经常去照看一下，子女们也都放心。

房子里的基础设备都齐全，需要搬的也就是罗宁自己的东西，左右不过一些书籍衣物。罗然然闲着没事，得知她要搬家便过来帮忙，进门的时候就看见堂姐对着屋里的一架钢琴发呆。

罗然然问："你要把这个也搬走？"

"这个得请人来搬，还不够折腾的。"

"弹一首呗，"罗然然来了兴致，"选一首最拿手的。"

罗宁已经很少碰钢琴了，小时候也是被逼着学，谈不上热爱。她掀开了蒙在琴上的金丝绒布，坐在矮凳上。这是很老的一架琴了，琴键上的白已经泛黄，抬手按了几下，迟钝零散的音符逐渐变得流畅。手指的动作不再迟缓，不受控制般地弹出一曲，音乐如流水般倾泻。

最后一个音节落下，罗然然就鼓起了掌："这首曲子叫什么名字？"

"李斯特的《夜莺》。"她说完自己也有点恍惚。李斯特的曲风大多鲜明跳跃，炫技感强，并不是她钟爱的风格，可就在这一瞬，她突然改变了心意：“还是把钢琴搬走吧。”

两人折腾了整整一天，直到晚上快九点，才算是都处理完，罗宁请罗然然在小区门口吃烤肉。

拔牙期间忌口多，罗宁只要了份乌冬面，偶尔拿叉子去叉拼盘上的水果吃。反观对面的罗然然，手持生菜，里面包裹着撒满辣椒孜然粉的烤肉，又嫌不尽兴，还要了一小瓶烧酒。

快吃完的时候，店外路上的车辆也逐渐多了起来，有些穿着校服的学生也推门走进了店里。

罗宁一家人在她上大学时期才换的房子，所以这个地方离罗宁高中母校也近，隔着一个红绿灯，在一条路上的同一侧。

“都是刚下晚自习的学生。”罗宁盯着嘉裕高中万年不变的蓝色宽松校服，低头嚼着蜜瓜。

“高中生真不容易，但嘉裕中学升学率高啊，多少家长挤破头，也想找人托关系把自己家的孩子往里面送，”罗然然抿了口烧酒，突然“哎”了一声，“你高中是不是也在嘉裕上学？还是进的实验班？”

罗宁点了点头。

“不容易，你爸妈肯定费了老大劲了。”

确实不容易。嘉裕中学包括初中和高中，实验班里的那些学生，并不只是学习成绩出色，这些人大多都是富家子弟，很多都从嘉裕初中部升上来，彼此也互相认识。

罗宁是考上嘉裕高中之后，被父母找人硬塞进实验班的。她在普通班里本来也排不上鸡头，到了那里却是实打实的凤尾。

“你知道，家长什么行为对孩子最残忍吗？”罗宁突然问。

罗然然好奇：“什么？”

“把一个本不属于这个阶级的孩子送到一所富家子弟的学校中去。一个意识到贫穷的孩子由于虚荣而产生的痛苦，是成人所不能想象的。[1]”

罗然然有些不懂：“贫穷？”

“不单指物质上，”罗宁像感到牙疼一般捂住了侧脸，“精神方面也算，还有对比之下的心态。”

罗宁很长一段时间对这个词都非常敏感，罗然然可能不会懂。

罗然然高中在普通班，叔叔婶婶对她就算不是有求必应，也不会让处在青春时期自尊心强烈的女生陷入难堪的地步。

罗宁的贫穷也不在于物质的匮乏，更多的是她父母在她身上所奉行的教育原则的一种反射。她作为教师子女，成长的每一个阶段都要被父母拿出来与同事的孩子做比较，所以成绩必须拿得出手，行为也要艰苦朴素，许多同龄人拥有的东西，对于她来讲，不是理所当然。他们对她说得最多的话是“你要感恩”，很长时间一段时间，她都翻不出这句魔咒的掌心。

直到高考结束，罗宁才拥有第一部智能手机。高中时期罗宁走读，父母以智能手机功能花哨会影响学习为由，让她带去上学的仅仅只是一部小灵通。

她是高一冬天转班的。进实验班之前，她在二楼的普通班，实验班没有空桌子，她只能搬走自己之前用的书桌。原来同班的男同学帮她把桌子放到实验班的门口，她抱着书在后面跟着，趁着下课期间，把堆满书的课桌拉到班级的后面。

在一般的班级里，有新同学转班，大部分的人都会怀着好奇去围观，可是实验班不一样，大家各自忙自己的，偶尔向她投来几缕探究的目光，更不用期待有人会来给她帮忙。

罗宁沉默地拖着重物穿梭在喧嚣的课间，有女生在互相嘻嘻哈哈地打闹，退着退着就撞在了罗宁身上。

桌洞里零碎的东西应声撒在地上，打闹的女生也停止了动作。罗宁沉默地蹲在地上去捡，地上这么多杂物，她首先捡起的就是手机。小灵通后壳被摔落，里面的电池不知所踪，但她顾不得，只是速度很快地捡起零件，下意识地隐藏起来。

散落的各色签字笔、便利贴以及圆形的小镜子，正当她一件件把这些东西捡起来囫囵塞进桌洞里时，前方不远处就有人就踩到了她的电池。

“这是什么东西?”郑欣宜用脚尖踢了踢地面上黑乎乎的小方块，她捡起来，一边好奇一边举着给身旁的李煜安看。

李煜安似乎不感兴趣，连头都没抬，只用余光扫了一下:“这是电池。你把手机换成小灵通了？怪高级的。”

郑欣宜哪能听不出来他的调侃，只抬眸去瞪他:“这不是我的!”

李煜安表情淡淡的:“谁的还给谁就是。”

郑欣宜闻言，扬了扬手中的东西，对着班里的人打招呼:“这是谁的手机电池啊？谁用小灵通啊?”

班里有隐约起伏的笑声和议论声。

彼时还流行着“用肾换手机”的趣闻，嘉裕高中虽然有“上课不能带手机”的规定，但是学校走读生不在少数，学生大多家境优越，人手拥有的都是耳熟能详的大牌新款。

落在地上的圆形小镜子已经有了裂痕，上面映出了罗宁的两张脸，每一张都面无表情。她将破碎的镜子拾起来的时候，碎裂镜片折射的光，明晃晃地投在她脖颈。

敏感之人的神经永远暴露在体外，准确捕捉任何与自己有关的风声，添油加醋去放大任何一点疼痛。

这是罗宁转班的第一天，踏进的地方变成了无声刑场，颈边的阳光也成了断头台的铡刀，鲜血淋漓的是她的自尊心。

但她面上要比任何人都平静，不急不慢地将桌子整理好，转身走到郑欣宜面前，不卑不亢地盯着对方的眼睛，缓缓开口:“这是我的东西，谢谢你替我捡起来。”

“不客气。”对方的笑意未敛，将东西递给罗宁，转身仍旧轻松自在地与身旁的李煜安重聊之前的话题，这个小插曲在他们看来如同未曾发生。

罗宁第一眼看见郑欣宜就知道，她不是那种有坏心眼的女孩儿，她仅仅是有点恃宠而骄的小傲慢，有点青春期女生无伤大雅的小脾气。同时，罗宁也清楚，她们一定不会和对方成为朋友。

距离罗宁拔牙已过去七天，口腔医院的前台护士打了电话过来，告诉她明天可以来拆线。罗宁询问具体时间，对方说拆线很快，只要在下班之前过来就可以。

既然没有硬性的时间要求，罗宁也就不着急过去。自己独居的生活依旧舒适，整个上午在看书、打扫卫生中度过，下午又补了一个不算短的觉。

罗宁没有设定铃声的习惯，手机向来都是振动或静音，这次她是被手机的嗡鸣吵醒，迷迷糊糊间只看见了一个本地的陌生号码。

她随手划开，将手机贴到了耳边，整个人仍旧埋在被子里，等待电话那头的声音。

过了良久，对面都没有动静，罗宁才闷闷问了一句：“你好，请问你是？”

“……罗宁。”

对方上来就直直唤她的名字，熟稔又陌生的语气。

他好像很喜欢连名带姓地喊她。罗宁，姓和名组成清润的音节，念出来像弹琴时手指误碰的低音，再凛然的嗓音也都逃不过几缕缱绻。

李煜安听她发闷的嗓音迟钝了一下：“你怎么了？”

罗宁的困意消失了大半，思绪逐渐清明：“没怎么，我刚才在睡觉。”说完又看了一眼手机，蒙眬发问，“怎么是你打过来的？”

对面的回答更像是无奈的叹息：“这是我的私人号码，前台给你打电话也打不通，你今天不是要过来拆线？”

罗宁看了一眼窗外，今天阴天，光线暗沉沉的，手机上显示已经是下午四点半了。

“不好意思，我尽量快点赶过去。”她说完就要挂掉电话，对面出声阻止了她。

“不着急，医院六点下班，我会更迟一点。”

就在罗宁纠结怎么结束对话的时候，李煜安转移了话题：“手机号码是你微信号吗?”

“……对的。”

“那我加你，同意一下。”

他干脆利索地挂了电话，罗宁的耳边似乎还残留着刚刚他不容拒绝的嗓音，下一秒微信就弹过来了一条好友申请。

他的ID和罗宁一样简单，罗宁的网名是“宁”，李煜安则是一个“安”，都取自姓名的最后一个字。

他的申请要求上只填了自己的姓名。

罗宁的手指犹豫了两下，最终还是点击了同意。

他的微信头像很暗，图片里的男子穿着黑色卫衣，肩宽颈长，左肩侧站着一只玄凤鹦鹉，对着镜头歪着脑袋，额头上的冠羽蹭着男子脖子，面颊两团红晕在暗调中依旧俏皮。

照片没有露出脸，只隐约显出男子清晰锋利的下颌骨，让罗宁瞬间认出这一定是李煜安本人。她将他的头像放大几许，仔细端详了几秒，心里生了几分讶异，随即点开对话框，发了两个字：麦麦?

不知道李煜安是不是在工作，很久都没有回复。罗宁这才抬头，窗外早已暗沉了下来。

罗宁紧赶慢赶，还是在医院下班之前到达了，给她拆线的医生却不是李煜安。

医生看了看她的伤口，说：“恢复得还可以。”

快到下班的点，医生动作也快，三下五除二就给罗宁解决了。她下楼的时候，往前台方向望了一望。自己来别人的医院，不好悄无声息地离开，想着能不能找到上次遇见的小护士，问一下李煜安的去向。

前台围着四五个人，不知为何很是热闹。罗宁搜寻一圈，没看见之前的小护士，倒是遇见了另外一个人。

一个意料之外、情理之中的熟人。

如果要说郑欣宜和以前相比有什么变化，那可能是更美了。她或许是刚下班过来，一身都市丽人的装扮：上身是小香风的西装外套，用黑色的皮带勒出纤细的腰，往下是一条闪着细碎光芒的鱼尾裙，裙摆带了一圈毛茸茸的绲边。她倚着柜台，两只踩着高跟鞋的脚交叉站着，移动之间，卷发一荡一荡地垂到衣领间。

罗宁看见她的同时，她同样看见了正在下楼梯的罗宁。

正和身旁将要下班的小护士们有说有笑的郑欣宜停住了话语，一双杏眼瞪大了，直直往她面上瞧。

等到罗宁从楼梯走下来，她才红唇微启，迟疑一般地喊道："罗……宁？"

罗宁微不可闻地轻叹了一口气，走近她的面前，云淡风轻地回应："嗨。"

郑欣宜不愧是郑欣宜，失态也仅仅是那么一瞬，旋即露出温柔完美的笑。她做不来亲密的戏，但话里话外都透露着与旧日同窗重逢的关切："真巧呀罗宁，怎么能在这里遇见你呢？"

罗宁也笑笑："好巧，在口腔医院能干什么，我最近牙有点不舒服。"

"你自己一个人过来的？没人陪你吗？"

"拆个线而已，我自己就能应付得来。"罗宁这才发现郑欣宜身后放着几杯奶茶，刚刚围过来的医护都拿了一杯。

她把目光挪开，虽然对郑欣宜来这儿的缘由猜得八九不离十，但还是礼貌反问："你呢，你牙齿也不好吗？"

"我没有，"郑欣宜一边回答，一边观察罗宁的神情，"我来找煜安，他是这里的主治医师，你来这儿，没有碰见过……他？”

这话问得罗宁不太好回答，她既不想撒谎，又不想说实话，平白给自己惹上没有必要的麻烦。

郑欣宜看她犹豫，又换了其他的口风：“还是你们早就见面啦？他推荐你来这里治疗？”

罗宁否认：“没有，我先前不知道他在——”

她的话音没落，就感觉身后有人走近，面前的郑欣宜开口打断了她的回答：“煜安！”

李煜安已经脱下了医生的白大褂和便服，衬衣外面披一件黑色的厚呢大衣，好像韩剧里突然现身拯救女主于水火的温润男主。

他来拯救的女主究竟是谁，目前还不清楚，但是郑欣宜已经踩着小高跟，嗒嗒嗒走到了他的身边。她一只手抚在了他的左袖上，嗓音变得愈发轻柔：“你下班怎么都比他们晚呀？我等你好久了！”

李煜安不动声色地将袖子抽出来，淡言：“我不知道你今天过来。”

郑欣宜似乎没听见他这句话，拉着他转身，指了指身后正低着头的罗宁，颇有兴致地给他介绍：“你猜我碰见了谁？喏，咱们高中同学罗宁，你有印象吧？”

今日也是碰巧，罗宁身上也裹了一件黑色大衣。她原本就甚少化妆，今日出门只浅浅描了下眉，乌黑的发编成了麻花，发尾缠上了印花棉麻的发巾，从后脑绕过来垂在胸前，乍一望去，整个人像未曾染俗的清瓷。

两人在郑欣宜的话语间互相望了一眼，电光火石之间，明明什么都没有发生，却无由来迸发出一种不可言说的隐秘感，彼此愣怔了一瞬，又默契地错开了对视目光。

李煜安轻轻咳了一声，手指握拳抵在唇间，短暂地“嗯”了一声。

“我和煜安医院里的同事关系比较熟，冬天天冷，就过来请他们喝奶茶，”郑欣宜说着，俯身去拿了一杯，由不得拒绝，亲热地塞进罗宁的手里，随后又退到李煜安身边，仰头看他，“这一杯原本是给你留的，我做主给罗宁了，你不生气吧？”

罗宁握住奶茶纸质的杯壳，上面还是一片滚烫。郑欣宜话里的亲疏分明，又掺杂着不少警惕的试探，她又不傻，哪里能听不出来呢？于是她摇了摇手中的奶茶，笑得礼貌：“沾你们的光，多谢。”

李煜安没看她们之中的任何一人，垂着眼在一旁不知道想些什么。

郑欣宜此时又说：“我和煜安待会儿一起去吃晚饭，罗宁你和我们一起吧，大家好叙叙旧。”

罗宁怎么可能答应，只连忙拒绝：“不用不用，我不好打扰你们……”

“都是同学打扰什么啊。”

“我还有别的事情……”

两人推脱了几句，郑欣宜还想说什么，一旁的李煜安发话了，替她们做了决断：“她既然有别的事情，你还强迫别人做什么。”

他话音落下，郑欣宜面上虽不显，心里倒是品出来别样的滋味，眼底有了笑意：“我忘了你们原本不熟，是我不好，倒是让你俩觉得尴尬了。”

李煜安鲜少露出不耐烦的神色，但此时眉目却有了几丝焦躁。他勾了勾口袋里的钥匙，对着郑欣宜说了一句：“走吗？我下班了。”

“走，”她回答之后，又拿出了手机，点出了二维码在罗宁面前晃了一晃，“加个好友吧。今天不太方便，改天我们再约一顿饭，我再喊上乔彤，她要结婚了，看见你肯定开心……”

罗宁扫上码之后，和他们挥手再见。

天冷，医院里的门虽然是感应开关，但是为了防止冷风倒灌进来，又在外面挂上了一层透明的塑料防风帘，李煜安先行一步，替她们撑开了帘子，看着郑欣宜踩着高跟跨出了门。

李煜安没动，回头看着罗宁，等了两秒。前方的郑欣宜已经走出去十步远，而罗宁还是没有出去的意思，李煜安一时没忍住，出声提醒：“你不走吗?”

罗宁抬头，看着他高高举着防风帘，心想，莫不成这人还在等着她先出去?

她小跑过去，他人高大，堵住半边门却没有让路的意思，她只好贴着门框，蹭着他的大衣钻出去，一瞬间贴得好近，似乎还能闻到周身有股薄荷般的冷冽气味，静默又痴缠。

烟对于罗宁来说，不是每天非吸不可，但有种说法叫心瘾，它会在特定的意象出现时猛然勾你一下：比如追英剧《浴血黑帮》，湿发的Tommy(汤米)夹着烟倚在吧台，在袅袅烟雾中向爱人坦言“我心已碎”的时刻；再比如读杜拉斯的小说，这是个嗜烟酒如命的法国女作家，妓女、烟酒、东南亚，她写在纸张上的每个单词似乎都被烟雾熏染过，带动着罗宁也在这烟雾中颤抖。

除了这些之外，罗宁在李煜安靠近的某些瞬间，也能感受到这种莫名的“心瘾”。

等她出去之后，李煜安就放下了手臂，身后传来防风帘打在自动玻璃门上沉重的闷响。

“自己开车过来的?”他跟在她身后拾阶而下。

“嗯。”

他步子大，很快和她并列，又突然来了一句:“带烟了吗?”

这是一个频率相同的信号，使得罗宁停住了脚步，李煜安也跟着停了下来。罗宁低头在口袋里翻了翻，把烟盒连同打火机一起塞到李煜安手中，什么话也没讲，加快了脚步往停车位走。

“拆完线，短时间内最好也不要吸烟。”李煜安微微提高了音量。

罗宁没有回头，寒风吹着她清瘦高挑的身形，吹开她宽大的衣摆，又把她的印花头巾吹鼓。

李煜安目送她消失在暗色渐浓的夜里。

郑欣宜已经在车上坐了有小五分钟，才等到李煜安坐到驾驶座上。

“你怎么现在才来?”

“去吸了根烟。”

郑欣宜想说自己不爱闻烟味，但是想到李煜安在寒风中已经把味道散得差不多了，也不好再多说什么。

“刚刚你在后面，”她看似不经意地发问，“和罗宁说了什么?”

李煜安启动车子，路灯的暖光一盏一盏从窗外照进来，随着车速逐渐加快，一格格闪烁着，像放电影。他没回应，只按响了车载CD，飘出的歌曲是十九世纪六十年代曾经风靡欧美的老歌，空灵和沙哑交织在一起。

Hello darkness, my old friend.

（嗨，暗夜，我的老朋友。）

I've come to talk with you again.

（我又来和你聊天了。）

……

李煜安带着郑欣宜来到了她父母家。

他对这个地方很熟悉。十几年前经济中心还没往如今的城南移动时，这里算是最早期的别墅区，郑欣宜和李煜安两家挨着，只隔了一道黑色的栅栏。

郑家种了几株柿子树，叶子和枝干都伸到了李煜安家里，不满十岁的李煜安喜欢搬着小梯子，摇摇晃晃地踩着去够上面的果子。郑欣宜发现之后，就去给她爸妈打报告，郑父就会趁李煜安不注意，一把将他拽下来。柿子酸涩，口味不好，小孩冒着危险也只是出于那颗好奇心。

李煜安的母亲向来身体不好，没过几年就去世了，李煜安高中时期，他父亲又另外组建了家庭。他继母生下了孩子之后，他们便搬了家，李煜安也和他们分开，自己单独住在了学校附近。

在搬家之前，郑父郑母怜爱他幼小丧母，一直对他照顾有加。所以逢年过节，李煜安也会带些礼物来探望他们，也算报答那几年的照拂之恩。

今天不是什么节日，李煜安只从后备厢拿了两瓶红酒和几盒托朋友从外地带回来的好茶叶。

郑父郑母都在客厅里等着，郑欣宜换了鞋之后就只腻在郑母身边，郑父则坐在沙发主座上，拉着李煜安说话。

“每次来都拿好些东西，我们都说不要了还跟我们客气，”郑母拍着郑欣宜的手，口中嫌弃，“你哪怕能有煜安一半懂事，我们也好放心，每次都空着手来白吃白喝。”

“妈，你分得好清，他拿了礼物，那就是替我孝顺你们。”

“胡说八道，”郑母拍拍她，示意她从自己身上起来，“那是人家心里有这一块儿。”

“他小时候还吃过咱家不少柿子呢，”郑欣宜被拉了起来，眼睛瞟向喝茶的李煜安，“现在还账也说得过去。”

李煜安将茶杯放下，听郑父讲话听得很认真。

“先别聊了，阿姨早就把饭做好了，”郑母招呼聊天的爷儿俩，“煜安，留下来吃饭吧，做了你爱吃的菜。”

李煜安起身，朝他们微微鞠躬：“喝杯茶就已经很打扰了，我还有别的事情，就没法陪伯父伯母一起用饭了。”

郑母一愣，身旁的郑欣宜也变了脸色，唰的一下站起来：“你不和我们一起吗？”

“下次我请伯父伯母出去吃赔罪，今天是真的有事情。”他神色恳切。

郑欣宜还想说什么，被郑父打断：“既然煜安有事情，强留吃饭倒显着生分，那我出去送送你。”

李煜安哪里敢让长辈相送，推脱了一番，最后让郑欣宜穿上外套去送他了。

郑母看着两人的背影，心里犯嘀咕，对身边的老伴说："你俩刚刚说什么了？你该不会把人家教育得不高兴了吧，连饭都不留下吃。"

郑父瞧她一眼，"哼"了一声："这事儿你不得问你闺女？"

"怎么了？"

"每次送完东西就走，也不留下吃饭，说明只打算给咱东西孝敬咱，没别的其他心思。"

郑母只觉得可惜："煜安是咱从小看着长大的，知根知底，欣宜打小就喜欢跟在他后面玩……"

"儿孙自有儿孙福，"郑父品了一口茶，李煜安刚刚冲泡的，是令他满意的口感，"人家没那个意思，咱也别强求，顺其自然吧。"

郑欣宜跟在李煜安后面，心里纠结了半天，最后还是问了出来："你是不高兴吗？"

"嗯？"

李煜安的半张脸陷在黑暗里，侧面轮廓像用最锋利的笔勾画出的挺拔线条，他只抿着唇，看不出丝毫情绪，这让郑欣宜更加感到不安。

"我没有打招呼就去医院找你，而且你下班之后心情就不是很好，连饭都不和我们一起吃。"

李煜安打开车门坐进去，先关上了车门，又摇下了一半车窗，隔着距离对她说："你别多想。"他在发动车子之前又加了一句，"而且我来这里，也只是看望伯父伯母。"

"煜安，你……"

"欣宜，"他在她说话之前抢先唤她的名字，如同在和不听话的孩童讲理，"我以前也说过的，你可能不记得了，但我可以重申一遍。"

"什么话非要今天说，是工作不顺心吗，还是，"她顿了一顿，"见到了什么人。"

李煜安恍若未闻："欣宜，我们从小一起长大——"

“一起长大？那你当我是什么？当我父母是什么？”她打断他。

李煜安敲了敲方向盘，看着有些疲惫。他即将开口的瞬间，她又一次堵住了他的话：“你走吧，我不想听。”

郑欣宜把头偏过去，眼眶有些酸涩。她不想知道答案，面前这个人总是用最温和的语气说出残忍的话。

李煜安没给她这个机会，汽车发动的时候，他的声音同时一字一顿飘向她：“你是我儿时的玩伴、学生时代的同学，你父母待我如同儿子，你就如同我的亲妹妹。”

闭着眼睛就能想出来的烂俗台词，毫无新意，听起来让人只想发笑。郑欣宜心里起了火，她恨他换都不换一下，就拿这种话术敷衍她。但她还是笑了，笑着和对方摆手再见：“什么？夜里风大，你路上多注意安全。”

她看着他的车驶出了家门，心里回想今天发生的一切。她太了解他了，她以往就在他不冷不热的态度、不近不远的距离里享受着一种堪称自虐般的快感。她压下所有的心慌，告诉自己，事情的终局强于事情的起头，这样想着自己也迷茫了起来，他们都还这么年轻，是不是终局，她自己怎么能知道呢？

罗宁躺在床上有点睡不着，手机突然振动了一下。下午发给李煜安的信息过了好几个小时，就在刚刚才得到了回复。

罗宁：麦麦？

李煜安：难为你还记得它

罗宁：……

麦麦是罗宁送给李煜安的，在高考结束后。

罗宁的手指在屏幕上虚虚点了几下，正犹豫回复些什么的时候，李煜安又发过来一个视频，很短，拍摄时间不足五秒。

应该是他在阳台上的视角，旁边就是一个很大的开放式鸟笼，麦麦转着两粒黑漆漆的小眼睛从架子跳到李煜安的胳膊上，又挪动着粉色的爪子跳到他手心，他修长的手指蹭着麦麦前胸的白色软毛，挠着那团绒毛晃了一晃，手机里接着传出来一些不甚清晰的音响。

罗宁想到自己手机还是静音，于是把媒体音量调高，又重新播放一遍。

这下听清楚了，李煜安对麦麦说：“罗宁。”

麦麦听懂了，利爪在他的袖口处抓得紧紧的，不甘示弱地偏着头，白色尖锐的喙一开一合：“罗宁！罗宁！”

罗宁失笑。她想，她和李煜安果真是不同的人，自己连盆多肉都养不活，而麦麦只不过是她随手丢给李煜安的幼鸟，如今都能被他养得机灵神气。

手机里又弹出来一条信息。

李煜安：外面下雪了。

罗宁发过去一个问号。

她从床上翻滚下来，踩着拖鞋就跑去了阳台，用力拉开推拉门。楼上那户人家还没有休息，阳台亮着暖色的灯光，从上方飘过的雪粒都不可避免地沾上柔色，如放大的慢镜头一般在罗宁眼前异常清晰地坠落，带出静夜沉沉中细微的声响。

门外东风雪洒裾。[2]

从她的角度，天空飘的不像雪，倒像是雨。她痴看了好一会儿，突然感觉到刺骨的寒意，这才意识到自己只穿了睡衣，阳台窗户大剌剌开着，半边身子都暴露在雪夜里。

罗宁默默地退出阳台，合上推拉门。手机上的聊天界面又多了一段视频，比上段视频的秒数长了不少。

这是李煜安的一段自拍，他也在阳台上，后面窗户开着，夜风卷着雪粒飘到他的衬衣领子处。他只在衬衣外面套了一件毛衣马甲，麦麦不知何时飞到了他的肩膀上，他们这个站位很像他的微信头像。

他似乎心情很好，声音都含着笑，侧头碰一碰麦麦：“快看镜头，你一只鸟害什么羞。”

视频开始有些晃动，中间有一段是在调整角度，最后他目光望着镜头，清了清嗓："你对罗宁说，下雪了。"

麦麦在他肩头上摇头晃脑，张开嘴，叽里咕噜说了一段谁也听不懂的鸟语。

"好好说话，"李煜安肩膀微塌，语调带着宠溺一般的威胁，"下雪了。"

"下雪了！下雪了！"麦麦拖着长腔，有点不情愿。

罗宁把这个视频翻来覆去看了好几遍，最后扑在床上蹬了蹬被子：一只鸟怎么能被养得这么可爱，好想撸。

过了几秒，她突然从被子里探出身来，一只手握着手机，刚刚上头的激动在这一瞬退却得干干净净。

没有其他的原因，是李煜安给她打来了微信语音电话。

"铛"一声响，是没人接听时自动挂断的声音。罗宁松了一口气，就当她睡着了吧。

谁知李煜安没放弃，紧接着又打来了一个语音电话，罗宁的手指刚碰到接听键，对方又挂断了。

响铃不到三秒。

罗宁回了过去。对面接电话的速度比她快多了，他隔着手机，直入主题式地寒暄："睡了吗？"

"还没，"罗宁往上拉了拉被子，"已经躺在床上了。"

电话里只传来他一阵阵的呼吸声，在黑夜里清晰可闻，一时间两下竟无言。

罗宁说："你不睡吗？明天不还得上班。"

对面"唔"了一声，似乎把手机拿远了一些，声音听着不真切："我得再待会儿。"

罗宁在这个时候突然福至心灵："你是不是在吸烟？"

手机里传来了他的一声低笑，随着电流一波又一波地荡漾开来，消失在静谧的雪夜里。

“麦麦呢?”她埋在柔软的被褥里，声音都变得嗡然。

“在旁边，喂完鸟粮就不闹我了，自己蹦跶玩去了。”

罗宁在他看不见的地方笑了笑。

“你抽空可以过来看看它。”李煜安漫不经心地说。

她指尖在被褥上动弹了两下，没拒绝也没答应，只转移了话题:“有点困。”

他也没在意，安抚似的哼了一声:“睡吧。”

接下来几天，罗宁手机消息就没消停过。李煜安和她聊天倒是不多，郑欣宜也不曾和她搭过话，但是把她的微信号推给了一个话多的人——她高二高三时期的同桌，乔彤。

罗宁高中时期内敛，整日沉默着不说话，日常能和她有些感情联络的也就只有作为同桌的乔彤。

乔彤加上她的联系方式后，首先就是埋怨罗宁和她断了联系，两人聊了几句，彼此重新热乎了起来。她把自己朋友圈的结婚请帖转发给罗宁，罗宁点开很认真地看了，穿着婚纱的乔彤依旧天真烂漫，结婚对象仪表堂堂，也配她。

听乔彤聊天时说，两人应该算是商业联姻，但对方是乔彤留学时期就看上的，从国外追到国内，无论是人品还是家境，彼此的父母都很满意。

很符合乔彤一贯以来的作风，罗宁听她说完，就只问了一句话：他待你如何?

手机那边的乔彤似乎是思索了一会儿，很快给出了回复：算是体贴，而且我也只要他一个态度，有双方父母在，他不敢不体贴。

正当罗宁想回复的时候，对面又接连发来几条消息——

乔彤：你知道谁给我当伴娘吗?

乔彤：除了我大学同学，还有郑欣宜。

乔彤：你是不是觉得我很搞笑，不喜欢她还是和她一直联系，还让她做了我结婚时候的伴娘？

罗宁看她一口气发了那么多，只能慢慢地打字回复。

对于乔彤所说的话，她真的可以理解。毕竟成年人不像小孩子那样随心所欲，不能说我今天不喜欢你，那我就可以随时随地翻脸不认人。乔彤和郑欣宜从小学就做同学，两人家境、外貌都好，一直维持着表面关系，即便有些龃龉，也只是性格上的小摩擦，加上曾经喜欢过同一个男人。

罗宁刚转进实验班的时候，具体时间来讲，应该是高一下学期，她在班里最先注意到的女生就是郑欣宜。

实验班的学生都是从嘉裕初中部升上来的，彼此相熟，有着天然的排外情绪，加上罗宁走读，同住宿生也没有培养感情的条件，她自己一个人坐在后排的角落，没有同桌，倒也乐享清静。

这个年纪的女孩子还很难泰然自若地面对整日一个人的境况，对于罗宁来说，最初转班时的心情应该是恐慌更多一些。

其他时候还好，她最害怕的是体育课和作文课。

体育课教学结束后，会有自由活动时间，女生大多会叽叽喳喳相伴着去超市买零食，然后坐到篮球场看台上看男生打球。

罗宁没有相伴的女生，她会在体育老师宣布解散后，自己一个人回到教室。每当这时候她就会感到不自在，回教室的脚步愈快愈好，坐到位置上，心头也是失落。

窗外柳枝嫩绿，风吹过窗帘，把后排隔绝成一个小小的空间，她将自己藏在里面看小说，看累了就把书搭在脸上睡一小会儿。慢慢地，她开始适应，这短暂安静会令她产生了一种“偷得浮生半日闲”的错觉。

快下课的时候，班里打完球的男生会一窝蜂进来，一边喝水一边讨论刚才的比赛，再互相谩骂几句，好几次罗宁都被吵醒，睡眼惺忪地瞧着这些人。

害怕作文课也是相似的原因，写作作业完成之后，语文老师会让同桌互相批改作文，改完还要在下面签名，打上分数之后上交。罗宁没有同桌，无法批改别人的作文，自己作文的批改处总不能署上自己的姓名，她为此感到烦恼，就去找当时担任语文课代表的郑欣宜。

郑欣宜比罗宁想象中好说话，面对罗宁的困难，很爽快地把自己的作文同她交换："以后你改我的就是。"

罗宁有些受宠若惊，看着留在郑欣宜手中的两份作文，一份她的，一份郑欣宜同桌的，有点担忧："你要改两份吗？会不会太麻烦？"

"不麻烦。"对方很客气。

罗宁便很认真地去批改，她在当时的年纪认为文品即人品，某种程度上也很欣赏郑欣宜的文章。

如果说罗宁自己写文章的时候总喜欢另辟蹊径，力求不落俗套，那郑欣宜就是一种相反的极端。她热爱命题作文，更喜欢戴着镣铐跳舞，字迹娟秀文风清丽。罗宁在她每一个段落旁边都密密麻麻写满了批注，给的分数也不低，同时也期待着对方给自己的评价。

等作文本发下来的时候，罗宁就明白郑欣宜口中的那句"不麻烦"是什么意思了。

因为批改处签的是另外一个人的大名，碳素笔在绿色格子稿纸上划出笔走龙蛇、力透纸背的三个大字——李煜安。

罗宁对这个人实在不熟悉，也没说过话，但是他分数给得高，批改也认真，还会写上一些诙谐的批注。比如罗宁写了一篇记叙文，讲述她小时候被父母逼着练琴时候的痛苦，李煜安会把一些句子圈出来，在旁边写下"深有同感"，后面跟了三个感叹号表示强烈认同；写议论文的时候，他会圈出来结尾，在旁边自言自语般写道："能否借鉴？月考急用。"

像读小说时在旁边随手写下的碎碎念。

罗宁觉得挺有意思，每次发下作文本的时候，她也是逐字逐句地读完。

给罗宁作文高分的不止李煜安一人，还有语文老师。那个接近四十岁的中年女人，时常穿着一件印有米老鼠图案的毛衣，身形瘦弱，面色柔和，很少在班里发脾气。

高一下半学期，罗宁的成绩也没有多大起色，但总归不在班里吊车尾了，所有的科目里能算上亮眼的也只有语文这一门学科。语文老师也认为她作文写得好，讲课时有几次提起过她的名字。

从小到大，罗宁的父母都吝啬于表达，面对夸奖，她的第一反应是羞耻和躲避。

班里大多数同学对于老师口中"语文成绩好"的罗宁印象浅薄，听到之后最多在脑海搜寻一下关于这个日常沉默寡言的女同学的记忆，随后也就抛之脑后了。

郑欣宜与他们不同。或许是同罗宁打过几次交道，她会在老师提及罗宁名字的那一瞬间，在教室前排忽然回头，目光精准地越过整个班级，和正因为被老师点名而不知所措的罗宁隔空遥遥对视。

罗宁看不太懂她眼神的含义，只能扯动嘴角对她笑笑，对方也回应了一个意味不明的笑，随后飞快地转回身子。

高二新学期开学，按理应该文理分班，但实验班一直默认是理科班，文理分科实际上对他们没有影响。

语文老师将罗宁叫到办公室，没有多问她的意见，就将语文课代表职位的帽子戴在了她头上。班主任在一旁也鼓励她，让她把学习语文的劲头也分给其他学科一点。罗宁强压下心里的不安，很想说学习也看天分，自己语文好也是因为爱看书，和学习劲头扯不上什么关系。至于曾经担任课代表的郑欣宜，班主任则给了她一个文艺委员的轻松职位。

罗宁想，自己如果是郑欣宜，一直以来担任的职务被换成了闲差，心里多多少少也会有些不舒服。

嘉裕中学的高中生很少玩明面上的霸凌，所谓把人堵在厕所里揪头发、踹肚子那一套，对快要成年的她们来讲是粗鲁且不上台面的。她们懂得比物理伤害更让人如坐针毡的方法，只要女孩子之间一个眼神就能心领神会，那就是背地里的孤立。

罗宁之前在班级里早已习惯独来独往，但是经历了课代表换届之后，才感受到真正意义上的“孤独”。她虽然甚少与旁人交流，但也不是完全不说话，可自从当了语文课代表，班里的大多数女生竟都不约而同地视她为空气。

新学期需要重新调整位置，班主任这次采取了比较民主的方案，让同性之间相互选择同桌，搬完东西之后再去填座次表。

罗宁还是在原来的位置不打算动，看着班里大多数同学热热闹闹地搬动桌子。就在这时，郑欣宜拿着一张座次表走到她面前，并说明了来意。

罗宁闻言抬头看她：“我就坐在这个地方，不可以吗？”

“不可以哦，”郑欣宜摇了摇手指，“每个同学都要换座位，不能坐在和上学期相同的位置。”

她将已经填了大半的座次表摆到罗宁的桌子上，指了几个空白的地方：“这几个位置还空座，但是她们的同桌已经定好人选了。你要不要去问问剩下的女生，看有没有人愿意和你坐一起？”

罗宁听她说着，看向班里剩余的女生。她们大都是郑欣宜日常玩闹的好友，看戏一般地望向这里，察觉到罗宁的视线，又笑着作鸟兽散。

“我们班的女生是单数，总会单独剩出一个人，但是照班主任的意思，多出来的那一个女生要去和男生合桌。”郑欣宜的语气轻柔中带着遗憾，似乎真的很想替她解决这个困境，“要不我去讲台上帮你问问咱班男生？”

罗宁不合时宜地回想到了以前她上课时望向自己的眼神，后知后觉地明白了那里面隐藏的含义。那是动物世界里的非洲幼兽在感受到同类侵入自己的地盘时，下意识产生的防范和警惕。

“那就，”罗宁抬起下巴，眼睛微微眯起。这是一个仰视的姿态，她没有露出任何的慌乱和难堪，只平静地说："麻烦你了。"

话音落下，她就看着郑欣宜嘴角的笑容变淡，直至消失不见。

不知道郑欣宜是怎么和班主任反馈的，最后罗宁被调到了前排，同桌成了气呼呼的乔彤。

乔彤看到罗宁的第一句话就很不客气："你是和郑欣宜串通好了故意的吗？"

罗宁疑惑地看过去。

乔彤把一摞书扔在桌子上，没好气："原本我的同桌是李煜安，结果郑欣宜跑去和班主任说，班里有个女生自己一个人单独坐，她让班主任把你调过来和我坐一起。这下好了，她美滋滋地和李煜安当同桌，还在班主任那里落得一个关爱同学的好名声。"

罗宁听完之后就不吭声了，没解释也没附和。

从表面上来看，乔彤和郑欣宜是一个小团体，她俩连同李煜安、陈娇娇，以及不和他们一个班的乔彤的亲哥哥乔宇，是从小相识的关系。她们私下如何，乔彤又愿意在外人面前如何说，都是她们的事情，罗宁可以听，但细究下来她才是那个外人，妄加评价那就是多管闲事。

乔彤看罗宁是个锯嘴葫芦，无法从她这里找到共鸣，便在接下来很长一段时间内将她当成透明人。

作为交际花的乔彤娇媚明丽，整日呼朋引伴，只有上课的时候才会被迫坐在位置上学习。罗宁只有在接水、上厕所，以及去老师办公室送作业的时候才离开座位，大多数时候她都沉默地伏在课桌上，两人如此相处倒也相安无事。

直到某一天……具体罗宁有些记不清了，大概是快入秋的一个周五，两人打破了这种寡言的平静。

周五第二节课结束之后，大家就可以回家享受周末，学生躁动得很厉害，整堂历史课上都是乱糟糟的。罗宁也听不进去课，在膝盖上放了一本小说，趁老师让大家画重点的时候，低头偷瞄几眼。

这本书罗宁看得很紧张，尤其当不谙世事又风情万种的法国女孩和中国男人滚到一起的时候，她抬头看着讲台上口水四溅的历史老师，膝头上热辣的铅字还在描述着男人在呻吟中哭泣。

然后她真的听到了细微的抽泣声。

罗宁不动声色地把书塞回桌洞，余光瞥到了她的同桌垂着头，早已哭得梨花带雨。鉴于两人不怎么相熟，乔彤又是爱面子的女生，罗宁又把目光挪了回去，权当没看见。她眼神不敢偏移，在乔彤不停地抽取卫生纸、擤鼻涕中熬过了上半节课。

她终究还是没能坚持下去，因为乔彤没有纸巾了。她在对方开口之前递给对方一包纸，得到了一句细如蚊呐的道谢。

不用装聋作哑了，罗宁感到如释重负，刚轻松没两秒，就听见乔彤对她说："放学后你能陪我一起回家吗？"

罗宁："……"

两人放学后去了一家奶茶店，乔彤坐在她旁边至少哭了二十分钟。

罗宁面无表情地翻了翻口袋，最后又把书包摸了个遍，确定自己的纸巾已经全部变成了擦眼泪抹鼻涕的废纸，小山一样堆在奶茶店的桌子上。她向来不会安慰别人，但是身边的女孩肆无忌惮的哭泣引来了整个奶茶店里大部分人的目光。

"我没有纸巾了，"罗宁说，"先别伤心了，我送你回家。"

乔彤把最后一张裹了鼻涕的纸巾扔在桌面上，抬起脸，两只眼睛红通通的像兔子："谢谢你，罗宁，你人真好。"

罗宁作为一个看起来非常文静老实的同桌，乔彤忽略了她沉默下隐含的抗议，非常没有心理压力地将她当作倾诉对象。

总结一下，就是乔彤隐晦地向李煜安告白了，但是……对方的态度却令她捉摸不透。

乔彤刚上来只是以为李煜安心情不好，她去找他说话的时候，他总是巧妙避开她的问话。自己追问之后，他的反应也是爱答不理的，态度也不再像往常一样和颜悦色。可是课间时刻，她亲眼看到李煜安和郑欣宜在外面窗台上谈笑风生，她从他们面前走过，没有一个人主动说话，她故意坐在位置上不动，也没有一个人注意到她的不对劲。

乔彤的哥哥乔宇这几天都没来找他们玩，陈娇娇原本是她的好朋友，现在也只跟着郑欣宜一起，忽略了她。心仪对象态度冷淡，背地里的竞争对手洋洋自得，她的朋友还背叛了她，成了竞争对手的小跟班，这对一个十七岁的少女来说，无疑是人生中的至暗时刻。

“你说，”乔彤拉着罗宁的手不让她走，“李煜安几个意思？他突然对我冷淡，有没有可能是因为郑欣宜在背后搞鬼？”

旁观者清，罗宁看着李煜安不太像是会被周围女生左右思想的人。他最多只把乔彤当成好朋友的妹妹，察觉出对方对自己的心思，便疏远一下距离；等乔彤冷静下来后，他自然也就会恢复常态。

乔彤做任何事情都是三分钟热度，兴许过两天就把这件事情抛之脑后了，于是罗宁回答得含糊：“你别多想，过段时间就好了。”

乔彤神情严肃地警告罗宁：“那你保证这件事情除了你之外，不许有第二个人知道！”

别人如何建立友情的，罗宁不清楚，但是她与乔彤关系开始亲密，确实是因为这种“秘密”。

果不其然，没出几天，乔彤又和郑欣宜、李煜安恢复了关系，他们一起下课打打闹闹，放学一起回家，好似之前令她难过哭泣的事情没有发生过一样，她连把喜欢过李煜安这件事也一起忘了。

没出几天，乔彤拿了一沓信纸扔给罗宁：“帮我个忙，到时候我请你喝奶茶。”

罗宁把头从小说中抬起，一脸莫名：“什么意思？”

乔彤贴近她，声音压得很低:“帮我写份情书呗，你文笔那么好，字也好看，你写的成功率肯定比我高。”

罗宁简直无语:“你追人也那么敷衍？又给谁写?”

“什么叫‘又’，你只管写就是。”对方一副神神秘秘的模样，看罗宁不为所动，又低声下气地撒娇，“你还是不是我的好同桌，是你就帮我这个忙，好不好嘛。”

罗宁有些吃不消乔彤。她连对方是谁都不知道，提笔写了半张就写不下去了，只好又摘抄了几首含蓄的小诗，不管不顾地扔给乔彤:“失败了别找我。”

乔彤看了反而很满意:“就是要这种不明显的风格，显得我比较矜持。”

谁知第二天，乔彤又拿了一封信回来，让罗宁拆开看:“他回信了，你看看帮我怎么回。”

罗宁拆开之后，发觉信纸上的字迹越看越熟悉，越看越不对劲，她抬头问:“你给谁写的?”

乔彤羞涩一笑:“李煜安。”

然后就看见罗宁一副天塌了的表情，她赶忙抱住罗宁:“好罗宁，你不说我不说，谁知道？而且，重点是李煜安他回信了！你不知道今天他把信给我的时候旁边郑欣宜强装欢笑的神情，我可太解气了!”

罗宁有些头疼，乔彤和郑欣宜的明争暗斗，她身为当事人的同桌早已听得耳朵发痒，自己又在不知情的状况下掺进去一脚，这算怎么回事。

每当郑欣宜吃瘪，乔彤就会获得快乐，而且乔彤已经被这种胜利的喜悦冲昏了头脑，她磨着罗宁以乔彤的名义来来回回又写了几封信。

其实信中也没说多少事情，左右不过是分享读过的书，念叨一下每日上学时候的所见所闻，李煜安也在回信中不厌其烦地讲述同样的事情。只是他从来不在信件上署名，更不会在信件的开头写上“乔彤”的名字，他总会在每封信的第一行洋洋洒洒写下“笔者亲启”四个字，文字和人都是随意又舒展的模样。

收到第十七封回信的时候，罗宁停下了笔，任由乔彤如何撒泼，不再回一个字。乔彤只好自己动笔写，一连递出去三封，李煜安都不再回应，慢慢地，乔彤自己也觉得没什么意思，就把这件事情给淡忘了。

乔彤高考毕业之后就去了国外读书，对学生时代的印象还停留在高中时期。提起往事，她又成了不谙世事、无理取闹的小姑娘，想起来一出是一出，在微信上缠着罗宁。

乔彤：元旦我结婚，你也过来给我当伴娘吧！

乔彤：除了我大学同学，剩下的两位，郑欣宜和陈娇娇你都认识的。

乔彤：你不愿意吗？

罗宁：……哪有，这是我的荣幸。

周末，乔彤便给罗宁打了电话，邀请她去试穿伴娘服。

罗宁把车停在了一个奢侈品商场的地下车库里，乘坐电梯去了顶楼。乔彤选择的试服装的场所是一家在本地很出名的私人订制婚纱店，刚走到门口，穿戴正规的工作人员就拦住了罗宁，等她报上乔彤的名字，才恭恭敬敬给她引路。

婚纱店的内部像展览艺术品的博物馆，人不多，工作人员把她领到休息区，那里有飘着轻柔音乐的几方卡座，卡座上面搭了爬满绿萝植物的木质秋千架，后面是大片的玻璃幕墙，所以尽管内部空间别致崎岖，光线却依旧明净，不显阴暗。

罗宁这才知道自己是五个人当中最后一个到的。她隔着不远，看见郑欣宜、乔彤、陈娇娇还有一个面生的漂亮女孩儿围坐在一张小桌前，桌子上放了几碟精致糕点，旁边的冰桶里有镇着的果汁和香槟。

CHAPTER 03

往事 第三章

乔彤看见罗宁时显得很高兴，她披着轻薄的羊毛小毯起来招呼罗宁坐在她身边时，绣着复古图案的披肩随着她的动作堆到了膝盖上。

罗宁的手指被她紧紧攥着，像被一株光滑细嫩的蔓草缠住，冰凉凉、滑溜溜，起初有点不适应，目光只好顺着乔彤的介绍在周围人的面上环绕了一圈。

郑欣宜捏着杯子喝了一口咖啡，坐在对面朝她微笑示意，她与罗宁早已见过面，此时无须寒暄。

工作人员端来了热摩卡，屈身放在罗宁身前，乔彤端起来放在她冰凉的手心。

罗宁想着商场暖气足，便把外套扔在车上，只穿了修身的黑线裙，法式方形领口露出肌肤一片。乔彤伸手扯了扯罗宁系在脖颈的白丝绸领巾，打量她一番，说:“你一点没变。”

“夸我还是损我?”罗宁捧着杯子，闻言回道。

“还像是个学生，”乔彤很认真地想了一个形容词，“身上书卷气很重。”

“还是学生时代美好。”那位面生的美女讲了一句，剩下的几人都不约而同地点头。

罗宁没吭声，她心里并不这么觉得，只沉默着小酌了一口咖啡。

陈娇娇也随着乔彤的话打量罗宁："罗宁和以前一样，还是不爱说话，怪不得之前我们班的男生都说你高冷。"

罗宁和陈娇娇高中时期就鲜少交流，从她嘴里得到这个评价，使得罗宁非常意外。

乔彤拍拍手："既然都到齐了，那咱们开始吧。你们都挑选几件自己喜欢的，最后一起上身试试，选出大家都合身的。"

说完她向身旁的工作人员耳语了几句，对方离开了一小会儿，随后带着一队身着礼服的年轻姑娘鱼贯而入，在她们面前停下，又一个接一个走上前来，伸展双臂缓慢旋转，供罗宁她们挑选。

罗宁附在乔彤耳边低声道："需不需要和你的婚纱搭配一下？"

"我带你去看一下我的婚纱，"乔彤把她拉起来，紧接着对剩余几人道，"你们先选，我和罗宁待会儿就回来。"

乔彤的婚纱单独在一个房间陈列保存着，罗宁见到款式的时候就明白了，一看就是出自大设计师的手笔，是一条极为绚丽的鱼尾拖摆裙，任何样式的伴娘礼服都会在其对比下显得黯然失色。

"喜欢吗？"乔彤问她。

罗宁点头："你眼光好，穿上肯定好看。"

乔彤满意："你结婚的时候我可以替你参考选婚纱。有男朋友了吗？"

罗宁摇摇头。

"没谈过，还是分手了？"乔彤问得仔细。

罗宁神情不变："分了。"

"我哥还单身呢，"乔彤打趣她，"家里有我一个商业联姻的就够了，我哥不必委屈，娶自己喜欢的就行。"

"你先结婚了，他也不着急？"罗宁开始在脑海中搜寻有关乔宇的印象。

"着急啊，这不来问问你，你要是来当我大嫂，不比其他家的大小姐嫁过来骑我头上强？”

“别难为你哥了，”罗宁摸了摸柔软的婚纱，水雾一般的质感，倏然收回手，“我到现在没有动过这方面的心思，或许要孤独终老了。”

“看到婚纱也不心动？不期待？”

“小女孩都做梦期待过吧，但是细细想来，我们期待的是结婚仪式，而不是婚姻本身。”

乔彤思考她说的话，愣了两秒，哈哈大笑：“你说得很对，期待的是结婚仪式，喏，这条裙子也是我结婚的理由。”

她语气变得随意：“结婚不是我一个人就能拍板决定的事情，如果可以，谁不想只谈一辈子的恋爱，一辈子自由快乐。”

她们回去的时候，剩余几人已经商议完毕，挑好了几件蓝白色系的裙子。郑欣宜选的是珠光面料的复古提花缎，四个伴娘服有细微的不同，但大多都是抹胸镂空的款式。

最后总要自己上身试一试。工作人员替她们拿了适合的尺码，罗宁从试衣间走出来的时候，其余几人望向她，都不约而同地相视一笑。

乔彤走过来，眼睛往下扫了扫：“你身材真的……蛮有料的。”

罗宁倒也没害羞，在试衣镜前旋转了半圈：“不是很适应这种。”

“你穿上比郑欣宜好看，她有点太瘦，撑不起来，”乔彤看了看还在试衣间没出来的郑欣宜，在她耳边小声说，“你喜欢什么款式？”

罗宁心仪的是方才模特身上绸缎料子的礼服，颜色像《赎罪》里女主的裙子，那种惊艳影史的墨绿，款式大方，容错率也高。

最终还是乔彤拍板，她选了方才罗宁指的款式，剩余几人也没有什么异议。

在店里消磨了不短的时间，乔彤看着时间也不早了，就在下面的楼层订了吃饭的包厢，热情地招呼她们：“我把我哥也喊来了，大家之前都是同学，在我结婚之前聚一聚。”

郑欣宜开口：“还有谁？”

乔彤偏要卖关子：“你猜？反正我还喊了你想见的人。”

郑欣宜不说话了，陈娇娇过来揽住她的肩，在她耳边咬耳朵。不知说了什么，郑欣宜作势要打她。

乔彤订的包间是半开放式的，不大的旋转圆桌，皮质软椅，能透过镂空的木质墙壁看见外面的情景，有穿戴整齐的乐队正在富丽堂皇的大厅里进行演出。

看人还没到齐，乔彤拉着罗宁去洗手间补妆。

乔彤对着镜子里涂口红，眼睛往罗宁那边瞅：“你嘴上没颜色，是不是都吃掉了？”话音落下，就探身过来将唇膏往她嘴上点了一点，并对她说，“抿一抿。”

罗宁的嘴巴是好看的菱形，乔彤的口红色号偏深，是她往常甚少尝试的鲜艳。这浓稠的颜色在她嘴巴上留下了很明显的边界感，莫名让人联想到民国风镜子背后的上海歌女小像，丰盈洁白的脸蛋，哼歌的红唇一张一合，微翘又丰满。

补完妆，乔彤扭着腰对着镜子拍照，又拉着罗宁一起：“咱俩都没有过合照，高中拉着你拍，每次你都要躲。”

罗宁不爱拍照，从小到大一直如此，每次当她意识到自己出现在镜头里面时，面部神经就开始不受控制地变得僵硬。她觉得自己思维深处隐藏了一个没见过世面的古人，固执地相信摄像机是能吸人魂魄的妖器。

她不愿扫乔彤的兴，便只露了半张脸，好在对方也没兴起，没用多长时间就拍完，选了两张发给她：“这两张好看，晚上我发朋友圈，咱俩都不需要修图。其余几张的你不上相，我删了。”

回来的时候恰好碰见前方有两个穿戴整齐的瘦高男人，乔彤喊了一声，两人纷纷回过头来。

其中一个戴了一副银丝边框的眼镜，模样与乔彤有三分相似，是乔彤的孪生哥哥乔宇，罗宁对他的长相不陌生；另一个人她也眼熟，在结婚请帖上见过，是乔彤的恋人。两人看见身旁的罗宁，都很客气地打了招呼，一齐入了座。

乔彤同她未婚夫坐在最里面，乔宇坐在乔彤身边，和郑欣宜之间空了一个座位。坐下之后，乔彤就转头问他："怎么就你俩，李煜安呢？"

乔宇将点餐的卡片传给离得近的女士，说道："他在这里存过几瓶红酒，方才去取了。"

乔彤说："都开车呢，干吗浪费他库存，点几瓶饮料就可以了。"

乔宇："叫代驾就是。你是我妹妹，也是他妹妹，妹妹要结婚了，还不至于舍不得这几瓶酒。"

他目光突然落在乔彤身旁的罗宁身上，顿了一顿，刚想开口，目光又被出现在包厢门口的人吸引，开口道："这不，他来了。"

李煜安是那种一出现就很容易吸引在场所有人眼光的人物，今天他穿得偏正经，怀里揣着两瓶酒，朝里望了一望，内部陈设在他平滑掠过的一眼中一览无余，随后他目不斜视地走了进来。

乔宇身旁有一个空位，恰巧又在郑欣宜边上，她理所当然地去唤他的名字："煜安。"

李煜安的反应很平淡，他朝郑欣宜颔首，郑欣宜刚想帮他拉开座椅，抬头看到李煜安接下来的动作，突然停住了往外拉椅子的胳膊，微微变了脸色。

罗宁原本坐在乔彤的身边，后来又和陈娇娇换了座位，将位置移到了外面。距离包厢门口很近的身侧空了几个座，她把包放在了座椅上，李煜安进来的时候她并没有抬头，此刻余光看见有人过来，旁边的桌面上被轻轻搁置了两瓶红酒，一只修长的手拉开了她身旁的那把椅子。

罗宁下意识地想把自己的包拿过来，李煜安却先行一步，一只手指勾住包的拉链，摇摇晃晃地提起，将它挂在罗宁背后，随后又无比自然地在她身旁坐下。

其余众人没怎么在意座次的问题，倒是乔宇含笑看着他："坐那儿干什么？"

李煜安回答得一本正经："在下座，好服务你们。"

乔彤扑哧一声笑了："你们听听，他说得怪好听。来晚了，想怎么服务？端茶倒水可不够。"

"这可是你自己挖的坑，"乔宇一副看好戏的模样，"看见外面的乐队了没，刚刚工作人员还进来问我们要不要点音乐，你让我妹妹点一曲，你买单。"

乔彤说道："我不太会欣赏这个，让李煜安点吧，他会弹钢琴，更懂。"

乔宇："你见他弹过？"

"没，这是郑欣宜告诉我的。"说着，乔彤朝对方看去。

被点到名字的郑欣宜微微一笑："小时候经常听煜安弹，他家里的那架钢琴是斯坦威，我看着外面那架也是。"

"罗宁好像也会弹钢琴，"乔彤像是突然想起来什么一样，朝李煜安介绍，"这是我们高中同学罗宁，高二高三时期是我的同桌，不知道你还有没有印象。"

坐在身旁的李煜安一直没说话，但有着很强的存在感，这让罗宁有一丝不自在，经乔彤这么一介绍，她只好硬着头皮朝对方打招呼："你好。"

李煜安没回应她，只是目光在她脸上停留了好几秒。

"你老是盯着人家的脸看什么，"乔宇的声音不大不小，拖着懒洋洋的腔调，"没听到吗，刚刚罗宁跟你说话呢。"

一旁的郑欣宜突然开口："罗宁也会弹钢琴？刚好外面有一架琴，不如弹一曲，让我们也饱饱耳福。"

大家闻言一愣。

在座几人经常聚会，同席之间也会开些玩笑，就算这样，大家也很少指使对方去做什么，何况罗宁是乔彤邀请过来的新客，郑欣宜提出这种要求，既突然也莽撞。

大家还没仔细品出来里面的具体含义，乔彤的面色就有些发沉了。她刚想说些什么，就听李煜安在一旁开口："我去弹一首吧。"

郑欣宜面上有几丝不自在："我就是随口一说，煜安，你不必当真。"

乔宇却乐见其成，打了圆场："我同意，就当送我妹妹和妹夫的新婚贺礼了。"

乔彤身旁的未婚夫朝大舅哥腼腆地笑了一下。

李煜安起身去了外面，他穿着很正式，不知朝工作人员说了些什么，对方就彬彬有礼地引着他去了钢琴旁边。

大厅的光线都暗了下来，余下明亮的光束投映在钢琴上。

服务人员开始陆陆续续上菜，桌子上却没人先动筷。

陈娇娇也是学过钢琴的，只对餐桌上的人说道："他弹的是李斯特的《夜莺》，颤音多，要用四五指，应该是一直有练，没废掉功夫。"

等李煜安弹完一曲重新落座时，乔宇不嫌热闹似的带头鼓起了掌，偏头问妹妹："新婚礼物怎么样？"

"还不错，"乔彤目光转到了郑欣宜身上，不忘点她一下，"我都要结婚了，能不能在我生孩子之前喝上你俩的喜酒啊？"

郑欣宜有一点尴尬，只把目光投向对面刚刚落座的李煜安。李煜安像是没有听到乔彤不怀好意的调侃，只低头点弄了两下手机屏幕。

罗宁的手机上突然弹出李煜安发来的消息。

明明人就坐在她身旁，他却仿佛当她不存在。

罗宁将手机拿远了一些，状似无意地点开对话框，只见他发过来没头没尾的一句话：我以前教过你。

她把手机翻过去盖上，刚抬起头，就发现对面的郑欣宜一直在盯着她的动作，就这样，两人来了一个隔空对视。对面率先移开了目光，罗宁随众人一起动筷，佳肴精致，但她有些食之无味。

这顿饭接近尾声的时候，罗宁借故去了洗手间。从里面出来时，发现郑欣宜也在外面洗手，她十指纤纤，指尖蔻丹上镶着亮片和水钻。

罗宁挨着她，垂眸看着水流划过苍白的手背，对比之下，罗宁的指甲修剪得短而圆。她洗完之后又将手放在烘手机下面烘干，在轰鸣的声音中问对方："吃得怎么样？"

郑欣宜甩了甩手背上的水珠，隔着镜子冷静地盯着她："没有胃口。"

罗宁没有接话，看着郑欣宜用湿润的双手去弄头发。她戴着长而复杂的耳坠，卷发挂在了耳坠的空隙处，又用指尖去拨，上面镶着的亮片反倒弄巧成拙，使发丝更加凌乱地缠绕在一起。

罗宁靠过去帮她，手指轻柔地将耳坠与头发一点点分离开来。就在此时，她听见郑欣宜对她说了一句话，极其平常的语气，以至于罗宁一时没来得及反应。

"我知道你和李煜安的关系。"

抛下这句话后，她便盯着罗宁的脸色瞧，妄图从中找到一丝冷静面具分崩离析的证据。

"什么意思？"等到将头发全部拿下来，罗宁才开口回复。她松开了对方的耳坠，看着它摇晃着折射出洗手间的灯光。

"这可不是只存在于你们两人之间的秘密，"郑欣宜勾出了一个无害的笑，像在说一件无关紧要的事情，"不是所有人都像乔彤一样没心没肺。我知道她给李煜安写过很多情书，也知道上面不是她的笔迹。"

罗宁回看她："那你来说说，我和他，究竟是什么关系？"

"我猜，"郑欣宜的语气开始变得飘忽，"你们高中在一起过，谁追的谁我倒是不清楚，煜安好像从来没提起过你。"

罗宁看她的眼神有些不可捉摸，唇角挂了若有若无的笑。

郑欣宜像在讲故事："哪个少年不钟情，哪个少女不怀春。现在想想，当时我们高中做的事情，是不是像过家家一样好笑？”

“哦，”罗宁不感兴趣，“这样啊，那我们现在在这里谈论这些也没什么意义吧。”

“人在不同阶段有不同阶段的想法，你说是不是？”郑欣宜颇有谈话的兴致，“我和他从小一起长大，他小时候调皮，长大了反倒沉稳，小时候喜欢吃柿子，成天惦记我家的柿子树，成年了反倒一下都不带碰的。他表面上好像对待家庭和男女感情不看重，其实探望我父母的次数也很多……”

“所以你们结婚的时候也要邀请我当伴娘吗？”罗宁不轻不重地来了一句。

聊天跨度有些大，郑欣宜一怔，没接上话：“什么？”

“有些事情我不觉得像过家家，”罗宁擦着她的身体走过去，好似想起来什么一般又退回去，缓缓补了句，也没管对方听没听懂，“还有，我不早恋的。”

罗宁扔下这句话就转身出了洗手间。洗手间在最里面，出去就是一个拐角，她今天穿了带跟的鞋子，一个没注意就撞到了要进来的人。对方又高又瘦，衣服下面的身体却很结实，猛然间相撞，那人纹丝不动，她整个人却要往后面倒。

李煜安一把抓住罗宁的手，把她拉了回来。他面色很沉，手下的力度很大，攥得罗宁手腕一阵生疼。

“你……松开！”

罗宁费了好大的劲甩开李煜安，听闻后面有脚步声，应该是郑欣宜要出来了，她不欲与他们多纠缠，连句道谢也没说，脚步加快就要离开。

李煜安扯住她的手腕把她拽了回来，罗宁觉得今晚碰见的人都很莫名其妙，心里有些烦，空着的手也要抬起来捶他。对方看出她的企图，抬手把她另一只手也给攥住，轻轻松松拉着她拐进了洗手间的另一道门。

“这是男厕所！”罗宁看到了上面蓝色的标志，费劲地晃了晃被桎梏的双手。

李煜安松掉一只手去捂住她的嘴:“你再喊就全知道了。”

罗宁不吭声了，因为这是洗手间外侧，本来就没人，和隔壁一样的洗手台与镜子排列成有序的一排，映照着突然闯入的两人——她的一只手腕被后面的人握住，悬空定在肩头处，脖子也往后仰，半张脸埋在他的手掌下，身体贴住他的身躯。衣衫并不厚重，还能感受到他外套下面胸腔呼吸的一起一伏。

李煜安看罗宁突然没了动静，就松开了捂住她下巴的手，想到对方刚拆完线，怕自己的手劲没分寸，低声问她:“我刚刚弄疼你了?”

罗宁摇摇头，示意他松开她。

李煜安将手放到水龙头下摊开，水流在感应下涌出，冲刷着他手心被蹭着的一层红。这是罗宁唇上的颜色。他盯着手掌，问她:“你拆线之后恢复得怎么样?”

“还好,”罗宁觉得郑欣宜应该离开了，她倚着门口，道,“我觉得没有必要在男厕所聊天，没事我先走了。”

她刚出去，后面的人就紧跟过来，把她堵在拐角，又低声问了一句刚才的话:“我刚刚弄疼你了吗?”

没等她回答，他湿漉漉的手掌就贴上了她的侧脸:“你让我看看。”

罗宁只觉得下巴处一阵湿凉，下意识转头，又被贴在脸颊处的手指掰回来。他像之前给她看病拔牙那样，食指和中指微微曲起，趁她没有防备，指尖擦着嘴角探了进去。她被迫仰起了头，李煜安的两根手指撑起她的软腭，敛着眉凑近观察，神色并无不妥。

罗宁等待了两秒，看他还没有拿出来的意思，低头作势用牙齿咬他的手指。因为要让对方吃痛，她并没有收着力气。

李煜安面色不变，手指慢吞吞地蹭着她口腔一侧的软肉，浅浅搅弄了两下，听到罗宁发出了微弱的哼气声。他空余的大手捏着她腰际，感觉到她的挣扎，于是上面的手指又惩罚似的夹住了她的软舌，等到罗宁掰住他的手直呼痛时，他才缓缓抽出。

有晶莹的液体被带了出来，李煜安拿指尖用力蹭着罗宁的下唇，眼神如黑不见深的古井。他缓缓开口，语气反倒像是在埋怨："你口红全蹭我手上了。"

下唇被摩挲到发热，罗宁垂眼，确实看到他的指关节处沾染着几丝红。她上手去推他的胳膊，发现对方纹丝不动后只能放弃："红酒而已，你怎么像醉了？"

"你没喝？"他反问。

李煜安怎么可能醉，他眼神里透露着清醒，但是上瘾了，拿着手背去一点点蹭她唇角的颜色，想把惹眼斑驳的红变淡。

罗宁知道现在自己的脸一定被他弄得惨不忍睹。"我没喝，"终于她推开他，"我开车来的。"

"那你待会儿送我。"

罗宁用奇怪的眼神看他。

李煜安抚平发皱的衣衫，微微抬起下巴，恢复了骄矜的样子。他指了指自己的脸："去照照吧，你现在成花猫了。"

罗宁重新回到镜子前整理，为了错开回包厢的时间，她还故意多磨蹭了几分钟。

回到席面的时候，大家正收拾着准备离开，在座的或多或少都沾了点酒，纷纷拿出手机叫了代驾。罗宁和乔彤她们告别，磨磨蹭蹭好一会儿，最后一个坐电梯到达停车场。

电梯门开启，外面站着两人。

郑欣宜伸出一只手拦着李煜安，正在说些什么，看到罗宁从里面出来，转头闭上了嘴，李煜安也随着电梯的动静看向她。罗宁如常向他们点头示意，绕过他们去寻找自己的车。

车子还没来得及发动，就有人敲了敲车窗。

李煜安呼吸有些发重，倒也没讲究，拉开车门直接坐在了后面，像是费尽了心神，微仰起身子，后颈紧紧贴着车座软枕，闭着眼不言语。

罗宁把刚刚开启的广播关上。出了商场，罗宁才问:“你住哪儿?”

“还是高中住的地方，”他在后面睁开眼睛，微眯着看向后视镜里的罗宁，“你应该记得吧，毕竟去过很多次。”

罗宁没想到他一直都没搬家。他之前住的地方离高中学校近，离她现在住的地方也近，是相邻的小区。

她将车停到楼下。

从起初到现在，路上一直很安静，安静到罗宁以为后面的人睡着了。她扭头去看李煜安，发现他没有闭眼，正透过车内昏黄的灯光看她，神色晦暗不明。两人就这么静静地互看了半分钟，他也没有要下车的意思。

李煜安在她的注视中，缓缓将车窗摇下，胳膊伸在外面点了一支烟。他将烟雾吐在外面，屈指弹了弹烟灰，将烟支绕了个方向，手指虚虚笼罩着橘色的暗火，捏着烟蒂朝向前座的罗宁递过去。

“来一口?”

罗宁保持着刚才的姿势，鼻尖微动，轻轻嗅了一口，不是她惯常吸的那种。但是她好久没沾烟，心里起了酥麻的意。

李煜安看出来她想，便起身靠近，将只吸了一口的烟蹭到她下唇处，烟支在他掌心动了一动。

罗宁低头咬住了烟头，于是他也便松开了手。他耐心等着罗宁吸完，随后缓缓开口:“方才，你说你不早恋，这是什么意思?”

罗宁心道，怪不得他晚上有点不对劲，原来存着这句话在这儿等着她。

“你怎么还有偷听女人说话的癖好?”

李煜安动了动手指，眼神落在她隐在黑暗中的侧面，还在等一个回答。

“字面意思。”罗宁慢慢地解释，“郑欣宜疑神疑鬼，我只好告诉她这个事实，咱俩高中没谈过恋爱，这不对吗？”

李煜安点点头：“对。”

没过两秒，他又补了一句：“不和我恋爱，但是会……”

李煜安没说下去，在停顿里想到，有两人秘而不宣的往事。

罗宁转头瞪他，她自诩心境平和，但总能被他轻飘飘的三言两语勾起怒火：“你很缺爱吗？怎么一见到我就提这种事情？”

“缺。”他的回答言简意赅，一个字就堵住了她的嘴。

罗宁下意识地反驳：“你要是想的话，怎么会缺……”话到一半她又吞了下去，声音低了下来，“你总是扯着陈年往事不放。”

“罗宁，以前我们很好的时候，我从来没想过这个问题。”李煜安开始执着起来，他在等一个许多年都没想明白的答案，这个疑问曾经像一小团不可示人的火焰，封闭在他的骨头里，炙烤得他夜不能寐。现在离真相只有一步之遥了，他竟发现有些不敢问出口。

他望向车窗外，盯着虚无的一点，迟疑了好一会儿：“现在这么长时间过去了，我想知道，你是怎么定义我们之前的关系？”

罗宁一愣，还真认真想了一想：“高中我不怎么上网，那时候，有没有那个词？”

李煜安转过脸，神色不明：“什么？”

罗宁有些说不出口，犹豫了一瞬，最终朝他做了个口型。

光线昏暗，但李煜安还是看清了。

车内安静了几瞬，明明开了车窗，罗宁却感觉空气有些发闷。

过了半晌，李煜安忽地轻笑一声，出口的话却是异乎寻常的温柔：“罗宁，我真想掐死你。”

李煜安明显是生气了，他关车门的时候还甩下了一句话：“先别走，在下面等着。”

罗宁听出了咬牙切齿的意味，她在下面果真等了两分钟。

正当她犹豫着要不要离开的时候，就看见李煜安从单元门出来，手里拿着一个长方形的物件。他从打开的车窗把东西塞到罗宁的驾驶座上，冬夜的风把他额前的发吹乱，他一句话没说，转头直接上楼。

塞过来的东西是一个牛皮纸文件夹，有些陈旧，似乎保存了很久，凑近了还能闻到木质书柜里的樟脑香。

罗宁把上面的线头扯开，又翻转过来，里面保存的物品像雪花一样哗啦啦掉出来，撒在她的身上。

是信。

罗宁带着那几封信回了家。

人会忘掉很多事情。自从她离开家乡之后，大脑像开启了保护机制，自发地把以往十八年的记忆全部模糊掉，她很少回忆从前，虽然还叫罗宁，却仿佛换了一个灵魂在别的城市游荡。

她打开书桌上的灯，桌面上还有离开前没做完的题集。她捏着那几封信缓慢地读着，略略发黄的纸张，翻动时有发脆的质感，上面是她的笔迹。

当时的心境如何，为何写下那样的文字，罗宁开始缓慢地回过味来。这些熟悉的文字就像潜入水底一睁眼时冒出的小气泡，气泡碎掉的同时，心里也浮起了很奇妙的情绪。

罗宁与李煜安第一次说话，时间已经快接近高二上半学期的尾声了。

乔彤一到冬天就很爱滑冰，又是一个周五放学后，她拽着罗宁去了滑冰场。

班里的很多人都在，大家在冰面上打闹，罗宁穿着冰刀鞋独自在休息区坐着，看着其余人嘻嘻哈哈，倒也习以为常。

乔彤的性格也是这样，没人陪她玩耍的时候，她干什么都要让罗宁陪着，等遇见了其他人，就会立刻把罗宁丢掉，玩尽兴了，到了要回去的时候，一转头才发现身旁还有个人。有好几次罗宁和乔彤一起出来，路上她碰见熟人，直接过去同别人边走边说去了另一个方向，罗宁插不进话，只能先回班里。等乔彤回来，她也没问刚刚罗宁去了哪里，因为她压根儿忘了有个人陪她出去过。

假设郑欣宜没有带头孤立她，罗宁可能会对学校生活多抱一丝期待，但她仍旧觉得自己不会融入集体。这种游离于群体之外的旁观生活，她天生就习惯。

正当她冷眼看这一切的时候，身后传来了一个男生的声音："你怎么不去滑？"

罗宁吓了一跳，转头看见了身穿防水服的李煜安。他戴着鸭舌帽，帽子上面又盖了卫衣帽子，下半张脸只显出了鼻梁的轮廓和下巴的弧度，正坐在自己上面一层的阶梯上，不知什么时候来的，罗宁也没有发觉。

她环顾了一圈，休息台的人很少，他确实是在对自己讲话。

"你不会滑吗？我可以教你。"李煜安继续朝她说道。

罗宁摇了摇头："我陪乔彤来的，坐在这儿看就好了。"

对方"哦"了一声，点点头，也没动作。

两人说完这几句话后都不吭声了，就这么干巴巴坐了十分钟。滑冰场吵闹，但是彼此离得近，稍微动一动，衣料摩擦的声响都听得分明。

如果他再不离开，自己就换个地方坐，罗宁正这么想着的时候，突然听到李煜安开口："你——"

罗宁应声转头看他。

李煜安看到她回头，一瞬间好像忘了自己要说什么，随后侧了侧身子，避开了她的注视。他轻轻咳嗽了一声，随后，握成拳的手贴在嘴唇处，声音有些模糊："你怎么不继续写信了？"

罗宁的背有些僵直，声音倒是如常："什么信？"

"之前我回的那些，后来为什么不写了？"

"乔彤不是给你回了吗？"

他语速变得有些快："后面那几封不是你写的，我认识你的字。"

“既然是乔彤给你的信，那就是乔彤写的。”罗宁回答得很果断。

“你在说谎，”李煜安轻抿了下唇角，“我知道写信的人是你，你也清楚我是在给你写回信，从第二封的时候，你就知道。”

罗宁垂下了眼，盯着自己的掌纹没说话。她隐秘的心事如轻糊的窗户纸，被对方轻易地说开挑破。

他们之间的信件来往对话如此普通，如此日常琐碎，甚至中间还隔着一个乔彤在观阅，但是字里行间所传递的对象是谁，谁在隔着模糊不详的名姓述说真实，信纸两端的彼此，似乎都心知肚明。

“为什么不写了？”他还在执着地问。

罗宁动了动嘴唇，声音很小：“我觉得这样，不太好。”

这样不好，无论是借着乔彤的名义给他写信，还是因为他是郑欣宜的爱慕对象而产生的报复心和虚荣感，或者是一些别的什么，她都觉得不太好。

李煜安皱着眉想了一会儿，随即从兜里摸出手机，说：“那你加我的联系方式。”

罗宁想到了她藏在背包里的小灵通，心里最先涌现出来的情绪是绝望。她很平静地回复对方：“我没有手机。”

李煜安舔了舔嘴唇，他几乎从来没有碰到过这种情况，远处的乔宇在喊他过去滑冰，他在罗宁身后飞快地说了一个地址。

罗宁有些惊讶地抬头看他。他只好又重复了一遍，说：“我自己一个人住，你没事……可以来找我玩。”

他说完之后跳下台阶，转头又看她：“不要忘记了。”

罗宁最初是没有把李煜安这句话当回事的，因为罗宁除了要考虑他说这话的动机，他周围复杂的人际关系，还要面临一个最大的问题，那就是，高中生没有那么多空闲时间。

就算这样，她也不是家里起得最早的那个。宋文慧认为每天吃外面的早饭不健康，宁愿天不亮就爬起来给她下一把清汤挂面。早饭时间很紧迫，罗宁通常还在洗漱，宋文慧就会把做好的饭放到窗外去凉一凉，一边打着哈欠一边看着罗宁含糊快速地吃完，又看着她背着书包沉默地去学校。

去了学校，无非就是埋进书本里，上课有时精神抖擞，有时昏昏欲睡。如果不是乔彤，她坐在座位上一天也不一定说几句闲话。

班主任在外面开设了补习班，周末班里许多人还要去那里打卡。之前罗宁没有上补习班的打算，自从她当上语文课代表后，班主任——这个严苛古板的中年男人——就突然注意到了她，总认为她的成绩还可以再提一提，周末的补习班也强制性地给她报上了名。

这对罗宁来说也不是什么坏事，原本在家的时候，自己也要装模作样地在父母眼皮子底下学习，还要忍受他们喋喋不休的争吵。双亲的赡养，牛肉的价格，地上突然出现的碎纸屑……每一件鸡毛蒜皮的小事都是导火索，几十年如一日成为他们攻击对方的武器。

罗宁作为麻木的旁听者，在这些鸡飞狗跳中意识到，婚姻中就算没有离异出轨，也有像玻璃片一样的小事，这些不起眼的小事，同样能消耗人的心神，把一颗心扎得鲜血淋漓。

于是，周末的补习班也成了她离开家喘息的机会，意味着可以在外面吃早午饭，节省一点的话，还可以攒下零花钱。在里面代课的老师也不是实验班的授课老师，班主任更是从不来这里视察。大多数时候，两天的课程，她只在周六上午去听一下，然后顺道溜出去，剩余的时间就在旁边的书店里消磨。

没过多久，她就再次碰见李煜安。

是一个寒冷的周六清晨，已经接近高二上半学期的尾声，她磨磨蹭蹭地在早餐铺子前排队，有人在旁边扯了一下她的书包。

罗宁转头就看见了李煜安。他裹着黑色的大羽绒服，头发有些凌乱，一看就是刚起床不久。门口卖早餐的大爷揭开了一笼刚蒸熟的包子，他隔着腾起来的白雾和她对视，看向她的眼神很是精神抖擞。

说来也奇怪，明明他们在同一个班级，但每次碰面几乎都是在学校外。

“你在这儿干吗呢?”他声音有些哑。

罗宁下意识地扫了一圈，意识到周围没有同学，才回答:“排队买早饭。”

李煜安晃了晃他手里的袋子，伸手勾住她书包肩带，把她从人群中拽了出来:“这么冷就别排了，我买了很多，你和我一起吃吧。”

背上书包的重量提醒着她今天有要去做的事情，罗宁说道:“我还要去上补习班。”

“班主任那个?”李煜安从袋子里拿出一个手抓饼塞她手里，自己也拿出一个豆沙包低头咬住，声音含糊，“好多人都逃课的。”

罗宁想到自己从来没有在补习班见过李煜安，但是郑欣宜也不在，她知道李煜安理科成绩还不错，想来对方压根儿就没报这个课外班。

他说完又看了她一眼，很快撇开目光，道:“你没穿校服，刚刚差点没认出来。”

罗宁冬天怕冷，在外面用衣服把自己裹得严严实实，脸埋在黑色的高领毛衣里，显得小且素净。她在他打量的目光下泛起了别扭，转移了话题:“你住这附近吗?”

李煜安神色变得莫名:“我之前告诉过你，你果然不记得。”

罗宁自然还有些印象，她有些不知道怎么解释:“我以为你只是随口一说……”

“我只告诉过你一个人，”他不满，“你压根儿就没想过来找我。”

罗宁原本想说，我们在学校里几乎没有说过话，也没有熟稔到可以去你家玩耍的地步。但看到对方此刻的神情，她不知道怎么回事，话就没说出口。

李煜安看了看腕表上的时间，挑眉问她:“八点四十了，你早就迟到了，还要去吗?”

罗宁:“……”

她确实迟疑了。

“来我家吧,”李煜安帮她拿下书包,“我可以教你数学和物理。”

李煜安父亲再婚之后,他自己一个人住。罗宁跟着他穿过喧嚣的街道,从小侧门拐进小区,走进电梯,看着他刷卡,看着他因为心情愉快而翘起的唇角,只觉得心中有一些躁动不安的成分要不受控制地蔓延出来。

她从来没去过男生的家里,好奇心占据了上风。屋内暖气很足,她脱掉厚重的外套,趁弯腰踢掉鞋子的空当,在垂下的发丝缝隙间悄悄地打量环境。

客厅很空旷,比她想象中要大、要干净,中间最显眼的地方摆了一只巨大的鱼缸,贴着玻璃壁的照明灯在水中映出暗蓝色的幽光,里面却一条鱼也没有养,只有氧气泵沉在缸底,不间断地吐出小串的泡泡。

罗宁进来之前是有些紧绷的,但是李煜安的态度让她逐渐放松了起来。

他把她带进书房,墙壁是壮观的玻璃柜子,里面摆满了她不认识的手办和乐高积木,最里面有足以容纳两人写字的学习桌,但他没有和罗宁在一个房间,只给她拿了很多饮料和零食,自己反而去客厅打游戏了。

罗宁在里面写了一上午试卷,效率竟然出奇地高。到了午饭时间,她走出书房,想着用自己的零花钱请李煜安吃午饭,却发现他人已经不在客厅。她唤了他两声,没人应,走了两步,厨房的推拉门“唰”一下被人从里面拉开,李煜安探身看了她一眼,什么话也没说,又转身进去了。

罗宁是真没想到他竟然还会自己做饭,菜式虽然简单,但颠锅拿铲的姿势很熟练。

两人坐在餐桌前,都不约而同地沉默下来,只低头吃饭,罗宁就把这个疑问当话题问了出来。

李煜安戳了戳碗里的米饭,语气很随意:“自己出来住,总不能一点都不会。”

他抬眼看她，问：“下午要一起看电影吗？我这里有很多碟片，你可以挑一挑。”

李煜安将柜子里的碟片全部倒在毛毯上，罗宁蹲在地上挑选的时候还在想，明明自己已经打算好吃过饭就离开，怎么又和他一起挑起电影看起来了。

罗宁问：“这些你都看过了吗？”

“大部分看过。”

“这个呢？”罗宁拿起一张光碟，封面是蔚蓝大海，一对年轻的男女靠在沙滩竖起的冲浪板上。现在是冬天，这个封面足以在一瞬间勾起罗宁对夏天的回忆。

李煜安凑过来看了一眼，日本导演北野武的电影，光盘上印着名字，显眼的红色的字体——《那年夏天，宁静的海》。他摇摇头：“没看过。”

把碟片放进去之后，两人就靠在了沙发上，中间留了还能坐下一个人的距离。

午后房间拉上了窗帘，一切都变得昏暗，除了鱼缸还闪着幽冷的亮色，就只剩下荧幕里大海潋滟的波光，随镜头变换一帧帧映在他们面上。

就像影片的名字一样，这是一部很安静的电影，长镜头配上久石让的音乐，像画一样细腻地描摹出聋哑青年男女平静酸涩的爱恋。

女主角柔情温顺地坐在沙滩上，安静地望着冲浪的爱人，镜头语言美得让人羡慕，原来海边就是一个会让人心生眷恋和感受精神自由的地方。

恰好，恰好罗宁也需要一个地方，不是日常争吵琐碎的家庭，不是人多繁杂的书店，更不是被人视作空气的学校，就是像此刻安静昏暗的房间，像回到体育课自由活动时间之后，回到教室被窗帘遮挡住的那一角。

罗宁意识开始变得放空，思绪也飘浮了起来：如果可以，大学一定要去温暖的地方，去有海的城市……

她醒来的时候还有些恍惚，自己仍旧在沙发上，只不过不是坐着，而是斜躺着，身上不知何时搭了一床薄毯子。直起身后才看到李煜安，他后背紧贴着她身上垂下来的毛毯，盘腿坐在沙发下面，拿了一个充电的小台灯正在翻书。感受到身后的动静，他转过头来和她对视上目光。

罗宁有些不好意思："几点了？我怎么睡着了？"

"可能是太累了吧，"李煜安转身过去继续翻书，拿笔标记了几个地方，不以为意，"电影才刚放完，你可以再睡一会儿。"

罗宁一时不知道说些什么，慢慢开口："结局是什么？"

"男主角死掉了。"李煜安回答。

"什么？"罗宁有些不可置信，身体动作幅度有些大，薄毯从身上滑了下来。

"对，我也挺意外。因为冲浪，被大海冲走了。"

李煜安看见罗宁因为吃惊而瞪圆的双眼，感觉有些新奇。他很少看到她脸上浮现明显的情绪，这种新奇感冲淡了方才电影结局带给他的那种不上不下的哽咽落寞。

"女主呢？"

李煜安捡起地上的毯子，不知道如何描述："她表情很宁静，宁静地接受了爱人的离开。"

他看着罗宁有些愣怔的表情，莫名联想到一些小动物，下意识地抬手想揉一揉她的头发，胳膊举到一半时又放下："这个结局不美满，下次我们可以换一些温馨的电影看。"

下次。

他总是神色自然，好像理应如此。

一周有七天的时间，前五日在学校的时光其实很快，但因为日日重复枯燥的课程，所以又显得很漫长。乔彤不再沉浸于和郑欣宜的明争暗斗，而是将一颗少女心寄托在了别的男生身上。

有过周末的插曲，罗宁才注意到李煜安和郑欣宜其实经常来找乔彤聊天，她仍旧低着头，但是会听一耳朵他们的聊天内容。有时出去接水，偶尔会碰到李煜安和乔宇一起结伴过来，他好几次盯着她，似乎想说些什么。意识到这一点的罗宁就会加快手上的速度，有时候连杯子都没拧好，就拔腿赶回班里。

周末的时候，罗宁买了几尾小鱼，用透明的塑料袋子装着，小心翼翼地按响了李煜安家的门铃。

李煜安将客厅里的鱼缸盖子搬开，和罗宁一人拎着袋子的一个小角，动作缓慢地将里面的小鱼苗倾倒进鱼缸里。

这群小不点进入巨大的玻璃缸里游得飞快，热带鱼品种，在水中翻腾时鳞片会泛出波光，罗宁趴在玻璃外面看得很认真。

李煜安也在看，目光一错不错，只不过落在罗宁脸上的时候更多一些。他像是随口一问："你在学校里，为什么看见我就躲？"

"被别人看到会觉得很奇怪。"罗宁实话实说。

"别人是谁？"

罗宁不吭声了。

"乔彤？"李煜安开始猜测，"郑欣宜？"

他继续斟酌着话语："我们是一个班的同学。"

"那我们也可以当普通同学，"罗宁往里扔了一点鱼粮，说完要起身，"鱼是给同学的礼物，谢谢你之前招待我。"

鱼缸里的鱼苗不知是食物，呼啦一下全部逃开。

李煜安感觉到她语气的变化，立刻止住了话题。他看见罗宁放下鱼粮，转身要去寻找书包，心里一急，伸手下意识地去拉她，拇指勾住了她的小指。

发现罗宁没有立刻甩开，他又往上移了一寸，掌心用力地包裹住她整个纤细的手背，低声问："你要走吗？"

被握住的手发麻，罗宁说：“有鱼陪你了。”

“小鱼哪够，”他微微俯身，把两人的手贴在自己前胸处，那里比他的掌心更滚烫，“你在学校里不理我，周末也不陪我吗？”

“我不走。”

罗宁说完，手指动了两下，对方就如梦初醒般立刻松开了她。

这个人很会以退为进，还很贪心，可以陪他写作业看电影的人有很多，但他非得拉着她。罗宁自己也不懂，面对他的时候，设想总是和现实背道而驰，她总是心软。

“折腾他们的时候可别心软,”乔彤把闹伴郎的一些道具提前拿了出来,摆在罗宁她们面前,“这可是我精挑细选的。”

乔彤话说得意有所指。

陈娇娇也看向郑欣宜:“李煜安是伴郎?”

郑欣宜说:“待会儿他过来吃饭,你问问他不就行了。”

明天是元旦,出嫁前的一晚刚好是跨年夜,乔彤在自己家里设了宴。酒店彩排过后,伴娘和女方这边的朋友都在这里布置房间,一些亲朋要用晚餐,李煜安和这对新婚夫妻都相熟,既当伴郎开车迎亲也要赴今晚的宴,可谓是两头跑。

乔彤家实在是大,自己请的私房厨子,宾客分两三个房间落座。罗宁知道明天有的忙活,多吃了几口,吃过后又觉得胃胀,只能去院子里散步消消食。

别墅离郊区近,晚上跨年,院子里开始摆满了烟花。她沿着后院池塘走了一圈,脑子里有些杂乱,被风一吹清醒了一些。

看着张灯结彩的装扮,罗宁心里有种说不出来的堵。

和她同样的年纪,有人工作步入正轨,有人已经结婚,罗宁之前有很多不切实际的幻想，比如逃离城市隐居山林，终日和老黄牛做伴；又比如去寺庙或道院，青灯古佛修身养性。可惜幻想的泡沫在遇到现实就会飞速破灭，如今自己还不是正谋求一个父母期望的、安稳不出差错的工作。

罗宁绕了两圈，又循着小路往岔道上走。这路上有些黑，她加快步伐往灯光明亮的地方去，快走几步又迟缓下来——有交谈的男声不远不近地传过来，从模糊微弱到清晰可闻，罗宁意识到不止自己一个人在这儿。

有两个人站在欧式灯柱下聊天，听闻身后有动静，转身瞧了过来。是李煜安和乔宇，两人指尖都夹着烟支，隔着迷蒙的灯光打量突然出现的她。

自从李煜安丢给她一句想掐死她的话和一堆曾经来往的信件后，小半个月了，两人一点联系都没有。他像没看见她一样，停顿过后迅速拾回方才的话题，转身继续和乔宇说了两句，手指夹着的烟已经积了一小段灰烬。

罗宁脚尖捻着小道上铺的鹅卵石，这是一个步履转弯的起势。

乔宇倒是没急着回李煜安的话，先开口问候了罗宁："外面这么冷，你怎么自己一个人出来了？"

"出来消消食。"

"其他人也吃完了吗？"

"大概吧，"罗宁此刻觉得散步也没什么意思，想回去了，"估计在装扮房间，我回去帮帮忙。"

乔宇也很客气："辛苦了。"

罗宁朝他点点头，返身回去了。

乔宇眼神移到李煜安面上，朝他吐了一口烟雾："你怎么不说话？"

李煜安不为所动："说什么？"

"没记错的话，她是你同班同学吧？"

"是吗，记不太清了，不太熟。"

"这样，"乔宇音调往上扬，"你还真是贵人多忘事。"

李煜安把烟灰往他身上弹了弹，乔宇往后一躲。

“虽然咱们不在一个班，但我对她有点印象。”躲开了李煜安的攻击，乔宇掸了一下压根儿没被碰到的衣角。

李煜安不咸不淡地回了句：“你能有什么印象。”

“我妹的同桌啊，挺文静，我对长得好看的都会有一点印象。”

李煜安笑了一下。

“我妹那天给我提了一个事儿，你猜怎么着？”他也瞅着对方笑。

李煜安含了口烟雾，眼神有些说不清道不明的光：“怎么？”

“她想撮合我和罗宁。”

李煜安没动，烟雾从唇角一点点弥漫出来。他说：“看你妹妹出嫁，你也恨嫁？”

“怎么不恨？我觉得挺好的，她这种气质的我喜欢，你觉得呢？”

乔宇在“喜欢”两个字上加重了音量。

李煜安看了他一眼，说：“哦。”

“‘哦’是什么意思，”乔宇没憋住笑，被烟呛得咳嗽，手搭上他的肩膀，“那我约她吃饭了？过几天就约。”

“有意思吗你。”李煜安把他的手拿掉。

“你小子，”乔宇咳嗽缓过来，“眼神能不能收敛一点，每次见面就往人姑娘脸上盯。”

忙碌了一晚上，直到十一点左右才空闲下来，罗宁一停下就开始发困。

乔彤爱热闹，她怎么样也得熬过十二点，周围的人也都神采奕奕等跨年，从一楼到三楼，像开Party一样欢乐。

罗宁从二楼的栏杆处往下看，已经有人把烟花拉出来预备着了。她抿了一小杯香槟，精神有些缓过来。正捏着空杯子发愣的空当，有酒瓶碰到了她的杯子，发出清脆的“当啷”一声响。

她回神往身旁看，就见乔宇倚在栏杆上，握着一瓶新酒，瓶口贴着她的杯沿，徐徐往里倒了半杯。

他银丝边框闪着生人勿近的寒光，嗓音却儒雅:“困了?”

“谢谢，”罗宁看他将酒瓶直起，自己也将杯子移开，“还可以忍。”

“二楼所有房间都是客房，没上锁，眯一会儿也行。”

“那多扫兴，马上就是新的一年了。”

乔宇看了一下腕表，点头:“还有十三分钟。”

就说话的这么一小会儿空当，楼下庭院热闹起来了，冒出来不少人，乔彤围在中间，跃跃欲试地准备等到零点放烟花。

乔宇偏头看她:“你不下去一起吗? 煜安和郑欣宜也在。”

罗宁也看到了，郑欣宜举着燃烧的仙女棒，陈娇娇在一旁给她拍照片。她将还没点燃的烟花棒递给李煜安，李煜安刚上来没接，后来自己拿了一根，捏在手中看了一会儿。

“我就不凑这个热闹了，”罗宁淡淡地说，“我更喜欢看别人放烟花。”

“他俩没什么事，”乔宇继续说，“李煜安没这个心思。”

罗宁“哦”了一声。

“你俩这个反应，”乔宇觉得有意思极了，“我有点不太信他说的话。”

庭院中的李煜安似乎有所觉察，抬头往上，目光一扫就看到了趴在栏杆上聊天的两人。

“还是不能在背后说人，”乔宇嗓音含笑，“这不，被发现了。”

罗宁装作没看见，侧了侧脸。

“他说你俩不熟，”乔宇和她碰了碰杯，“真的吗?”

“他说什么就是什么吧。”罗宁再往下看，已经找不到李煜安的身影了。

乔宇向她发出邀请:“我去下面找他们玩，不一起?”

罗宁摇了摇头。乔宇挑了挑眉，随后转身离开，罗宁吸了一口气，低头看了一眼手机。

23∶59。

楼下喧嚣了起来，有人点燃了小礼炮，噼里啪啦好不热闹。她将按熄的手机屏幕放进口袋里，没过两秒就自动亮了起来，有人打来了电话。

外面烟花渐响，罗宁一边转身一边从口袋里重新掏出手机，还没拿出来，就被面前突然出现的人吓了一跳。

也不能说是突然出现，李煜安只是刚来到了罗宁的身后，谁知道她此刻转身，倒把她自己弄了个猝不及防。

罗宁左手要往口袋里拿手机，右手端着半杯的酒，冷不丁转身碰见个人，手中顿时有些脱力，眼睁睁看着手中的酒杯滑了下去。李煜安眼疾手快，上半身压过来，手心往上一抬，要落地的杯子就在两人身间被他托住，杯子没碎，半杯酒倒是倾洒了他们一身。

酒不多，不至于浸湿衣裳，罗宁只有衣领沾上了一点水痕，但李煜安半个袖子都是湿漉漉的，手心里的酒杯还倾斜着，清透冰凉的液体顺着杯沿还在往他的袖口里淌。

罗宁连声音都没来得及发出，赶忙把他手中的杯子拿下来放在一旁，又从口袋里翻出纸巾，往他还在滴水的袖口中送。纸巾碰到他的手腕，擦拭了没两下，李煜安就顺势抓住了她的手。他掌心都是湿淋淋的酒水，蹭得她手心里也潮湿。

罗宁不解地抬头看他。

李煜安用另一只手扶住她的肩膀，将她身体转向外面，示意她抬头："往上看。"

转身的一瞬间，有鸣亮的气流声传来。烟花往上飞驰，天空中砰然一声响，不足两秒的停顿后，炸开了一朵极为绚烂的满天星。

"新年快乐。"他说。

依旧是不温不火的语调，但是气息全扑在她的耳朵上。

罗宁一只手还被他拉着，手掌相贴，再冷的酒都被暖热了，她指尖在他手心动了一动。良久，她也对他说："新年快乐。"

"走走走，去二楼。"

“二楼看烟花看得更清楚。”

身后楼梯突然响起嘈杂的讨论，混着脚步声逼近。

乔彤的声音在喧嚷里照样清晰，罗宁转身和李煜安对视了一眼，就要抽回自己的手。

李煜安察觉到她的动作，由上至下地瞥她一眼，沉着脸压低眉毛的同时，手上也愈发用力，不顾罗宁的意愿，手指就顺着她的指缝嵌合进去。十指相缠，扣住的指骨也被勒得发疼，他挑衅一般地去打量她。

罗宁此刻却不按常理出牌，反手握住了他的手腕。李煜安神情一怔。趁此刻他还没来得及思考，罗宁轻轻松松地就把他拉走。

他们从楼梯口绕出去，门外就是一条长长的走廊，两侧都是客房。

七八个人从楼梯绕上来，直直奔赴二楼的大阳台，没人注意身后。李煜安不放开手，背对着人群依旧很显眼，罗宁拧开了第一道门，拉着他进去。

室内一片黑暗。

她丢开他，去摸索墙上的开关，还没来得及按下去，就被后面的男人握住肩翻转过来压在了门后。

“你躲什么？”他胸膛滚热沉重，双手往下扯住了她的手腕，不让她去开灯。

“怕被看见啊，”罗宁推他推不动，“你都跟乔宇说了我们不熟。”

他在她耳边咬字：“这不是学习你的话术？”

“怪记仇的，”罗宁垂着眼，“外面这些人，知道你这么小心眼吗？”

“你想说谁就直说。”他丧失了一些对话的耐心。

罗宁侧过脸，躲避他说话时的气息。

“你无论和谁讲话，都恬静柔和，怎么到我这里就跟被惹恼的猫一样？”他在黑暗中看盯着她的脸，想从中看出一丝端倪。

“为什么想躲我？”他问，“是讨厌？还是逃避？”

他说着离她愈发近，方才是困住的姿势，现在他贴在她脸侧，更像耳鬓厮磨。摩擦间体温升高，酒精的浓郁的味道从衣袖和领口间源源不断地发散出来。

“难不成，”他盯着对方微微颤抖的眼睫，自己都笑了，嘲讽一般地说道，“是害羞？或者是情怯？”

这话的分量，就像不经意间往深潭撒了一把石子，让罗宁一时猝不及防，沉底的思绪如同游鱼般乱窜开来。罗宁回看他，一双眼睛在昏暗中亮得惊人。

李煜安抓住她的手腕，将两只手往上移，一点一点地举过她的头顶，最后按压在门板上：“在别人面前装不熟的把戏，我玩腻了。”

她终于轻声回应：“那你想换个什么玩法？”

李煜安在黑暗中磨了磨牙。这个女人终于不和他演戏了，露出了她曾经在他身上屡试不爽的勾人情态。他的鼻尖触碰到了她的脸，唇与唇之间相距不过分毫，他低声回答：“想玩刺激的。”

他的眼神也有温度，烤得罗宁面皮发烫，她垂下了眼睫，半晌才说：“你抓得我有些痛。”

李煜安下意识就松了手上的力度，罗宁顺势踮了一下脚，湿润的唇浅浅擦过他的面颊，在他耳边呵气，语气像不通人事的少女：“你说的刺激玩法……”

上面捏着她手腕的手指又一紧，罗宁被这人重新撞回门板上，手肘关节碰到结实的木门，顿时一阵酸痛。她发出闷哼的轻喘，还是坚持着把话说完：“我不太懂。”

“我看你，”李煜安腾出一只手捏住她的下巴，咬着牙，“就是太懂了。”

话音落下，就急不可耐地吻了上去。他急切鲁莽但不缺章法，先在她的唇和下巴处轻吻，每当她一挣扎，他便吻得更用力些。

他像沙漠中三日滴水未进的迷路者，从罗宁那里拼命汲取生命之源。就在罗宁感觉自己要窒息的时候，他又留给她喘息的机会，会停下来抚着她的脸，额头相碰，鼻尖相抵，呼吸交缠在一起。

罗宁被按在门板上的手滑落下来，只能攀着他的脖子，彼此间清晰的声响听得她眼尾都在发烫。

“罗宁。”李煜安贴着她，呢喃着去喊她。

罗宁没应，对方就更用力，咬她一口又松开。她吃痛，狠狠瞪他一眼，不情不愿回应了一声。他便再次凑上来，勾着她一起失魂。

如此反复几次，他终于停了下来，在她耳边恨恨道：“罗宁，你这个薄情女。”

罗宁闻到了复杂的味道，酒精气息混着极淡的烟草，以及李煜安身上特有的凛冽薄荷香，像风浪一样裹挟着她，她在这风浪中天旋地转。

“这些客房都可以睡。”

“怎么不见李煜安？”

外面有杂七杂八的说话声，各色脚步匆匆来到走廊，又渐渐散去一些。

“李煜安……煜安！”罗宁在断断续续的空当小声喊他的名字。她被亲得迷迷瞪瞪，声音也和平日里不一样。

“明天要早起，我先去睡了。”这是陈娇娇的声音。

“晚安。”郑欣宜回复，她的声音就响在一门之隔的外面。

“松开我……”罗宁别开了脸。

李煜安一抬手就把她勾回来，描摹着她的唇形，回答的声音喑哑，却不失霸道：“我不。”

陈娇娇声音也在门后响起：“晚安。你睡哪个房间？”

“就这个吧。”郑欣宜伸手拧门把手。

罗宁感到身后有门锁转动的声响，手指瞬间抓紧了李煜安的衣领，一时只觉得布料冰凉，衣服的纹理复杂。

郑欣宜转了几下转不开，随后放弃，“这个好像打不开。”

陈娇娇：“换一间就是。”

“行，你也没看到煜安去哪儿了？”

“或许是回去了？”

“不应该，我待会儿打个电话。”郑欣宜的声音透露着烦躁，她们的脚步声逐渐远离。

李煜安发觉罗宁手上的动作，低低笑了一声。

“够了，够了。”她捶他，见他还不松，也用牙咬住他的上唇。李煜安尝到了铁锈的味道，这才放开她。

罗宁没有了力气，顺着门板要往下滑，李煜安捞了她一把，她才得以站稳。她一边喘气一边瞪他：“你是属狗的吗？”

咬住就不丢嘴。

李煜安摸了摸自己上唇的伤口，眼睛里有笑意：“你也不赖。”

罗宁终于打开了灯。她头发有些凌乱，碎发随着呼吸起伏贴在微微发红的面颊上，眉目异常明艳，眸光涟涟地瞪着他。

李煜安垂在身侧的手指微动，想帮她把发丝整理好的想法异常强烈。想抬手的瞬间，口袋里的手机却忽然嗡鸣起来，他拿起看了一眼。

罗宁把门打开，发现外面暂时没什么人，就示意他出去接电话。

李煜安握着手机出去了。

罗宁关门之后，抵着门板深呼吸几次，感觉今晚什么都是乱糟糟的。

她要冷静一下。巡视了一圈，房间干净整洁，装扮得有点像快捷宾馆。截至目前，这个房间除了他们进来过，应该还没有被人占用，她今晚直接睡这里也算方便。

李煜安没说几句话，很快重返房间。他站在门口，轻轻咳了两下。

罗宁指了指他的袖子，那里有被浸湿的痕迹，问他：“不难受吗？”

他抬起胳膊看了两眼，像是才记起有这回事：“待会儿回去换。”

“哦，”罗宁看他不以为意的模样，移回视线，下了逐客令，“我有点困了。”

“那，”李煜安顿了顿，似乎也意识到了今晚的迷乱，“好好休息，晚安。”他此时是很好说话的样子，出去的时候还帮她带上了门。

罗宁坐在床上发了一会儿呆，突然记起，方才也有人联系自己。她拿出手机，果不其然，三个未接来电，都是来自方知许。她在微信点开他的头像，打打停停，最后又全部删掉，把手机丢在一旁。

第二天罗宁不到五点就爬起来了，简单进行了洗漱，在一楼吃了早点，直接就去了乔彤房间。

乔彤起得更早，她穿着欧式的睡衣裙，好几个化妆师围在镜子面前给她化妆。造型师把剩余同系列的衣衫分给了四个伴娘，换好之后要拍几组照片。

罗宁同剩余三个伴娘换上之后，也有人过来帮她们化妆。给罗宁化妆的是一个年纪不大的男孩，边打开工具包边和她搭话：“美女，你的嘴巴怎么回事？”

话音落下，旁边的人也看过来。

罗宁接过对方递来的小镜子端详了一眼，她早晨起得匆忙，洗脸的时候也没仔细看，嘴巴和往常相比略微肿胀了一些，尤其是下唇，她唇色浅淡，显得上面快要破皮的几处红艳惹眼。

“有些上火，”罗宁放下镜子，偏脸躲了其余人的视线，“可以遮一遮吗？”

“没大问题，我用深色的唇彩。”化妆师素养倒是高，没多问，嘴上答应得很利索。

陈娇娇没瞧见，只闭着眼让别人上妆：“昨天是有几个川菜做得蛮辣的，多喝水就好了。”

郑欣宜和罗宁并排坐着，隔着镜子看了罗宁一眼，又偏回目光，不知道在想些什么。

几组照片摄影师折腾了许久，最后乔彤换了秀禾服坐在床中央，拿着团扇遮住面容。罗宁她们也换了伴娘服，在摄影师的指挥下又拍了几组照，随后商量着要把新娘鞋子藏哪里。

床下、柜子里都没有遮挡物，枕头里面也容易被发现。这时摄影师提了建议："不如藏在裙摆下面。"

旁边有人笑道："好办法，但是新郎很容易发现。"

乔彤移了移扇子："放在伴娘裙摆底下就好了，他们不好意思去搜。"

陈娇娇说："伴郎里面，除了李煜安面皮薄，剩余那几个人和我们相熟，说不好意思就是高看他们了。"

乔彤的目光移到了罗宁身上，笑："和咱们熟，和罗宁可不熟。"

罗宁无奈，只能将鞋子绑在了自己的脚腕处。绿色的裙摆垂下遮住一切，她往人群后面站了站，这样更不容易被人发觉。

一切准备就绪。

八点半的时候，她们把门关得严严实实，只留下摄影师。

过了十分钟，敲门声响了起来。罗宁第一次当伴娘，不太熟悉具体的流程，看着陈娇娇和门后的伴郎团隔着门一唱一和的玩闹，感觉有些新奇。

外面塞进来很多红包之后才算撬开了门，新郎穿着和乔彤同色的龙凤褂，头发全部梳到了后面，看着很精神，带着西装革履的伴郎团进来时一派意气风发。

一同进来的还有摄影师，对着屋内咔咔咔就是一顿拍，接下来就是整蛊和提问题，倒也没太难为他们，都是惯常的玩法，几个伴郎用面包片咬出"LOVE"的字母，逗得全场人哈哈大笑。

更别提还有彼此嘴对嘴的传递零食，都是盘靓条顺的西装帅哥，周围人一起哄，就连乔彤都笑得直不起腰。

李煜安什么场子都能镇得住玩得开，唇角勾着笑，神色坦然接受一切的玩闹，他也将头发全部打理到了后方，在一众人里依旧显眼，垂着眼看另一人从自己嘴巴处叼走零食。

罗宁一眼注意到了他上唇的伤口。

她涂了颜色深重的口红遮住，他却是毫不在意。

闹了一会儿到了时间，伴郎们要去找新娘的鞋子，房间虽然宽敞，能藏东西的地方却不多，几人转悠着几圈便转悠到了伴娘的身上。

伴郎都是新郎的好友，结婚之前同乔彤这边的亲友也是一起吃过饭打过牌，所以不用动手，几句话就套出来有还是没有。

“这个美女面生。”有人指了指罗宁。

有个寸头的年轻男子推开人群走到里面，朝罗宁笑了一下：“冒犯了美女，你走动两步。”

罗宁往前挪了两步。

他看着裙摆显出的痕迹，回头朝剩余的人说：“别找了，在这里。”说完要蹲下，这时李煜安从后面探身过来，伸出一只手制止住了他的动作。

李煜安在寸头男子不解的目光中蹲下，单膝跪地，双手微微撩起罗宁的裙摆。

罗宁下意识地想往后退，一只温热的大手握住了她的脚腕，制止了她的脚步。

他动作很快，摸索了一阵之后就解开了绑在脚腕上的绳子，将鞋子拿了出来。

大家赶紧趁机让新郎给新娘穿鞋，没几人在意刚刚的插曲。

背新娘出去之前，乔彤拜别了父母。

罗宁昨天就见到了乔父乔母，他们面相上温和，看不出是驰骋生意场的商人，提起乔彤也是一副恨不得这个女儿赶紧出嫁的模样，好让他们省省心。

乔彤一直都没心没肺的，和母亲拥抱的前一瞬间都还在乐呵呵，直到母亲在她背上轻轻拍了一拍，这是哄幼儿一样的安抚姿势。

她抱着母亲好几秒没撒手，松开手的瞬间，心里猛地一空，眼眶顿时红了。

罗宁套上了棉服跟在新人后面，身上背了一个很大的包。

出来的时候才感觉到冷，北风刮起的寒意从裙摆探进去，又直直往小腿上面钻，郑欣宜她们都还在后面，罗宁看着一长排戴着花束的豪车，还不知道乘坐哪一辆去酒店。

旁边一辆车鸣了一下笛，紧接着车门自动打开了。

罗宁见状赶紧钻了进去。

车内暖气很足，她将棉服脱下来盖在身上，随后抬头，隔着车内后视镜，与驾驶座上的人对视了一眼。

果不其然又是李煜安。

罗宁用裙摆遮盖住了鞋子，那里似乎还残留着他手掌温热的触感，像镣铐一样牢牢绑在了脚腕上。

剩余三个伴娘也出现在外面，罗宁隔着车窗敲了一敲提醒她们上车。

车内空间有限，郑欣宜坐上来后，陈娇娇就带着另外一个伴娘上了后面的车子。

郑欣宜今日不知道怎么回事，从上车之后一直在沉默，李煜安则一直专心在开车，也没有讲话。

车行驶到酒店下面的时候，罗宁第一个下来，迫不及待地摆脱刚刚车内凝滞微妙的气氛。

婚礼的流程几乎大同小异，这场婚礼无外乎更加豪华一些。

在殿外等待新娘入场时，罗宁站在前排左位，手指握着殿门冰凉的把手，听到司仪的提示音时，和身旁的郑欣宜一起用力拉开了殿门。

尽管之前来彩排过一次，但是坐满宾客后的殿堂总是给罗宁带来被围观的局促感。

她或许比新娘更早看到里面的情景，主厅的舞台区灯光随着殿门的打开如烟花般绽放，很经典的Art deco（艺术装饰）风格，烫金和黑色边框交汇成复古的吊顶，配上*Young And Beautiful*（《风华正茂》）的前奏，新郎在尽头等待新娘的到来。

明明是喜悦和神圣的时刻，罗宁心里却浮起说不出来的困惑和迷茫。她直愣愣地跟着其余人走，看着他们致词、宣誓、交换戒指，又看着他们给双方父母鞠躬敬茶，最后相携绕场。

旁边的陈娇娇突然戳了她一下："想什么呢，走了。"

罗宁这才如梦初醒一般，提着裙摆跟上。

和她们一起上来的还有伴郎团，站到舞台上能看到前方背对着他们的乔彤。

罗宁才意识到这是到了新娘扔手捧花的环节。

婚礼司仪的嗓门洪亮且热情洋溢："这是一个激动人心的环节，新娘将手捧花向后抛去，来，倒数三个数——"

罗宁有些尴尬，趁大多数人不注意的时候挪到了人群的边缘处。

"三，二，一，扔！"

伴郎团那边乱作一团，人群摇晃，罗宁还好站在边缘处，还拉了一把快要站不稳的郑欣宜。

郑欣宜"谢谢"两字说了一半，转头看清楚拉她的是谁后，又把后面的话吞了下去，扭头看了前方。

台下发出了热闹的欢呼声，司仪的声音也重新响起："恭喜我们这位帅气逼人的伴郎，抢到了这束象征幸福的花球，这位帅哥有没有心仪的姑娘，可以将花送给她，把这份幸福延续下去……"

罗宁闻声望去，手中拿着花球的人是李煜安，几个伴郎用手勾住他的脖子哈哈大笑："下一个结婚的就是你小子，喜欢谁赶紧把花送给人家。"

李煜安的头发在摇晃中垂了几丝下来，在舞台区对比鲜明的灯光下投出了阴影，他隔着明暗闪烁的人群，抬眼望向一个地方。

罗宁心里突突跳了两下。

陈娇娇戳了戳郑欣宜："李煜安是不是在看你？"

罗宁没有听她们的讨论，只转身离开了舞台，找了远处的一个位置坐下，随后听到李煜安拿到话筒，说了一些祝福的话。

起得早加上穿得少，罗宁有些头晕，她强撑着和新郎新娘合完照，随后绕场去了酒店房间，这是专门供他们休息换衣服的地方。

新娘和伴娘共用一个套间，乔彤进来换了身礼服又出去，几个伴娘可以在午宴之前略微休息一会儿。

房间里只剩下罗宁和郑欣宜，剩余两人去了里面的套间补妆。

罗宁躺在床上闭眼假寐，隐约听到有人敲了一下门，间隔两秒之后，敲门声变得清晰了起来，有规律地响了三下。

她起来走到门后，拉开了一条缝，往外一看，只见门外站着西装革履的李煜安，手里拎着一袋东西。

罗宁的注意力总是被他上唇的疤痕吸引，她移开了目光，问："有事？"

李煜安的关注点也跑偏，没直说来历，微微皱眉："你声音怎么了？"

罗宁清了清嗓子，声音听起来也没好多少："喉咙是有点不舒服。"

"吃点零食垫垫肚子，"他将手上的袋子递给罗宁，"待会儿坐桌的时候还得跟着新人去敬酒，吃不了几口。"

他没有多说，把东西递给她之后就走了。

里面装着的东西不少，罗宁先去套间给陈娇娇她们分了一点，又把剩余的装好放进了她和郑欣宜中间的床头柜上。

她拿了两根巧克力递给了郑欣宜，对方看了她一眼，伸手接过。

郑欣宜扯了两下包装袋，没扯动，又把巧克力扔回袋子里，转头定定地看了罗宁几秒。

罗宁在她的注视下拆开了一袋面包，刚撕了一小块送进嘴里，就听到对方用轻描淡写的语气说道："蛮厉害的，罗宁，这都多少年了，还能续上旧情。"

罗宁不喜欢吃面包的边角，总感觉口感像是在嚼塑料，她忍耐着咽下去，又撕了一块绵软的面包芯，咬了几下才尝出来里面夹了葡萄干和蔓越莓干。

郑欣宜看罗宁没有搭她的话，察觉自己语气中的情绪失控，又像和好友聊天一样随口和她提起往事。

“以前上学的时候，我有一段时间和煜安是同桌，如果不是碰巧看见了他桌子里的信，我也蒙在鼓里呢，说来说去还是煜安不够意思，这种事情有什么好瞒的。”

罗宁又慢吞吞喝了一口水，她头晕得更厉害了，旁边人的话语只让她觉得烦躁。

“有空去看看医生吧。”罗宁说。

“什么?”

“占有欲太强也是一种病。”

郑欣宜愣了愣，突然笑了:“就这么讨厌我?”

“人和人之间的情感，如果也要讲究先来后到的话，那也是你不喜欢我在先吧。”罗宁缓缓说道。

“所以这是你和他在一起的原因吗?”郑欣宜捏起身上一缕头发把玩，“那究竟是喜欢他多一点，还是恨我多一点?”

罗宁不顺着她的话走，只说:“我又不是乔彤。”

“虽然咱们不是朋友，但是我了解你，”郑欣宜摇了摇头，“你表里不一，报复心很强的。”

罗宁也笑了笑，之前或许是，但是现在她没兴趣，只想离这群人远一点。

“你都说了是报复，”罗宁闭上眼睛，“你也知道自己做过亏心事。”

李煜安陪着乔宇在酒店招呼客人，忙得脚不沾地。

乔宇拿了一瓶矿泉水递给他:“歇会儿吧，待会儿还得陪新人敬酒。”

李煜安拧开盖子，一口气灌下去，再次拧上的时候，瓶子里的水只剩下了一半。

乔宇这才注意到他面上的痕迹，有点不可思议：“不是……你昨晚干吗了？”

李煜安将半瓶水塞回他手里，神色漠然：“你看我从昨天下午到现在，闲着了吗？”

“那你这，”乔宇指了指，“别告诉我是蚊子咬的。”

李煜安抬手碰了碰鼻尖。

“你和人家挑明了？”

李煜安想到罗宁对他既戒备又情动的矛盾态度，顿了一下：“我不知道。”

“我还想着以你的性格肯定能温存出朵花来，”乔宇一天不损他就难受，“没料到你是爱好霸王硬上弓的主。”

旁边有人喊他们进包厢坐席，李煜安边起身边回答：“你自己爱干的事情，别乱扣我头上。”

乔宇和李煜安进去的时候，新人和其余的伴郎伴娘都在。

菜也没上几道，大家知道坐不久，都饥肠辘辘的，趁着时间多吃两口。

李煜安从盘子里捏了两块糖，视线往罗宁那里看去。

她夹了一小撮凉菜放进面前的碟子里，一边听旁边人讲话，一边慢慢地送进嘴里嚼。

罗宁吃饭很有特点，吃得慢，爱吃素，只吃眼前的。

新派干菜卤鸭里的蜜豆被她一粒一粒挑出来，捞汁辽参蔬菜里的青菜也是捡起来一根一根地吃，像只兔子。

乔宇微微俯了身子，压低声音：“别看了，刚刚人郑欣宜瞅你好几眼。”

李煜安收回视线，拿起酒杯抿了一抿，里面装的是橙汁，甜涩冰凉。

“你怎么解决，”乔宇吃了两口菜，“都互相认识，还是同学，这下后院失火了。”

他语气里有藏不住的幸灾乐祸。

“什么后院，我待欣宜和乔彤一样，别人不清楚，你还不清楚吗？”

乔宇奇道：“我开玩笑，你紧张什么？”

他自然清楚好友的脾性，大家闲来无事经常去组局喝酒，一般情况下，局内总有青睐于李煜安的女孩儿，她们要么活泼主动，要么姿态矜持，绕过来绕过去，最终都是要和李煜安喝酒加微信。

每当这时候，乔宇就暗自佩服李煜安，他会游刃有余地处理妥当每一个靠近的异性，知情趣者自然能成为朋友，所以烂摊子的情债很少同他沾上边。

相比之下，他们的共同朋友中就不乏多情之人，将滥交当作荣誉的也不在少数。

之前有玩伴相中了一个女生，那女孩儿一副小布尔乔亚做派，几次出来玩都在李煜安那里碰壁，这兄弟就趁机贴了上去，趁对方失落的时候加上了微信，半夜推心置腹聊天：第一天聊批判现实主义和托尔斯泰，第二天聊北欧摇滚，第三天就忍不住要和人家磕炮。

后来这人脚踏几条船被发现，两人认识的缘由也被女生在朋友圈爆了出来。这下大家都知道他想学李煜安，结果绅士没当成，反倒碰了一鼻子灰。圈子里打趣他好一阵子，直到现在当事人看见李煜安，面上都有些挂不住。

“等过几天成了，我帮你约个局，”乔宇难得见好友上心主动，打算帮一把，“都是成年人，一起吃顿饭说开就好了。”

李煜安不领情：“别，你不了解她，这么干她会恨死我的。”

乔宇听着不对劲：“不是说不熟吗？”

“走了。”

李煜安没回答他，放下筷子，跟着新人出去敬酒了。

罗宁饭没吃几口就去换了一身礼服，比之前的裙子保暖一些，虽然酒店里开着空调，自己还是能感受到从脚底生出来的寒意以及身上说不出的疲惫感。

她跟着新人敬酒，已经不知道进第几个房间了。罗宁脚步慢了下来，跟在最后面，听着新人和里面一大桌子人挨个儿寒暄，她趁机揉了揉自己酸软的小腿。

她余光瞥见笔直微阔的黑色西装裤，紧接着有温热的身躯贴近，想要伸出手掌虚扶一下她。

罗宁赶紧直起身子目视前方，同时嗅到了熟悉的薄荷味道。

下一秒，她垂在身侧的右手被人悄悄掰开，轻轻往里塞进两个裹着塑料封皮的小物什，指尖擦过她的手心，又很快地收回去。

李煜安从她身边目不斜视地过去，拿起托盘上的酒杯替新郎挡酒。

罗宁把右手攥得紧紧的，也象征性地过去拿杯子抿了一口。等到出来的时候，她才低头看了一眼手心，里面握着的是两颗夹心软糖。

午间宴席结束之后，新人也要离开酒店去别的地方，罗宁这边就没有什么事情了，她收下了伴手礼，帮乔彤清点了一下东西。

等她再回到原先房间换衣服时，其他人已经走得差不多了。

先前的伴娘礼服已经被妆发师带走，身上穿的是自己带过来的敬酒礼服，费了好些劲才脱下来。

她现在稍微动弹一下，头上就开始冒冷汗，坐在床边缓了一会儿，才动作迟缓地拿起衣服一件一件穿上。

低头扣扣子的时候，房间外突然传来刷卡的动静。

罗宁是伴娘里唯一一个还留在酒店里的，方才进来的时候拿了房卡，关门的时候就没扣上防盗链，听到声音她还没来得及反应，外面的人就已经推门进来。

房间内拉上了窗帘，但白炽灯明亮，罗宁赤脚站在地毯上，只披了一件衬衫，衣料轻薄，贴在身上勾出朦胧饱满的曲线。

她正在自上而下低头扣第一颗纽扣，手指下面的风光没被遮挡，黑色绑带文胸裹着饱满白皙的皮肉，映出强烈的反差。

她闻声讶然抬脸，所有的画面猝不及防地在一瞬间撞入李煜安眼帘。

他眸色沉了两分，随即撇开眼，低头咳了一声，又往后退了回去，轻轻合上了门。

罗宁也顿了一下，随即看清楚了来人，她用最快的速度套上了衣服，穿上了拖鞋，又将门重新打开，李煜安还在外面等待着。

“抱歉，”他开口解释，“我以为人都走了，过来拿完东西后再去退房，没想到……你还在里面没走。”

罗宁脸上表情如常，好像没当回事，只示意他进来。

他从床头柜间拿了一个袋子，转头看了看正在低头慢吞吞收拾东西的罗宁，一时竟不知道开口说些什么。

昨晚之后，今天两人的几次见面和触碰，都有种形容不出来的感觉，不是尴尬，但绝对称不上自然，每一次的眼神和肢体触碰，都像有根羽毛探进心底里挠。

他等了一会儿，也不见罗宁抬头看他，只好率先开口：“你饿不饿？”

罗宁费了半天劲才拉上包的拉链，心里想说不饿，让他别管自己。但是话出了口，竟是另一番意思：“我有点困，身上好酸，还有点头疼。”

李煜安果然快步走到她面前，伸手碰了碰她额头，低头观察她脸色。

“现在还感觉不到热，要不要测测体温？”

罗宁只摇了摇头：“想睡觉。”

“你直接在这儿睡吧，”李煜安给她接了杯水放在床柜上，“我去下面和前台说一下延迟退房。”

罗宁看他这么说，也没客气，迫不及待地倒在了床上，感觉下一秒就要直接丧失意识。

“我待会儿还有事，你先睡，下午我来接你。”

罗宁强忍着困意含糊应了一声。

最后隐约记得李煜安调了空调温度，把身旁的被子拉过来盖在了自己身上。

CHAPTER 05

夜莺

第五章

罗宁睡得很不安稳，时而糊涂时而清醒。

清醒的时候感觉身上一阵冷一阵热，从后背到脖颈一片连绵的酸疼，模糊的时候这疼痛就变成了虚晃的影，让她分不清今夕何夕。

罗宁隐约觉得还要早起上学，她想睁眼看一下窗外是否泛蓝，可惜费了半天劲眼皮都扯不起来，身上的疼痛让她在麻线球般杂乱的思绪中捕寻到一个起头——身上这么疼，该不会是生病了吧。

念头一起就被确定，她想，原来是生病了。

她心里涌现出庆幸来，终于可以请假不用去学校了，可这股庆幸在短短几秒钟就褪下，取而代之的是焦虑和不安。

待会儿妈妈来喊自己起床上学，发现自己生病了，那肯定是要挨骂的。她能想到宋文慧的表情，又焦躁又心疼，披着衣服，一边皱眉甩体温计一边数落她，那些话她都能背下来了，肯定怪她不喝水，怪她穿衣少，还会说请假肯定是要耽误学习。

每次说到耽误学习这几个字时候，罗宁就会低头，眼底如控制不住一般，迅速蓄起一汪泪。

即使是在梦中，听到这样的话她仍旧心碎，他们在乎她的健康，却总在无视她的情绪。

有温热的手指蹭了蹭罗宁的眼角。

罗宁下意识偏了偏头，才感觉到自己脸侧一片湿润。

李煜安将手上移，贴在了她的额头上，随后手指拨了拨她贴在上面凌乱的头发，又将手背贴上去。

罗宁看见了他黑色西服的衣袖，以及随着动作露出来的一截白色衬衫，手掌往上移动时，袖扣蹭到了她滚烫的脸颊，这冰凉的触感让她渐渐找回了思路。

“现在什么时候了？”她问出口才发现自己的声音沙哑，嗓子也像被刀划过一样生疼。

李煜安拿了抱枕垫在她身后，边扶她起来边说：“你发烧了，一觉睡到晚上。”

他拆开了旁边柜子上不知何时拿过来的外卖袋子，是一些清淡的粥和素菜。

罗宁生病实在没有胃口，吃了两口就放下了筷子。

李煜安却自己端起来粥要喂她：“我买了退烧药，吃药之前胃里得有东西，再多吃一点。”

他把盛着粥的勺子都递到了罗宁的面前，罗宁没办法，顺着他的姿势吃了小半碗。

吃完药之后，罗宁裹得像个粽子一样跟着李煜安出了酒店。

她把自己带的衣服全穿在了身上，李煜安还嫌不够，把他自己的羽绒服也给她罩上了。

上了车暖气开足了，罗宁才把衣服脱掉几件。

“还是上次我送你的地方？”

李煜安指的是她父母家。

罗宁摇头，哑着嗓子：“不是，我搬家了。”

“自己住?”他握着方向盘问。

“对。”

“什么时候搬的?”

“就最近。”

“自己住是挺自由的,”李煜安面色沉着冷静,“但是你现在身体不舒服,尤其这段时间经常生病,需要有人照顾你。”

他温和的态度不会让人产生反感,语气也是在和她商量着来:“我送你回你父母家好不好?”

罗宁听他这样讲话,有种形容不出来的感觉。

明明是同龄人,但偶尔会有他比自己年长许多的错觉,记忆里那个青涩柔和的少年与面前开车的年轻男人形象没法完全重叠,岁月拼图出现了几丝偏差。

她垂着眼:“不想回家。”

李煜安隔着车内后视镜瞄她好几眼。

他问:“为什么?”

“每次生病,我父母都会唠叨我很久。”

“我心情会不好,”罗宁沉默了一会儿,“本来他们,也不太同意我出来住,这下肯定又要让我搬回去。”

前方红灯,长达一分钟的等待。

李煜安转了转方向盘,汽车拐了一个大弯。

他突然开口:“这几天我照顾你,行不行?”

罗宁偏头看向他。

回去的路上,他将车停在超市旁边,嘱咐罗宁等他几分钟。

这次进去的时间不短,出来的时候手里拎着一个好大的塑料袋。

她跟着他进了门,换鞋的时候看见了屋内的陈设,有种恍如隔世的熟悉感。

除了一些物品的增添和陈设，房间整体是没有什么大变动的，那座巨大的玻璃鱼缸依旧摆在客厅中央，但是别说养鱼，里面连一滴水都没有了。

“我睡书房，你在卧室休息就可以了，”李煜安将拎着的塑料袋递给她，“先洗漱一下。”

罗宁这才看见塑料袋里的东西，她翻了翻，东西很多很杂，一些睡衣、牙刷、女性一次性内衣裤什么的。

其实这些东西都没有必要买，她住的地方离这儿很近。

但罗宁没有开口，挑拣了几样拿在手里。

“早点休息，身体难受得厉害就喊我。”他又嘱咐她。

罗宁从卫生间里出来的时候，发现李煜安在阳台逗鸟。

她走过去，指尖还没碰到门把手，李煜安就隔着透明玻璃瞧见了她。

他拉开阳台的推拉门，跨进屋内的时候，一只手还举着麦麦。

麦麦的脖子被他用指关节轻轻卡住，脑袋顶着冠羽被迫看向罗宁，它的两只小眼睛突然睁大了一点，打量着家里出现过的第二个人类。

李煜安指着罗宁对它说话，语气颇为认真：“还记得她吗？”

罗宁想去摸摸它，但是又不太敢。

麦麦拍打翅膀挣扎了几下，李煜安就把它放开了，它跳到他手心上，用头蹭他的袖子。

“害羞呢。”他说着，轻轻推了推罗宁，“去卧室里躺着，靠近阳台的地方冷。”

罗宁被他推着拐进了门。

他拉起被子盖在她身上之前，还往她怀里放了一个体温计。

最后李煜安将胳膊搭在床沿，曲起一只腿坐在下面的地毯上，把麦麦放到被子上。

“给你个任务，”李煜安对麦麦说话，边说边把它往罗宁的方向送了一送，“喏，去哄她睡觉。”

麦麦被推得一个趔趄，爪子在棉绒被面上刮出雪白的几道抓痕。

罗宁躺在床上，有种久违的安宁感，麦麦连扑带滚地飞到了床头，羽毛蹭着罗宁的脸颊，又软又蓬松。

她闻到了一股奇妙味道，像玉米糊糊，有点香甜，还有点像毛茸茸的小动物趴着晒太阳散发出来的味。

罗宁偏头嗅了嗅，好像是麦麦身上的，小鸟还挺好闻的。

她想伸出手来去摸它，发现伸不出手，原来李煜安的胳膊牢牢压住被子，不让她动弹，等到了时间，才松手把她的体温计拿出来看了一下。

“还有点低烧。”

他抬手关了房间里的吊灯，拧开了床边的壁灯，低头去看她。

罗宁垂着眉眼时，有种素然宁静的美。

她皮肤原本是白而剔透，此时因为生病，这种颜色就又多蒙了一层清雾，让他联想到晨曦的山茶。

“要喝水吗，我看你嘴唇有点干。”他问她。

罗宁说好。

李煜安在旁边桌子上倒了半杯水，罗宁支起上半身，从他手里面接过。

她吞咽的时候，嗓子还是很疼，喝了两口就想还给他，李煜安没接，只拿了个枕头把她后面垫高了一些：“再喝点。”

罗宁皱着眉喝完了半杯，对方这才接过。

他把杯子放在床头的柜子上，玻璃杯底和柜面碰撞发出“嗒”的清脆声响，正在床头上倒挂金钩的麦麦险些摔了下来。

李煜安此时没空顾及它，他用手背蹭了蹭残留在罗宁下巴上的水痕。

他缓缓地蹲下，指尖蹭着她被水打湿的唇角，滚了滚喉结：“我也渴。”

罗宁抓住了他的手，制止了他的动作，讲话语速很慢：“你自己去接啊。”

生病的时候，她音色比往常低了好几度，柔软带着沙哑，就这么听着，李煜安心里已经不是被羽毛挠着的程度了。

他在她的手心拨弄了两下，目光紧紧黏着罗宁的脸。

盯了不到五秒，罗宁就受不了似的颤了一下眼睫，他便倾身过去，衣服和被褥摩擦发出沙沙声响，他循着她的动作低下了头。

就在双方距离不过分毫时，她突然将他的手松开，微微撇开了脸："我还发烧，万一是风寒感冒，再传染给你。"

他停止住了动作，半晌笑了一声："你是烧迷糊了，才会跟我回家，对不对?"

罗宁攥紧了被子："我也不想生病。"

"病人需要照顾，"李煜安顿了一顿，"你高中的时候……是这么跟我说的，我没记错，对不对?"

又触碰到了敏感的话题，罗宁没接话。

"其实挺好的。"他把被子重新提上去。

"什么挺好的?"罗宁问。

"我说生病，"他的语气让人察觉不出情绪，"起码现在，人是在我眼皮底下。你这个人忽冷忽热的，如果没生病，婚礼一结束你肯定就跑没影了，我怎么都抓不到你。"

罗宁看着他，不知道在想些什么。

"你知道我的心思的，"李煜安伸手盖住她的眼睛，"别用这种眼神看我。"

她从来看不懂别人眼神里的含义，也不知道自己在别人眼里的样子，或者说，她懂得，也知道，只是她不在乎。

李煜安从最开始就明白。

以前高中体育课，他和同学打完篮球后，几个人会边拍着球边往教室里走。有人和他说话："下课还能打再打十分钟，煜安你怎么这么早就回教室。"

"下课人就多了。"李煜安淡淡地说。

后面几个人笑:“光乔彤就够他受的了，一下课别的班的女生也会过来给他送水，不得赶紧跑?”

“下次别跑了，我替你收。”

“人家有郑欣宜，青梅竹马的，站那儿看球挡了多少瓶水。”

李煜安推开了教室的门，后面的几个同学打闹了起来，在空荡的教室回荡放大。李煜安扶住了门，目光扫到了后面，略微一怔，转身做了个噤声的手势。

后面的几人被他这个动作吓了一跳:“怎么了?”

李煜安轻轻咳嗽一声:“我看教室有人在睡觉。”

男生们唏嘘:“这就下课了，大家马上回来，现在安静也没啥用啊。”

果不其然，话音还没落，下课铃就响了起来，脚步声和喧嚣声顿时充满了整个走廊，班里的同学也陆陆续续地回到自己的位置上。

“撒尿去不?”有人揽了揽李煜安的肩膀。

李煜安跟着对方去了厕所，路上一直在探讨刚刚那场篮球，洗手的时候，他状似无意地问了一句:“咱班最后的那个女生是谁，怎么这么面生?”

“哪个?”

“最后面单独坐的。”

“哦，”对方甩了甩手上的水滴，“上个星期刚从普通班转过来的，叫什么来着，哎……叫什么来着，记不清楚了，怎么了?”

李煜安抿了抿唇:“没怎么。”

李煜安在一段时间内都不太理解，为什么有人下课也在自己的位置上待着。

像乔宇，哪怕老师将十分钟的课后休息时间拖到只剩三分钟，他也得从隔壁班蹿出来找自己玩。更多时候两人就是在走廊上透气，有一搭没一搭地聊，聊游戏，聊寒暑假去哪儿旅游，聊摄影、乐高等一些杂七杂八的两人共有的爱好。

但乔宇更多的时候是在向李煜安疯狂吐槽他们班主任，因为对方总和他不对付。

“下课这么多人玩手机，他就光盯我一个人的监控，非得让我写两千字检讨，我那个气啊，还不能说什么……”乔宇愤慨地向李煜安倾诉，等待好友与他同仇敌忾，半天说得他口干舌燥，旁边的人却无动于衷。

他用胳膊肘撞了撞他：“大哥，我和你说话，你看谁这么入迷？”

乔宇顺着他一错不错的目光往李煜安班里瞧，看清人后觉得莫名其妙：“郑欣宜？她怎么了？”

李煜安推了推他：“回你班赶紧写检讨去吧。”

乔宇“哎”了一声，想伸手拉他，没拉住，眼睁睁瞧着李煜安抛下自己直接进班了。

李煜安穿着校服依旧高挑显眼，人还没走到郑欣宜桌子面前，郑欣宜就已经注意到他。

少见他主动过来，郑欣宜原本正同别人说话，话说一半就仰脸和他打招呼：“煜安。”

他微微点头，也不出声，站在她桌子面前，身体挡住了走廊的过道。有男生跌跌撞撞地从他身边擦过，还不忘回头拍拍他肩膀，郑欣宜后排有两个女生在嘻嘻哈哈地聊天，瞄到他后，打闹的声音变得更大。

李煜安在这喧闹的声音里，捕捉到轻柔的道谢声。

郑欣宜把眼神从李煜安身上移开，笑着回答对方：“没事，不麻烦。”

女生把事情说完，转身要离开，回头却发现有个身量高挑的男生挡在后面，她想过去的话，只有等对方让步。

耳边传来郑欣宜的提醒，李煜安就如同没听到一般，一反常态地没有动弹。

“不好意思同学，”女生向他说道，“我过去一下。”

男生依旧不动，她没有抬头，从她的视角，只能看到对方白皙流畅的下颌。

她顿时有些尴尬，微微提高了嗓音:“同学，我过去一下。”

“哦。”

李煜安像是才听到，端着一副不情不愿的模样侧过身子，慢吞吞地让出了一点过道。

她也侧着身子过去，李煜安一直垂着眼，能看见她扎着马尾，侧脸白净柔和，低头的时候，后颈还有一些没扎上去的碎发。

衣料摩擦交接，还没走两下，校服下摆就传来一阵牵扯的张力，女生的脚步突然顿住。

李煜安同时也感受到了。

嘉裕高中是经典的口袋校服，质量一般，款式肥大宽松，上衣下摆有着可以调节松紧的弹簧扣，就在方才两人擦身的瞬间，两个弹簧扣挂在了一起。

对方回头，看见缠绕在一起的扣子，往回走了几步伸手要去解，李煜安也往她的方向跨了半步，贴在她身旁看着她动作。

她费了半分钟才解开。李煜安嗅到一股很清新的洗衣粉味道，不是他身上的，很好闻，不知道是什么牌子。等到这股味道散了，他才听见郑欣宜喊他的名字。

“嗯?”李煜安难得有些茫然。

郑欣宜的面色有点不太好看。

李煜安走到她身旁，拿起桌上刚被放下的作文本，轻声道:“你要改两本作文吗?”

“对啊，谁让我是语文课代表，以后都是改两本。”

他翻了两页，抬眼对她说:“以后我帮你改一本，减轻你的负担。”

郑欣宜听到这话，顿时有些开心了:“帮我?”

李煜安捏着那本作文，点了点头。

下课把李煜安拉去走廊聊天，是乔宇一年四季雷打不动的习惯。其余三季都还能吹吹风，李煜安也乐得出来透透气，但是到了大冬天，他就有点吃不消了。

在李煜安接连打了三个喷嚏之后，乔宇还是没眼力见儿，一直滔滔不绝："你最近周末在干什么？喊你也不出来玩。"

李煜安从衣服里掏出纸巾捂了捂鼻子："学习。"

"滚，"对于这个答案，乔宇表示愤怒，"你觉得我信吗？我想去你那里玩，你也不告诉我你搬去哪儿了，什么意思，我就想问问你什么意思！"

"每天在学校里听你念叨就行了，"他又打了两个喷嚏，"周末请给我独处时间。"

"你是怕我把你家位置告诉乔彤和郑欣宜吧，"乔宇说着还真有几分伤心了，"你就是不信任我。"

李煜安看着一呼一吸间吐出的寒气，转移了话题："我最近，就老在琢磨一些事儿。"

"什么事？"乔宇果然被转移了注意力。

李煜安一时不知道怎么开口，话语间有些迟疑："就是，假如说，你有，一个性格安静的朋友。"

"我没有安静的朋友，我认识的人中，你算最不闹腾的了。"

李煜安看他："我是说假如。"

乔宇："好，我有一个性格安静的朋友。"

"别人都不知道你俩认识，但她会偶尔去找你，看看电影写写作业什么的，但是只是偶尔……"

乔宇打断他："谁？男的女的，我认识吗？去哪儿找你？看什么电影？"

"你再这样我不说了。"李煜安闭上了嘴。

"我错了，我的朋友来找我，"乔宇举起手做出投降的姿势，"你继续。"

"她虽然没直说，但是你能感觉出来，她很不愿意在大庭广众下和你有接触。”

乔宇顺嘴接了一句：“不想当着别人面跟我有接触？啥意思？这人讨厌我啊？”

话音刚落，他就看见李煜安的脸色一沉，眼神散发的寒气比走廊屋檐上的冰凌还要冷上几分。

乔宇很少见他这样，心里怵了一下，连忙改口：“呸，都去找你了……找我了，肯定不是讨厌我，他，他，他可能就是内向。”

内向吗？是有点。李煜安不吭声了。

乔宇主动问：“我俩……就看看电影？写写作业？没别的？”

李煜安瞅他：“你还想怎么样？”

“谁会和男的一个看电影写作业，”乔宇把手缩进衣服里，“如果是女生嘛……”他看了看李煜安脸色，挑眉，“女生都腼腆，处对象这种事情，我不得主动？”

“问你白问，”李煜安把脸转回去，“她和别人不一样。”

“哎哟，”乔宇来劲了，“哪儿不一样了？”

“她来找你不是因为处对象，她就是想找一个清静的地方待着。”李煜安说。

所以他得谨慎。但这话不能和乔宇说，他会嘲笑他。

“如果我喜欢她的话，那我就追啊，烈女怕缠郎嘛。”

李煜安抿了一下唇，又强调了一遍：“她不一样。”

“得，”乔宇拍拍栏杆，“真费劲。”

李煜安又接连打了两个喷嚏，实在受不了了：“回教室了，再冻我就要发烧了。”

“行。”乔宇答应着，最后没忍住八卦，“到底谁啊？”

李煜安漠然地甩开他的手：“谁也不是，是我最近看的一部电影。”

乔宇想扑上来揍他一顿，但李煜安的动作比他快一步，教室门差点甩在他脸上。

后来李煜安因为发烧不得不请假在家躺着时，心里就有点后悔，早知道就把门砸乔宇鼻子上。

昏昏沉沉之间，有人按响了他家的门铃。

可能是点的外卖到了。

屋里没开灯，李煜安凭借着客厅鱼缸的微光，走到了门后面。

门铃又响了一下。

“来了，放门口就行。”李煜安有点烦躁，一把扯开门，但手上使不出来劲，开门动作就像电影里的慢镜头。

看清门外的人后，他的身形如同被按住了暂停键。

罗宁背着书包，身上还穿着校服，听见声音抬头看他，神情有些愣怔。

门内的人穿着黑色毛绒睡衣，头发乱糟糟的，原本垂着眼满脸不耐烦，看见她时，眼皮猛地往上一提，面上原本的表情有些凝滞。

两人大眼瞪小眼地看了一会儿，同时开口——

“你……”

“我……”

罗宁不说话了。

李煜安也卡了壳，伸手把自己的头发给压下去：“你……怎么，没去上晚自习？”

罗宁的手指扣住书包的肩带：“我去找班主任请了假。”

“怎么请假了？”李煜安把身体偏了一偏，给罗宁让出了进去的位置，“哪里不舒服——”他说到一半不说了，迟疑着问，“你是来看我的吗？”

背包肩带上有编织的线头，此时被罗宁的手指拨弄得乱七八糟。

“听乔彤说你生病请假了，”她站在原地没有动，“我又想着你自己一个人住，就过来看一看。”

她快速地打量他一番，随后又垂下了目光：“我看你还好，那我就先回去——”

“等会儿!”李煜安倾身去拉她的胳膊,“不是,你先别走。”

罗宁抬眼看他。

他松了手,抿了抿唇角:“那个……我不太好。”声音也低了下去,“我发烧,头疼,全身都疼。”

“这样啊,”罗宁在他失落的语气带动下,声音不自觉降低了,“那还挺严重的,你家里有药吗?”

李煜安一怔:“有,但是……但是我不知道吃哪些,就随便吃了一点。”

罗宁不知道说什么才好,半晌才道:“药哪有随便吃的?”

“你进来帮我看看吧。”李煜安再次侧身,示意她进卧室。

罗宁之前只在客厅和书房待过,如今才算第一次踏入他的卧室。

房间内同样是干净整洁的装潢,只开了一盏灯。进门最引人注目的是一架贴墙放置的钢琴,同罗宁家里那架雅马哈不同,它庞大且深沉,与床榻遥遥相望,在昏暗的光线下,黑色的外表像镀了一层琥珀微光。

罗宁注意到了床柜上的药箱,旁边搁着一个药碗,碗底下凌乱摆着吃了一半的胶囊锡箔和没来得及扔垃圾桶里的塑料药袋。她走过去,捏着药袋看了两眼:感冒退烧药,消炎药……她翻了一下,纳闷:“就是吃这些,没错。”

说完还没来得及回头,就感觉身后贴过来一副滚烫的身躯,她被推着往前了一下,膝盖抵住了床沿。

李煜安弯下了腰,胳膊摸索着去揽过她的腰,察觉到前面人一瞬间紧绷的身躯,又将下巴抵在她的肩头上,闷闷地喊她的名字:“罗宁。”

呼吸喷在她的脖颈处,立刻在那里燃起了一簇火,灼烧感又蔓延到脸颊。她轻轻“嗯”了一声。

“罗宁。”他又喊她的名字。

“嗯?”

“你用的什么洗衣粉？”他在她的颈肩嗅了嗅，“怎么这么香。”

罗宁浑身像被炭火烤着，在他怀里挣扎，刚动两下，就感觉对方勒得更紧，身后一沉，他带着她倒在了绵软的床榻上。

“李煜安——”罗宁去推他。

“嘘，”他将手指放在她嘴唇上，封住了她接下的话，“我不留你，就陪我一会儿，行吗？”

他微合着眼，罗宁才注意到他的睫毛很长，面色苍白，趴在她肩头的样子有些可怜。

“你很难受吗？”罗宁开口问他。

李煜安蹭着她的肩窝点头：“你要是抱抱我，我就不难受了。”

罗宁还是挣扎了几下。

“你知道吗？”他闭着眼，一条长腿轻轻压在她脚腕处，“我妈也很少抱我。”

罗宁停止了动作。她知道一点他家里的事情，此时听他自己主动提及，有点意外。

“我姥爷姥姥很早去世，就她一个独生女，娇生惯养长大，什么都不懂。”

罗宁安静地听他讲述。

“之前的很多家业都要被她几个叔叔吞并了，”李煜安声音缓慢，气息隔着衣料依旧能感受到，“我爸当时出现，帮了她很多忙。”他嘲讽似的轻笑了一声，“我妈单纯，觉得人家是因为喜欢她才对她这么好。”

罗宁眨了一下眼：“是因为那些家产吗？”

“我不知道，”他继续说，“或许当时有几分真心吧。”

“结婚后，我父亲忙于工作，待她又冷淡。从我记事起，她就闷闷不乐，哭的时候很多，身体也因此垮了。”李煜安喃喃说着，“她是个很需要别人的爱和关心的女人，我看过她年轻时候的照片，穿着白裙子，头发很长，又开朗又漂亮。”

罗宁抬起胳膊，将手放在他的背上，轻轻拍了两下。

这轻柔的触感使得李煜安怔了一下。他搭在她腰际的手缓缓抽离，望向她的目光如水波一样晃动："我在她去世后，很长一段时间都想不明白，既然和我父亲的婚姻让她不快乐，她为什么不离开呢？她望向我的眼神，罗宁，那种眼神，我形容不出来……"

李煜安已经松开了她，但在他近距离的注视下，罗宁反而更加不自在，连呼吸都放缓了下来。

"后来我想明白了，她不离开的原因只有一个。"他的声音愈来愈低，到最后有些说不下去了，停了下来。

罗宁心里猜到了答案，胸腔有些发闷。

"她是因为我，"李煜安偏了偏脸，"孩子是她的牵绊，如果没有我……"

"没有如果的，"罗宁轻声说，"你不要都归咎于自己身上。"

李煜安重新转回目光，盯着她开开合合的嘴唇："你听这些，会觉得烦吗？"

罗宁摇摇头，理解他此刻的软弱："你生病了，病人都是这样的，需要照顾。"

李煜安没说话，额头烫，心里也烫。

罗宁继续说："我不太会安慰人，所以你……"

她的声音戛然而止，因为有灼烫的气息扑面而来，他的五官在眼前放大再放大。

李煜安被心里的那团火烧灼得脑热，连话都没等她说完，就直接抬起下巴凑了过来，动作青涩又鲁莽。在极为短暂的触碰下，牙齿和牙齿相撞在一起，发出的轻响像大脑宕机的提示音。

罗宁的眼睛瞬间睁圆。她原本抓着他的肩，此刻猛地一下就把人给推开。奇怪的是她并没有使多大的力气，但几乎很轻易地就把李煜安推出了一段距离。

罗宁直愣愣地捂住自己的嘴巴，脸颊发热，发丝有些凌乱，显得有些狼狈，齿关后知后觉地浮起一种酸涩的疼痛感。

李煜安似乎也没好到哪里去，他半支着身子，盯着她的脸愣了两秒之后，缓缓倒在了旁边的被褥上，别开眼，没敢继续看她。

过了一会儿，他才闷声问她："你生气了吗？"

罗宁大脑还在发蒙，都不知道说些什么才好了。

"罗宁。"他有点紧张了，又叫了一声她的名字。

她缓了一会儿，才挣扎着坐起来："我得回去了。"

"对不起，"李煜安想拉她，又缩回手，"刚刚——"

"没事，"罗宁低着头飞快地回答，像是迫不及待要离开这个地方，"我先走了。"

"我现在是病人，你不能抛下我。"他话一出口又觉得后悔，只好硬着头皮讲下去，"就一会儿。"

罗宁有些为难："我回家不能太晚。"

李煜安还有话没说完："我有问题想问你。"

"什么？"

"你上周没来，为什么？"

"我印象里，"罗宁说，"我们似乎没有每周都要见面的约定。"

"那你今天过来也没有约定。"说完他也起身，似乎刚刚发生的事情只是一段小小的插曲，他又变得目光灼灼起来，"可是你来了，为什么？"

罗宁沉默，面上陷入了一种矛盾中，最后只轻轻说道："你不会想知道答案的。"

他没看懂，也没听明白，又问："那我们这样算什么？"

罗宁反问他："你觉得呢？"

李煜安动了动手指："我更在意你的答案。"

"对我来说不算什么。"

“这样，”他停顿了一下，“你讨厌我吗？”

“称不上讨厌。”

“那我可以在学校和你讲话吗？”

罗宁缓缓摇了摇头。

李煜安拧了一下眉，边说边观察她的脸色：“那我可以提出约定吗？”

罗宁闻言看他。

“我们要不要每周都见面？”李煜安的期盼和试探已经到了不加掩饰的地步，他需要有靠近的理由，他想要抓住一些什么。

这次罗宁没点头也没摇头，他的急切就这么化解在了她的沉默中。

不说话的时候，沉默是她的盾牌，同时也是她的武器。

李煜安请了三天的病假。

他回校的当天早晨，乔宇就飞奔到了隔壁教室。

冬天晨读结束的课间，教室里基本是安静的，不少学生被三十分钟的读书声催得昏昏欲睡，等到下课铃声一响，就直接丢开课本趴在桌子上。

乔宇在门口往里看，才发现李煜安也伏在桌面上。他走进教室，对旁边的郑欣宜做了个口型：“他睡着了？”

郑欣宜摇摇头，声音很小：“嗯，可能是生病还没好。早晨他来之后就没说话。”

正说着，乔宇就发现桌面上的人动了一动，随后李煜安就微微偏了下头，从胳膊下露出了半张脸，眼皮朝他懒懒地抬了一下。

这是向他打招呼的意思。

“我就知道——”乔宇乐了，戳了一下他，声音猛地提高。周围有人从桌面上抬头，睡眼惺忪地看向他，没两秒又直直倒回桌子上。乔宇见状赶紧把声音压了下去：“我就知道你没睡！”

李煜安从桌子上直起身子：“刚睡着就听见你声音了。”

“哥们儿身体不行啊，生场病就这么虚了，你以前晨读课间可没睡过觉。”

“我今天六点半就到学校了，有点困。”

乔宇疑惑：“你来这么早干什么？教室都没人。”

李煜安眼神盯着虚空的一点，没说话。

“这个周末来我家，我让家里的阿姨给你补补。”

“谢谢好意，我不需要。”

“还有五分钟上课，陪我在外面溜达溜达，教室闷死了。”

“我不想动。”

“你还说你不虚？”

“我哥的脑子有时候就像进水了一样。”乔彤在后排看着有些无语。

“嗯？”罗宁没懂她的意思。

“李煜安生病还没好，他就要拉着人家出去吹西北风。”

罗宁扫了一眼前面，没接话。

乔彤转眼看她：“去接水吗？”

“嗯。”

罗宁的水杯在书包的一侧，书包又在桌洞里。她一边答应一边从里面抽出杯子，还没起身，桌子就下面发出了一声轻响，好像是不小心带出来了桌洞里面的杂物。

“什么东西掉出来了？”

罗宁也好奇，弯腰捡起来，才发现是一个正方形的塑料盒子，里面装着浓缩的咖啡液胶囊。

“这个牌子的咖啡好喝哎，你啥时候买的？”

罗宁捏着咖啡盒，表情有些迷茫。

“前两节都是英语课，得困死，给我一个提提神。”

罗宁很快反应了过来，将盒子塞了回去：“这个是要送给别人的礼物。

你喝罐装咖啡吗，下第一节课我请你。”

既然要是要送给别人的，拆封就不太好了，乔彤爽快地同意了：“好啊，不过第一节课你得帮我看着老师，我估计又得睡着。”

两人拿着水杯从课桌过道间一前一后走过，路过乔宇旁边时，乔彤轻轻踢了他一脚：“别挡道。”

乔宇“嘶”了一声，转头看见来人，拧着眉：“你能不能淑女点。干什么去？”

“接水。”

乔宇刚想说些什么，李煜安在旁边插了话：“我也去。”他边说边拿着水杯站了起来。

乔宇：“你刚刚还说不想动。”

“和我们一起去吗？”乔彤问李煜安。

李煜安点了点头，视线往她身后飘。

“乔彤。”罗宁在她身后小声喊了她一声。

“怎么了？”

“我刚刚发现杯子里还有水，估计是早晨我妈给我灌的，”罗宁说道，“我就不接水了，还需要陪你去吗？

“不是大事，这不还有别人陪我一起。”

“那我就先回去了。”

“走吧，”乔彤招呼李煜安，“不是说去接水？”

李煜安盯着手中的黑色保温杯，抿了抿唇。

罗宁是每周四晚上值日。

一起打扫卫生的同学擦完黑板就离开了，留下罗宁一个人打扫地面卫生。她扫了几排之后就将扫帚放下，回到自己的座位上，从桌洞里拿出了鼓囊囊的书包。

里面没有课本，都是这些天她在桌洞里发现的东西：一盒咖啡，小小的暖手宝，没有Logo的围巾，还有一些零食。在天还没有亮的清晨，这些东西就被人悄悄放进去，然后静静地卧在她的桌洞里。

罗宁知道这是谁给的，她还写过纸条放在桌洞里，希望礼物的主人把之前的东西都拿回去。结果第二天纸条没有了，里面照例多了一盒牛奶。

罗宁拎着装满东西的书包，走到了李煜安的桌子面前。

乱动别人东西是不太好，但是罗宁顾不得这些了，她将他的课本往里推了一推，然后拉开书包的拉链，把东西整整齐齐摆了进去。

罗宁蹲下身子，微微弓着腰，视线只能看到桌洞的情景，回手在书包里拿东西的时候，手腕突然被人一把抓住。

她吓了一跳，慌忙转头，第一眼看到的是蓝色校服的下摆，拉链没拉，露出了里面黑色的羊绒毛衫。

视线再往上移动，是李煜安看不出情绪的脸，他微微俯身，漆黑的双眼直直盯着她。

罗宁往回抽了抽手，却没抽开。她只盯着他的校徽看："你……干什么?"

"你在干什么呢?"他反问她，一边说一边把她拉了起来。

罗宁赶紧将手腕撤了回来。

他看了一眼自己空空的手掌，目光又移到她的书包上面。

她只好轻声说道："别给我送东西了，我不要。"

李煜安像是没听到一样，环顾了一圈教室，长腿跨到后面去拿卫生工具："怎么就你一个人打扫？我和你一起。"

"你先回去吧。"

"我不回去，"他没回头，声音润朗，"现在教室就我们两个人。"

罗宁不再说话了，捡起方才的扫帚开始默默打扫卫生。两个人没有聊天，空荡的教室里只剩下桌椅摩擦的声响。

有人帮忙，打扫得自然就快。罗宁将卫生工具整理好之后，转头发现李煜安已经站在教室后门口准备关灯了，他还举了举手里的书包："我帮你拿着。"

罗宁走到他面前："我自己拿着。"

李煜安伸手"啪"一下关上灯，眼前顿时一片黑暗，他拽着她的袖子，带她走出教室。

罗宁趁他不注意，直接把包拿了回来，挂在胳膊上的这个重量让她知道那些礼物又被重新装了回去。

她再次拉开拉链，下一秒李煜安的手就盖住了书包，他的面色是少有的固执："别还给我。"

两人僵持了几秒，罗宁先败下阵来，将书包合上："那你以后别给我东西了。"

"你也别躲着我。"

罗宁背上书包，转身往前走。李煜安拽了一下她的书包带子，还想帮她拿，但是罗宁快走了两步，和他拉开了一段距离。

"罗宁，"他声音里含着灰暗的挫败，"你是不是还在生那天晚上的气？"

罗宁几乎是有些恼羞了："你别说了！"

"对不——"

他话说了一半，昏暗的楼道里有手电筒的光照过来。

是例行巡逻的老师。

罗宁怕被老师看到他们这么晚在一起，再误以为有一些别的什么，便立刻小跑着下了楼梯。李煜安步子比她大，快到一楼的时候，他就从后面越过了她。

手电筒的光也摇晃着下来，伴随着慢悠悠的皮鞋声响。

李煜安伸手把她拉到一楼楼梯下面的拐角平台，她的面颊贴到了他的校服上，是粗粝的质感。

罗宁心里觉得别扭，想伸手把这个人推远一点，但李煜安抬起了胳膊，手掌贴住了她的后脑勺。

一时间只有浅浅的呼吸声。

“老师早就走了。”过了两分钟，罗宁轻声说道。

“嗯，我知道。”

他的手掌反而贴得更紧，又补了一句：“我就是想和你多待一会儿。”

罗宁微微偏了偏脸，白玉一般的面庞隐在昏暗中。

“罗宁，”李煜安问，“你讨厌我吗？”

“这个问题你问过好多遍了。”

“那，”他眨了一下眼睛，“你能不能别总是躲我。”

罗宁垂下了眼。

“罗宁，”他声音里竟然带着一丝祈求的含义，又重复了一遍刚才的话，“你别总是躲我，你不能……总是拒绝我。”

罗宁出了教学楼之后就放缓了脚步。她没有回头，但是知道李煜安就在后面不远不近地跟着。

穿过操场，走出校门，又拐到昏黄路灯下的人行道，她的脚步越来越慢，最后在两盏路灯的中间停住了。她的脚下有两个小小的影子，一深一浅对立着。

她转过身去看那个人。

她方才在楼梯拐角处再次推开了李煜安。李煜安那时的神情就如同淋了一场雨，现在他就像一片湿润的乌云，静静地飘在自己的身后。

“你别跟着我了。”她说。

他原本迈向她的步伐忽地顿住。

“不要早起过来给我送东西，也别在放学后等我。”她的声音平滑如冷水，“在学校里，我们最好不要有交集。”

这下李煜安脸上一点表情也没有了。今天没风，气温也比前几日都高，但是他感觉自己的面部神经已经被冻到麻木。

李煜安想到了罗宁第一次来到自己家里时的情景，想到了她那时候的神情，是警惕中带着好奇，而他生病的那天晚上，她的眉目又是如此柔和温婉。他张了张嘴，只看到浅淡的雾气，发不出声音。

但是下一秒她说话了。

“周六可以吗？”

“什么？”

“周六我不去补习班了。”

他反应明显慢半拍：“嗯？”

“你说的那个约定。”

李煜安眉梢动了一下，眼神带着疑惑，心跳却不由自主地加快了。

罗宁咬了下嘴唇：“你之前问我要不要每周都见面。”

李煜安“哦”了一声，还是盯着她看。她瞧他一眼。他这才意识到刚刚的对话是什么意思，眼睛一下子亮了，走了两步又顿住。

李煜安起先没说话，但没坚持多久，笑意开始盛不住了，先从眼尾溢满出来，又挂弯了唇角。他接着重重点了一下头：“当然可以。”

因为这个约定，周末就成了隐秘的节日。她借着上补习班的时间，总会背着书包来，上午的时间两人在一起写作业。

在家学习也变成了有盼头的事情，这是李煜安之前没想到的。

罗宁伏在桌面上做题，他就把写在纸上的公式推到她眼前。偶尔也会手指相碰，她离他那样近，脸上细小的绒毛，牙齿咬住嘴唇时的印，他都能看得一清二楚。

她最初只是周六过来，待一个短暂的上午就离开。李煜安便说让她陪自己一起吃饭，开玩笑一般堵住门不让她走，几乎是贴在她身上恳求。她是心软的人，压根儿经不起他这样闹，他就是抓住了这一点，理所当然继续求她陪自己看电影，陪自己玩游戏，求她星期天也过来。

所以除了学校，李煜安的家成了罗宁最熟悉的地方。李煜安还往书房里添置了一张床，好让罗宁中午休息一会儿。

有一次她睡在了沙发上，李煜安看她姿势不舒服，就将她抱起来，放到自己卧室的床上。他单膝跪在床边，膝盖将床单压出了褶皱，动作柔缓地将她往里推了一推。

不知有心还是无意，罗宁对他逐渐不设防。她睡得浅，自己主动翻了身，炎热的季节即将到来，夏衣轻薄，动作之间衣料往上滑，露出纤细的腰肢，再往上可以隐隐窥见少女白色的内衣，边缘勒出柔嫩的痕迹。

李煜安沉默地看了一会儿，又小心翼翼地帮她把衣服翻下来，然后垂着胳膊在床前发呆。

李煜安想到了嘉裕高中经常开展的一些讲座，其中不乏关于青少年如何正确认识两性关系的议题。和其他枯燥无味的学习讲座不同，这时候的学生总是异常兴奋，看着平日里严肃正经的老师端着严肃正经的面容，把当下教育体系甚少涉足但是学生私下早已通过各种渠道知晓的内容，用严肃正经的语言描述出来。

一般这种时候，李煜安也会盯着前面人的背影发呆。

旁边有玩得好的同班男生会随着群体时不时爆发出夸张的怪笑，然后幅度很大地去戳一戳身旁的李煜安，李煜安连眼皮都懒得抬。

这人曾经邀请班上几个男生去他家打牌，玩完又说请他们看最近很火的好电影。李煜安原本想走，但看到光盘封面上写着《色·戒》。这是他喜欢的电影，有亲热戏，但谈论的不是色情，甚至不是爱情，总之他愿意留下来再看一遍。

电影开始三分钟他就觉得不太对劲，趁旁边的人都在盯着屏幕，他去看了看被扔进垃圾桶里的包装。果然，导演不是李安。他看了一会儿觉得没意思就走了，倒也不是李煜安假正经，这种片子粗制滥造又常见，虚假夸张的互动很容易让人扫兴。

食色性也，无论哪一样，他都认为得有个品位高低。他不想分享自己的私藏，但也不能直说别人没品位，他一直是合群的人。所以老师在上面讲话，他也跟着笑笑，倒是记住了一些关键词。

比如老师千叮咛万嘱咐，有关专家建议处于高中时期的男女同学切记不要单独在一个房间相处超过三十分钟，并且从青春期的生理角度解释了这个问题以及这么做的危险程度。此刻李煜安觉得这个调查不是很靠谱，至少在他和罗宁之间不是很靠谱。

至于他的私藏，他也愿意一起分享给罗宁。有些影片确实难寻，对于里面的某些情节，罗宁反倒坦然，看完还会和他一起讨论她曾看过哪几部的原著。

罗宁性格安静，他的话也不多，但在静谧的相处时间里，他们从不觉得尴尬无措。

李煜安有时候能读懂她的眼神。比如，对于他卧室的那架斯坦威，她还是很感兴趣的。

李煜安问她要不要弹着玩玩。

“好久不练，手都生了。”罗宁回答。

李煜安拉着她来到钢琴面前：“你想听什么，我教你。”

罗宁的眼神落在他的手指上，这是一双修长好看的手。她便问他：“你喜欢哪个作曲家？”

“李斯特。”

罗宁看了他一眼：“那就他的曲子。”

李煜安坐在长凳上，分开双腿，拍了拍中间的位置。

罗宁穿了鹅黄色的连衣裙，因为在房间里，就没有穿鞋，脚上踩着白色的棉袜，裙子的长度刚好盖住小腿。她收拢了一下裙摆攥在手中，抬身跨过去时，裸露至膝盖的光滑肌肤蹭到了他松垮摆放的长腿。

感受到温热的触感，李煜安迅速调整了一下姿势。

罗宁隔着一个手掌的距离，坐在了李煜安前面，又把手放在黑白琴键上。她偏过脸问他要教李斯特的哪首，说话间柔软的发丝蹭着李煜安的下颌，又麻又痒。

他说教《夜莺》。

这是他拿手的曲子，教得却异常缓慢，他虚虚环住罗宁，手指交缠，发出的音节短暂鸣丽。

曲子拆分成段，一小节一小节地弹。

“罗宁?”

他喊她的名字。

单独在一起的这些日子里，他总会喊她的名字，带着各种情绪，而此刻他的声音又被淹没在音符和喘息里。

但无论周末如何相处，在学校里罗宁总不会露出任何端倪。忽略对方的眼神和行为，这是她擅长的事情。

李煜安没有太在意。他清楚，在这个阶段爱慕同龄的女孩不是什么稀奇事情，出了校门，总有大把的学生迫不及待地拉起手。但李煜安不知道用什么词汇来形容这段关系，他在人声鼎沸的班里有意无意地与她相遇，她沉静的目光同他只有一瞬间的对视，这时他会想到她私下的样子。

他们之间有独特的相处方式，罗宁慢热，并非是没有回应。下暴雨的周末，风雨打在玻璃窗上有噼里啪啦的响声，打雷的时候她还在他怀里笑，说他们就像躲在荷叶下一起避雨的鸭子。

无法同人分享的情感，在只有两个人的地方翻涌至极端，又在暴烈中偃旗息鼓。

他在她的目光中沉溺了，黏着，隐蔽，独自欢畅，忘记了去定义，也忘记了当初兴起的约定没有加上期限。

CHAPTER 06

礼物

第六章

高考后，罗宁连着一个多星期，都以班级聚会为理由早出晚归。

罗振阳和宋文慧虽有不满，但是想到刚结束高中生活，便也不好多说什么。

当时班级确实有过几次聚会，但是罗宁没去，李煜安也没去，两人整日连门都不出，饭也只点外卖。

他们有一搭没一搭地聊天。李煜安说了很多以后的打算，罗宁都没有搭腔。他又说乔宇喊他过几天一起去出国旅游，他自己不知道要不要去。

“为什么不去?”罗宁似乎不太在意，“如果是我，我会很开心。”

李煜安来了精神，甚至都坐了起来：“你和我一起行不行？不和他们一块，只有我们两个。”

“我爷爷奶奶要回乡下避暑，”罗宁说得委婉，“我和我堂妹可能都要过去。”

李煜安闻言躺了回去，过了一会儿又问她要报哪个学校。

先不提本省的数十所TOP级高校，就是在经济相对比较发达的本地，好大学也有不少。

罗宁反问他：“你呢?”

李煜安说了名字，本省的重点医科大学，王牌专业是口腔和临床医学。

她一反常态地多问了几句："你的朋友们呢，也在本地？"

李煜安无意识地凑近她，气息扑在她的肩膀："谁？"

"就……乔宇他们。"

"可能吧，"他一脸无所谓的样子，"乔宇应该和我考一个地方，郑欣宜也是，乔彤可能会出国。"

罗宁"哦"了一声。她没什么好讲的，父母给她的选择并不多。

李煜安想了想本省那几所重点师范院校，离他的学校都不算太远，以罗宁的分数应该也差不多。但他还是盯着她："你自己的想法呢？"

"嗯？"

"你想去哪里上学？"

不是你父母的意愿，而是你自己的。

罗宁避开了他的目光："志愿我父母会帮我填。"

李煜安抚着她的背，兴致不是很高："那查分的时候我可能还在国外。"

"那你出国前，"罗宁说，"我们也出去一趟。"

李煜安原本以为他们会去外地，但罗宁无法在外面过夜，就选了一个常见又特殊的地点。两人一起去爬了本地里的一座山，又在山顶的寺庙里停留了一阵。她既不上香，也不求签，同他一起吃了一顿素斋。

吃过饭出来，寺庙前方有一株三人合抱那么粗的银杏，树干上绑满了数不清的红绸丝带，被七月微风拉扯着，满树飘红，远远望去很是壮观。

银杏树旁边是一个小茅草屋，屋面前的摊子上摆满了崭新的丝绸，很多人围在那里付费写字。

李煜安从旁边的小冰箱里买了两瓶水，价格要比山下普通商店里贵一倍。他拎着水过来的时候，正看见罗宁盯着那树出神。

李煜安动了动嘴唇，但没发出声音，只低头拧开矿泉水瓶盖。等罗宁回过神来的时候，他将矿泉水递给她，问："要去写吗？"

罗宁摇了摇头。

意料之中的回答，李煜安去拉罗宁的手，十指相扣，牵着她一起下山。

回去的时候，山路上有很多小贩，都蹲在小马扎上，马扎前面摆了很多笼子和箱子。

笼子里一般是小兔子或小鸟，纸箱子里是刚出生的小土狗。还有人卖小乌龟，把它们泡在装满水的白色塑料盒里。

两人边走边看，李煜安走了几步，感觉手里空荡荡的，回头发现罗宁不见了。他心里莫名一紧，找了一大圈，才发现她蹲在一个小贩的摊前。

看样子两人已经聊了好一会儿，李煜安走过去的时候，罗宁正从兜里拿钱递给对方，又拎着一个笼子站了起来。

"你买了鹦鹉?"他过去问她。

"才几个月大，"罗宁把鸟笼递给他，"这个长得最俊俏可爱，已经起好名字了，叫麦麦。"

他接过来鸟笼，里面的幼鸟原本站在栖杠上，感受到移动后惊慌失措，扑扇着小翅膀一头撞到铁丝网，不知道是不是撞晕了，又一下摔到了笼底。

李煜安："它看着不太聪明。"

"它听得懂，"罗宁瞪了他一眼，"鹦鹉很有灵性，寿命很长，你以后可以教它说话。"

李煜安挑起了眉毛："我教吗?"

罗宁没看他："送你的，以后让它陪你玩。"

李煜安这下也不嫌弃它不聪明了，回去的一路都在逗它。

这次分别好像同往常没有什么不同，只是走之前，罗宁将他借给她的手机还给了他。

罗宁用的手机是李煜安买的。高三的时候他买来送给罗宁，说方便平时联系，罗宁最初没要，李煜安就退了一步，让她先拿着，等高考之后再说。现在高考结束了，她又重新提起这个事情，将手机递给他。

李煜安脸上的笑容微敛，没有伸手接过："你拿着就是。"

罗宁又把手机放在桌子上。

他再没同她说话，一只手拎着装鹦鹉的笼子走进阳台。

李煜安多多少少还是有些少爷脾气，他曾经几次送给罗宁的东西，无论是昂贵还是廉价，对方几乎都没收。虽然他语言上没表达出来不快，但周身的气场开始变得有些沉郁。

原本还在笼子里蹦跶的幼鸟似乎也感受到了主人的不高兴，逐渐不动弹了。

"李煜安，"罗宁隔着玻璃推拉门看他，轻声说道，"我走了。"

李煜安往笼子底部的小水槽灌水，闻言也没回头看，只点了点头。他将手指放进鸟笼中，外面隐约传来关门的声响。

麦麦张嘴去啄他，不疼，但他猛地一缩手，感受到一种从未有过的心慌。

罗宁没乘坐电梯，刚下到二楼梯拐角处，就听到后面传来了熟悉又急促的脚步声。她还没来得及回头，就被身后的人勒住腰转了个方向。

他站在阶梯的上一层，低头去寻她的唇。他双臂的劲很大，罗宁踮起脚来还不够，整个人几乎要被悬空提起来，把他的衣领抓得乱七八糟。

昏暗的楼梯间，所有的情绪都被放得很大。李煜安把她抱到和自己同一个台阶上，眼神在黑暗中闪着光："你没有什么话要对我说吗？"

"你——"她刚张开嘴巴，就又清了清嗓，那种声音总是让他误会，"祝你玩得开心。"

他问："没了？"

罗宁用指尖碰了碰他的眉毛和唇角，说："希望你以后遇见的都是真心实意待你的好人。"

他咬住她的指尖，又吐出来，笑："你不是好人吗？"

"我是好人。"

"你说的话像永久分别一样，"他看着她的眼睛，"我也有话对你说。"

“我要走了，”罗宁挣脱了一下，“别说了。”

李煜安感觉两人身上都出了汗，但是他不舍得放开：“那你等我回来说给你听。”

罗宁当时没回答，后来也没给他机会说出口。

李煜安经常梦回分别的场景。

她穿着白色轻薄的衬衫，贴在一起说话时，衣衫被汗微微浸湿，可以看见少女肩骨的轮廓。但梦见的次数太多了，他便知道了这是在做梦。

她在梦中问他：“你怎么老是梦见我？”

李煜安去拉她的手：“这不还得怪你。”

“怪我做什么。”

“因为你在我最喜欢你的时候跑掉了。”

她笑：“你可从来没说过喜欢我。”

“是你不想听，”他有些生气，“你就是怕我说这个，所以你跑了。”

罗宁的身影开始变得轻而淡：“有没有我都一样，你看着也没有很伤心。”

他想说不是这样的，又赶忙问她：“你有没有看完我们第一次看的电影？”

罗宁没回答。她消失了，像所有不期而至的梦一样，从他身边绕道而行，徒留一道苦涩的尾梢。

罗宁半夜被惊醒了一次。

她睡眠浅，生病的时候尤甚，一点风吹草动都能让她警觉。迷糊中感到身侧的床榻微陷，她费劲地睁开眼，随即腰间一沉。借着微弱的夜光灯，她看见搭在被子上的手，手腕上的机械腕表也没摘下，在寂静的夜里发出滴滴答答的走针声。

昨夜她将李煜安推开后，对方面上虽然不显情绪，但聊天的兴致也变得不高，说了两句就去书房休息了。此时，他隔着被子拥住了她，额头抵着她的肩膀，呼吸平稳而绵长。

罗宁不好回头，过了一会儿没忍住问："你在梦游吗？"

罗宁没等到回答。就在她以为李煜安睡着了的时候，他低低开口："我做梦了。"

听他难掩失落的语气，她含糊着安慰："梦都是假的。"

"不是假的，"身后的环抱紧了一紧，"梦到了以前，我们高中的时候。"

罗宁回头，看见他紧闭着的眼，叹了口气："这里没有多余的被子，你不回去睡吗？"

"等会儿，先别走，"他明显还不清醒，说话也慢吞吞的，像是梦中呓语，"过会儿你就要消失了。"

罗宁再喊他，他就只发出轻微的"嗯嗯"声，像要赖的小孩子。

李煜安很快就睡熟了，轻轻推他也没反应。罗宁没办法，只能拿开他的手，又将被子从两人中间抽出来分给他一半，自己背对着他，酝酿了好一会儿才重新睡着。

罗宁第二天睡到九点半才起床，房间里除了自己，就只剩下床头边的麦麦。

她简单洗漱了一下，刚到客厅就闻到了食物的香气，果不其然在厨房里找到了李煜安。她倚在门口看他。

李煜安脖子上挂着围裙，正倚在咕咚冒白汽的砂锅旁，一边低头一边在手机上打字。

砂锅里应该焖着海鲜粥，身旁的垃圾桶里一堆螃蟹壳和虾皮，他身材高挑，衬得原本空间不小的厨房竟有些狭隘逼仄。

这个场景让罗宁想起一个很俗气的形容词，岁月静好。她突然有一种误入平行时空的错觉，下意识地往后退了一步。

他仿佛知道罗宁在看，抬起头的同时收起了手机，问她："还难受吗？"

罗宁说不上来，除了双腿还有些疲惫，她此刻感受到的异样只剩下了有力跳动的心脏。

"我早晨试了试你的体温，已经不烧了，"李煜安把围裙从头顶拿下来，伸手挂在墙壁的挂钩上，"粥好了，吃饭吧。"

罗宁过去帮忙，李煜安嫌砂锅烫，只让她拿了两个小碗和勺子。

餐桌上已经摆了几碟清爽的小菜，李煜安给她盛了一碗粥。他的确擅长烹饪，粥煮得浓稠，虾仁混着玉米粒很香甜，他把切成两半的大闸蟹全放罗宁碗里了，她吃不下这么多，又分给他一半。

勺子频繁碰撞到碗沿，罗宁吃到最后吃出一身汗。

"我上大学的时候，就很喜欢去海边玩，"罗宁说，"有很多大排档煮的粥都很好吃。"

"大学是你自己选报的吗？"李煜安问。

罗宁抬眼看他，发现他神色如常，正垂眼用筷子挑了几样蔬菜卷进小薄饼里，后又随手递给她。

"是啊，"她接了过来，"我父母给我填完之后，我自己又去学校用电脑改的。"

李煜安捏着勺子在碗底轻磨："他们生气了？"

"生气也没用，木已成舟，"罗宁的脸上闪过一丝快意，"不过，咱们之前的语文老师替我说了情。"

李煜安认真听着，瞧她眼角眉梢都挂着浅淡的笑，难得生动的神情，他压下心头翻涌的情绪，也跟着笑起来。

"我还是很喜欢大学的城市，"她的手指沾上了面粉，"离海边很近，我们晚上就去吃夜宵，海鲜粥也会便宜。"

李煜安给她递了一张纸巾："和他们比，我煮得怎么样？"

她咬着勺子，轻轻瞥他："你想听我夸你吗？"

“那可不够。”

“嗯？”

“我要是说，只夸我还不够，”他一边收拾碗筷一边看她笑，“我还想要奖励，你给不给？”

他眉眼柔和的时候要比冷脸好看，唇角勾起来的样子有点犯规。罗宁突然有点无措，只好起身一起帮他收拾，又被他按下：“休息去吧。”

罗宁回到客厅沙发上捧着手机刷题，麦麦也从卧室蹦跶出来，在沙发上摇摇晃晃地玩。

她试卷快做完的时候，李煜安端了一杯水出来，手掌在她眼前展开，里面是她要吃的药片。

罗宁做题有时间限制，眼睛一直盯着屏幕，只看了一眼他的手掌，捏起药片就放进嘴里，用力一咽，药片被快速地吞下去。

李煜安吓一跳：“你直接干吞？”

罗宁“唔”了一声，还是继续着低头。李煜安无奈，只好把水杯递到她唇边，看她就着他的手喝了几口，这才作罢。

刷完题之后罗宁抬头，看见李煜安坐在旁边，一手摸着麦麦的羽毛，一只手握着手机打字。

“你什么时候去上班？”她问。

李煜安闻声看向她：“怎么了？”

“我觉得我身体好多了。”罗宁斟酌着话，不知道怎么说下去。

对方不以为意：“再养两天吧。”

“但是留在这里打扰你正常生活，我认为有点不太好。”

李煜安没吭声，过了一会儿才开口说话。

“你刚刚说，”他把手机往沙发上一扔，身体往后仰，“你觉得，你认为。”他把手背搭在额上，不去看她，“罗宁，你想走可以和我直说的。”

罗宁没想到他是这样的反应，只能解释：“我不是那个意思。”

对方不看她，面容被手掌遮住，看不清神情。罗宁只好靠过去拉一下他的衣角："你先别生气——"

刚碰到他衣服的下摆，手腕就被他攥住，罗宁不设防，被他突然的动作扯过去，堪堪扑倒在他怀里。他垂眼，表情看不出喜怒，胳膊环住她的后背，一上一下缓慢地轻抚："你说，我听着呢。"

罗宁双手撑在他的胸口，心里有些泄气，之前怎么没觉得他有点坏呢？

方才的对话，现在的姿势，她推开不合适，贴上去更不合适，他的佯装恼怒竟也能被扭转成自己投怀送抱的合理动机。

"你昨晚应该没睡好，"她手指拨弄着李煜安胸前的连帽绳，在家他总是穿得很休闲，身上这件卫衣的颜色很像她前不久第一次遇见他时身上穿的，但应该不是同一件，"我们方才喝的粥，你至少得煮两个多小时吧，还不算买材料和制作的时间。"

李煜安游移的手掌在她腰间停住，似乎在等她继续说下去。

"你要是只放一两天假的话，我在这里真的不合适。"罗宁语气很诚恳。

李煜安垂着眼不知想些什么，最后下了定论："我对你好，你觉得有负担。"他扶她坐起来，又转换了一副云淡风轻的模样，摸摸她头发，"元旦三天假，大后天我直接去出差，就当这几天陪陪我。"

这下罗宁还能说什么，顿了一下，瞧他："你当医生也出差啊？"

"去学习和开研讨会，"他忍不住用手指碰碰她的脸颊，"牙科诊所算是我开的，我不去谁去？"

"如果这么算的话，"罗宁觉得痒，想偏头，但是没躲开，"你不是医生，你是商人。"

"商人重利轻别离，"李煜安逼近她，两人的鼻尖几乎要贴在一起，"我是吗？"

罗宁回避他的目光，声音低了下来："谁知道你是不是。"

她就这么被半强制性地抱着贴着，在沙发上闲说了好一会儿话。李煜安瞧她的眼神很直白，同她讲话时语气又很客气。

罗宁穿的是崭新的毛绒睡衣，他箍住她的腰，手指勾起了上衣，从尾骨往上，在她脊背上轻轻划了一下。生病的身体比平日里敏感得多，罗宁打了个颤，推了他一下。

李煜安一脸无辜，和她对视了两秒后，没忍住偏头笑了笑。到最后他也只亲了亲她的脸，放她去学习："不逗你了。"

晚上罗宁自己一个人睡在卧室，又突然苏醒了过来。

身旁没有别人，这次醒来是一种本能。她心里一惊，下意识起身看了看身下床单，发现还是干净的，但是小腹已经有酸胀的隐痛，贴身的衣物也是一阵温热黏湿。

她例假不怎么规律，自己向来粗心，最近频繁生病抵抗力差也是一个警钟，所幸没有弄到床上。

因为没带生理期用品，她只能先去厕所垫了几张卫生纸。出来的时候看了手机，已经凌晨两点。

这附近二十四小时营业便利店还不少，罗宁很少痛经，但这次有点反应，不过还能行动。

羽绒服在玄关挂着，她打开客厅的灯，看到书房的门没有关严实，灯光循着夹缝进去，在黑暗中折射出一条分割线。

李煜安此时应该还在熟睡，罗宁不想打扰他，顺手把书房的门关严实。懒得换衣服，就直接在睡衣外面套上羽绒服，钥匙就在玄关吧台上，她拿起来揣在口袋里，刚想换鞋，小腹传来的锐痛让她不得不蹲在地上缓了一会儿。虽然这感觉只是一阵，但足以让她站不起来。

就在头晕眼花的时候，罗宁听到有人喊她的名字。

李煜安的行动像一阵风，罗宁都没看清他是怎么出来的，就见他蹲在了自己面前，问她怎么了。

罗宁知道自己此刻脸色肯定不好看，没想到李煜安竟然也脸色发白，眉目间还有没退散干净的困倦。她倒是没有什么不好意思，缓过来之后，扶着他胳膊站起来，说："我来例假了，没带护理用品。"

李煜安把罗宁半扶半抱地带回了卧室。罗宁脱下羽绒服，把钥匙也一并给他。他瞧着她想说什么，但没开口，最后他给她接了杯热水，让她在家等着，自己出了门。

回来时带的东西倒是五花八门，不光是夜用日用，还有安睡裤和卫生棉条。

罗宁挑了挑，拿着一样去了卫生间，换好出来，李煜安端了姜糖水过来。她看他的眼神带了些微妙，端着碗没喝，定定地打量他几眼。

李煜安抬起手指在她脸上捏了一下："你想什么呢？"

她干燥的唇碰了碰碗沿，被蒸腾的水雾打湿，语气很平静："没想什么，就觉得你挺会照顾人。"

他坐在她床上，神情不像出去前那般沉闷，反倒似笑非笑的："这是夸奖吗？"

"不是吗？"她反问。

"听着不大像。"

"那可能是我语气有问题，"罗宁将糖水咽下去，胸腔都是暖的，"可能因为身体不舒坦，之前我很少痛经。"

李煜安说："怪我，螃蟹性寒，我不知道你的生理期。"

罗宁点点头："你懂得蛮多。"

"这个喝起来怎么样？"

"有点太甜了。"

李煜安往碗里兑了一点点热水，说："第一次，没经验，下次我少放点红糖。"

罗宁看他一眼："是吗？"

"要不然呢，"李煜安心情不错，"我把店员推荐的卫生用品全买了，姜糖水的做法是百度来的。”

罗宁不说话了，喝完把碗交给他，又去卫生间漱了漱口，回来躺下的时候李煜安还在屋里。

他说:“等你睡了我就走。”

罗宁就没管他，自顾自地钻进了被窝，把自己蜷缩成一团。这个姿势像婴儿在母体时的样子，既减轻了疼痛，又让人有种奇异的安全感。

她把被子压在身下没多久，就被人挑开一条缝，有只温热的大手贴在她的小腹处轻轻揉着。

罗宁用指尖拨开面前的被褥，见李煜安斜斜躺在枕头的边缘，一只胳膊探入被子里面。他神情很柔和，看着她露出来的双眼，笑:“这样会不会舒服一点?”

罗宁感觉他的手法有点奇怪，像是摸袒着肚皮晒太阳的小动物，但无论怎样，她确实舒服多了，以至于很快就闭上眼睡着了。

罗宁例假第一天几乎在床上没怎么动弹，但从第二天起就好了很多，还颇有兴致地让李煜安驱车带自己去了郊区的花鸟鱼虫市场。

她熟门熟路地带着他进了一家观赏鱼店。

店主是一个四十岁左右的女人，个子不高，微胖，看见他们进来就起来招呼，目光从李煜安脸上扫过。

罗宁想买几条热带鱼，店主带着他们进里面挑选。

“我上次买的那几条全都死掉了，这次的鱼缸大一点，可以调节水温，是不是会好很多?”

店主一边给她指了几个种类，一边细致地同她介绍习性。李煜安听着罗宁同店主聊天热络，不像是第一次来店里购买。

罗宁挑选的时候会回头问李煜安的意见，又买了一堆水草和观赏石，店主还很热心地打了折。

“多少?”李煜安问了一遍店主，他刚才没怎么听清，掏出手机准备扫码。

罗宁朝他扬了扬手机："我付过了。"

店主在旁边笑她："你速度够快的，让你男朋友来就行了。"

李煜安抬眼瞧她。

罗宁侧对着他，对店主摇了摇头，也没多说什么。

"哎哟，真不好意思哈，"店主的神情有点奇异，"我看着俊男美女怪般配的。"

罗宁笑笑："鱼是送给他的，我付就行了。"

买的鱼用一个密封性很好的中等塑料桶装着，又被放进后备厢里。

李煜安问晚饭想吃什么。天色将晚，罗宁惦记着鱼，便不让他自己折腾了，在手机上找了附近一家好评较多的夜面馆子，速度很快地解决了晚饭问题。

回到家她就自顾自忙起来了，用水草和石头装点了鱼缸，李煜安在旁边时不时搭把手。

鱼缸位置显眼，因为里面空荡荡，反而显得整个客厅莫名寥落，把鱼苗放进去后，房间顿时生动许多。

罗宁鼓捣了半天，觉得观赏度还可以，回头问："怎么样？"

李煜安一路上话都不多，此刻挑挑眉："挺好。"

罗宁紧贴着玻璃壁，有一只孔雀鱼游过来，隔着鱼缸碰了碰她的手指。她说："你饭做得好，送你几条小鱼玩玩。"

"这是礼物吗？"

"算是吧，"这段对话让罗宁有些恍惚，仿佛很久之前发生过一遍，"你不喜欢吗？"

李煜安不知想到了什么，笑了一下，话音轻飘飘的："我怎么觉得有点不安呢。"

罗宁瞧他。

他把目光从鱼缸移到她脸上："为什么送我这些？"

罗宁对上他的眼睛，不明白他易变的态度：“想送就送了，你想要什么理由？”

他不置可否：“送别人礼物，要么是感激，要么是喜欢，你是哪一种？”

“哪个都不是。”

“是吗。”他脸上神情淡淡的。

罗宁觉得莫名其妙的。从店里出来，李煜安就没怎么说话，现在不知道又触碰到他哪根敏感的神经了。她也有些不悦：“如果你不喜欢这些，我买的时候你直说便是，现在反倒惹你不高兴。”

李煜安说：“我没有不高兴。”

这话讲了还不如不讲。

“哦，”罗宁说，“那是我敏感了，真对不住。”

“罗宁，”听到她话里的情绪，李煜安叹了一口气，“是我不该这么说。”

“想说什么就说，该怎么样不该怎么样，想那么多怪累人。”罗宁也尽量用平和的语言同他对话，“你假期也没好好休息，帮你打点一下鱼缸也算是补偿——”

李煜安拉住她的手，打断了她接下来的话：“首先，我不觉得这是打扰。”

他语言温和，目光里的温度却降了下来：“其次，我不喜欢补偿这个词。”

罗宁不解地看着他。鱼缸里波光粼粼，折射在他眼下一小块的皮肤上。

他越是面上不显，压在心底的不甘就越是刺他。

“以前你也是补偿吗？”他笑，“你惯用这样的套路，送点小鱼小鸟当作补偿，然后不告而别？”

罗宁心里五味杂陈，但也不急不缓地回复：“你不喜欢听到补偿这个词，同样我也不喜欢回忆高中时候的事情。”

他感觉触碰到了横在两人之间的屏障：“我不是很明白。”

“那这次我吸取教训，走之前告别。”罗宁轻轻拿开他的手，“我回去了，谢谢你这几天照顾我。”

李煜安一怔。

她说完后转身，听见李煜安在背后喊她的名字，她没回头，自顾自往前走。

快走到玄关处的时候，李煜安快步追上，从后面拉住她的手，又气又急:“罗宁!”他靠近她，手掌游移到她的臂弯，身体中间隔着很大的空隙，欲言又止。

两人就这么静默了一会儿，罗宁率先开了口:“你明天不是要去出差吗?”

“我知道，”李煜安说，“我送你。”

罗宁自己走半小时也能到家，但李煜安坚持把她送回去。

他把车停在楼下，和她一起下车，抬头:“你住这里？几楼?”

“三楼右户，”罗宁说，“大学以前，我们一家都住在这里。”

他点点头:“蛮近的。”

按理说罗宁应该客气一下，邀请李煜安上去坐一坐，但因为方才几句拌嘴，她提不起劲，只好劝他回去:“天冷，上车吧。”

“我看着你上去。”

罗宁走了两步，回头看了他一眼。

李煜安原本倚在车前，目光在不期然间和她撞上。他随即直起身子，快步追上去，绕到她面前，嘴巴里呼出寒气:“我怕你心里介怀，还是要说一下。”

“我之前说不喜欢补偿这个词，是因为我觉得它总会和亏欠联系在一起，”他神情微动，“罗宁，我们之间不应该有亏欠的。”

感情不对等才会有亏欠。

“我没有生气。”罗宁说的是真话，她刚刚只是有点疲惫。

他又说:“我回来找你，行吗?”

“好，”罗宁点点头，“那我上去了。”

李煜安也说好，挡在她面前没有让步的意思，目光在她脸上停留着。

罗宁在他的注视下垂了眼，突然觉得这一幕很像大学时期每晚女生宿舍楼下的情景。无论是炎暑还是酷冬，都分不开那些依依不舍的情侣。

明明刚才还不愉快，此刻在这种情景下，也品出别的滋味来了。

李煜安靠近罗宁，拨了拨被寒风吹乱的头发，在她额头上印了一下。罗宁没动，倒是闭上了眼，那温热的气息描摹了一下她的眉眼，最后只浅浅吮了一下她的下唇。

浅尝辄止的亲密。

罗宁用钥匙开门，屋里的暖气瞬间包裹全身，她才感受到自己双腿往下都是一片冰凉。

快到年关，罗振阳和宋文慧也都放了假，罗宁蹲在家里刷题，他俩去看望老爷子的同时也经常过来。罗振阳通常都是溜达一圈就走，宋文慧却经常在罗宁这里一待一下午。

她们母女从前的关系，原本算不上亲密。这种不亲密在很多事情上都能显现出来，尤其在罗宁刚步入青春期的时候。

初一，班里有个男生向罗宁送过一封情书。

她第一次遇到这种事情，对方长什么样子如今她已经记太不清楚了，只隐约记得是个很受大家青睐的男生。但是收到情书的心情，她记得很清晰——

她当时有些慌张，将情书重新夹在课本里，又将课本塞到书包的最底层。那一天的课程上得都有些浑噩，总感觉有人在看自己。

回到家里写作业，这封情书就压在作业本下，她写到一半停住了笔，将信封取出来重新读一遍。信纸上字里行间对她的描述让她感到奇妙，她有些无措，不知道如何处理。正想着这件事情入神，一只手突然从后面伸出来，猛然将她捏着的纸张夺走。

宋文慧经常会进来检查她有没有在学习，她出神期间，忘记了自己的房间向来是不上锁的。

罗宁面色发白，宋文慧的脸色却随着眼神在纸张上的移动越来越黑。她鼓起勇气想夺回来，被母亲呵斥开，对方又来一句话，把她钉在椅子上无法动弹。

“我以为你在学习，结果呢？你怎么有脸看这种东西？”

宋文慧把这封情书转手交给了客厅里的罗振阳。罗宁没出去，坐在卧室的椅子上，隐约听到他们的对话。

罗振阳说：“很正常，宁宁没答应不就行了。”

“正常什么？她晚上都不学习了，光看这些！这些学生不知羞耻，心思都没放在正途上。”

“你去找她班主任谈谈吧。”

罗宁听到这里就跑出客厅，看着坐在沙发上的父母，浑身有些发抖：“你们不能这样。”

“你听听！”宋文慧也生气，又转向罗宁，“怎么，你还护着这个人？”

多说多错。

周围的空气发紧，罗宁连吞咽都变得困难，最终她一声不吭地回到了自己的房间。

宋文慧在客厅里打电话的声音没有遮掩，一字一句像是在罗宁的心脏上敲鼓。第二天罗宁自然被叫去谈话，但是她也庆幸宋文慧到底还是给她留了些面子，没将男生的姓名一同告知班主任。

后来罗宁上大学的时候，听见舍友和母亲打电话的聊天内容甚至包括了高中时的恋爱对象。罗宁有些吃惊：“你妈妈不会生气吗？”

舍友很奇怪地看她一眼：“不会啊，我妈妈很愿意听的，而且还会告诉我该如何处理，怎么样保护自己。”

罗宁愣了一会儿，偏过了脸：“原来是这样。”

原来母女之间的关系也可以是缓和的、无话不说的。她想到了宋文慧，她的母亲奔波于琐碎的家事和枯燥的工作之间，没有意识到处于青春期的女儿的敏感内心，也没有意识到养育子女不只是肉体上的养育与关怀，也包括精神上的引导与鼓励。

宋文慧对她采取了最粗暴的管控方式，以至于她们之间无法建立正常的精神连接。那些无法消化的情绪，收到情书后的忐忑，被孤立后的无助，没人告诉她该如何解决，她也无法向别人倾诉，她只能自己独自消化。

原来她一直处于长期的失恋状态，因为得不到妈妈稳定的爱，总是茫然又痛苦。

上学几年的分离将宋文慧年轻时的管控欲逐渐转变成倾诉欲，她坐在罗宁的床上看着女儿，将这段时间发生的事情诉说了一遍。

其实无非还是老爷子的赡养问题以及死后的财产分配，不可避免地牵扯到了婆媳妯娌之间的一些龃龉。宋文慧因此同罗振阳生了气，晚上都和罗宁住在一起。

晚上李煜安发来视频电话的时候，宋文慧正在旁边叠被子，罗宁下意识挂掉了。

他没有再打过来，但是罗宁点开了对方的微信窗口，发了信息：我妈晚上在我这里。

对面回了一个“OK”的手势。

宋文慧和女儿一起住了几天才算气消，罗宁将她亲自送回家里。出来的时候，罗宁看了一眼手机，没直接回家，驱车去了市南。

吃饭的地方不太好找，在民宿区旁边，外表也不太显眼，但是走进去还挺让罗宁吃惊的。

迎面就是一座木制古桥，下面很有心地做了流水的暗道，周边的包厢是农家小院的样式，整体很安静，看起来古朴又不失风雅。

她按着服务员的指引，掀开一个小院门上挂着的卷帘。进门是齐膝高的榻，上面摆了红漆茶几，里面的人盘腿坐在榻上，感觉到门前的动静，偏头看到她，还没打招呼，倒是先笑了出来。

“我在这儿生活了二十多年，都不知道还有这种地方。”罗宁坐到他对面的软垫上，“你是怎么找到的？”

桌上已经摆了一壶茶和几碟粉质糕点，方知许将糕点的碟子推到她面前，声音温润：“你知道我的饮食习惯，素菜做得好且环境不错的地方就这么几家，找人打听打听，不难找到。”

方知许是个随和儒雅的人，但肠胃极弱，吃饭很少沾荤腥，能让他吃得舒服的都是比较原生态的素菜。大多数情况下，他的饭食都是用热水煮熟或者烫过一遍的当季时蔬。

罗宁问他：“你要在这里待多久？过年之前能回去吗？”

“跟着博导的计划来，”他示意服务员上菜，“估计要在这儿就地过年了。”

罗宁客气地寒暄：“够忙的。”

“感觉你比我忙，”他含笑看了她一眼，“几次约你出来都约不到。”

罗宁喝了两口茶，将杯子放回桌面，方知许又提起茶壶往里面续了热水，茉莉香片在热气中翻腾。

“之前你说要回家的时候，我原本是担心的，但是今天见面又发现你的状态很不错。”

“我从家里搬出来了，”她说，“当时要回家的时候，你是支持我的，如今反倒担心。”

“我不是支持你回家，我只是支持你去面对，支持你去审视和复盘，”方知许的手指沿着杯沿摩挲了一圈，“我的担心是站在朋友的立场上，不是站在医生的立场上。”

他接着补了一句：“何况，在你面前，我算不上合格的心理咨询师。”

这话罗宁曾经听他讲过，在一个下雨的夜晚，她还记得这句话接下来的内容，一时不知如何接话。

方知许倒也没让她尴尬，起身出去:“你先喝茶，我去催一催菜。”

她读研的时候，方知许是比她大一届的师兄。她第一次见他，是在一次心理健康公共课上，他作为助教过来代课。

阶梯教室关了灯，多媒体设备投射到幕布上的画面有些偏移。罗宁坐在投影仪的旁边，看到后便下意识地站起来，但她哪怕在台阶上踮起了脚，也只是堪堪碰到投影设备。

就在这时候，讲台上的方知许不急不缓地走到她旁边。他侧着头将设备往旁边推了一推，飞舞的光线将男生流畅的侧脸投映在幕布上。

罗宁从他身边绕过，又回到原本的位置。那时候对他只是匆匆一眼，只觉得这人，尤其是下半张脸，瞧着很是面善。

再后来见到他是被室友拉去参加饭局，七八个人围在一起吃火锅，罗宁同他不熟，饭桌上也就没打招呼。虽然要了鸳鸯锅，但罗宁坐在了红汤面前，大家聊得热火朝天的时候，她也没怎么动筷子，吃到一半就借故去上厕所。

从卫生间出来，她直接去了饭店门口抽烟，抽完将烟头捻在垃圾桶上，站在原地不动，等夜风吹散她身上的味道。

“你站这儿吹风不冷吗?”

身后突然响起的声音让她吓了一跳，她回头看见了一个身形高挑的男人，穿了一身黑衣黑裤，站在两辆车中间的昏暗过道。因为衣服与夜色相融，方才她没有立刻察觉。

他朝她笑笑，唇角勾起的样子让她感到有些熟悉:“我叫方知许。”

罗宁愣了一下，报上了自己的名字:“罗宁。”

他说:“我知道你的名字。”

罗宁疑惑:“你知道?”说完她自己又反应过来他是助教，点点头，“你记性真好，这么多学生都能对上脸。”

“我记性是不错，但确实没本事把每个上课的学生名字都和人脸对上。”

她没太懂他的意思，又问：“你什么时候来这里的？”

“比你早一点。”

罗宁把烟盒递给他，他笑看了她一眼，说不吸。罗宁有些尴尬，讪讪收回手。

“那我先回去了。”她不欲多言。

“我看你没怎么动筷子，话也很少，”他走近她，“不喜欢这种场合吗？”

罗宁诧异地看他：“…… 人多的场合我不太自在。”

他拿出心理专业学生的优秀素养，温言道：“咱俩去开个小灶，有没有兴趣？”

方知许带她去了一家很清淡的素菜馆子。他面带歉意地告诉罗宁，自己脾胃弱，只能吃这些。罗宁表示自己理解，说自己胃也不太好，不过去医院查过几次都没查出什么来。

方知许闻言停下了动作，捏着筷子，缓言：“其实还有一种可能。”

罗宁看他。

“我们的胃，其实是一个情绪器官，”方知许讲起专业方面的事情，神情就显得严肃认真，“临床上，胃不舒服是精神障碍躯体化表现中最常见的一个症状。”

他继续说：“之前上课的时候，我们发过SCL-90症状自评量表以及SAS焦虑自评量表，我看过你的问卷。”

罗宁垂着眼睛，掩盖了所有的情绪。

“不过我想你应该知道，”方知许笑了一下，“只上过几次课不足以让我记住人脸，但我在医院也见过你。”

罗宁给他的印象很深刻。当时是在学校的附属医院，罗宁从特需咨询室走出来时，手里还拿着取药的单子，而这张单子下一秒就被她丢进旁边的垃圾桶。

听他说起这个，罗宁也没太大反应："我以为医生会和我聊很多，但是他只让我做了测试表，然后给我开了药。"

"药物疗法是焦虑和抑郁的诊治手段，在国内是比较常见和省事的一种办法。"

"我并非是痛苦不堪的状态，甚至可以说我早已习惯和这种情绪相处，"罗宁抬眼，"我没有挂普通精神科，我只是预约了咨询，但是这家医院好像没有将它们区别出来。"

"你去过其他医院吗？"

"去过。"罗宁在陌生人面前反而没有了顾忌，"你还有什么问题？"

"预约过几次？"

"每次暑期结束，回学校的时候都会预约。"

他瞬间意会："因为家庭。"

罗宁笑了一下。

"其实很巧，"他这才表明了来意，"我有一个有关于认知疗法的课题作业，需要寻找一个观察对象，贸然请你吃饭，就是想问你愿意不愿意和我一起合作完成这个课题。"

"合作完成？"

"对，你是我的合作者。我们会一个星期见一次面，谈话，阅读……当然，这些都会被我整理记录，如果你介意——"

她问了另一个问题："问卷结果显示只有我一个人有这种倾向吗？"

他一愣："当然不是，这很常见，只不过有的自知，有的不自知。"

"为什么是我呢？"

"没有生活中其他身份的介入，我在你这里就只是一个普通的心理咨询师，"他还开起了玩笑，"而且你看起来不太像是会狠心拒绝别人请求的女生。"

"我看起来很心软？"

“你看我的眼神给我一种感觉，”他摇了摇头，像是在搜寻一些形容词，最后自己也笑了，“我长得是不是和你以前认识的人有些像？”

罗宁放下了筷子。

“如果冒犯到你，我道歉。”他观察她的神色。

罗宁说没事。

除却这个话题，他们之间的几次谈话都是比较愉快的。

起初是方知许选好地点，她去找他。大多数时间都是她在讲，他偶尔发问。他低头抿唇记录的样子让她感到熟悉、心安，或许她仅仅只是需要倾诉。

饭后两人没着急走，出来散了一会儿步。

罗宁有些歉意：“这顿本该是我请的。”

方知许摆摆手，表示不爱听：“这话太生分。”

罗宁解释：“你来我的家乡，我请你是待客之道。”

“我说过我们是朋友，”他看了看远方的景，“朋友不讲究这些。”说完他指了指旁边的山，“那里好玩吗？”

罗宁顺着他指的方向，点了点头：“高中的时候去过一次，上面有一座寺庙。”

他来了兴趣：“有素斋吗？”

“有的，”她的神色在冷风中变得浅淡，“你走之前我请你吃。”

CHAPTER 07

新年 第七章

大年三十，罗宁和罗然然一家人都聚到了爷爷家。

下午一起包饺子，罗宁从发好的面团上揪了一小块面扔给罗然然玩。婶婶瞪了罗然然一眼，看她嬉皮笑脸的样子气不打一处来：“你连个饺子都不会包，以后嫁到婆家不得被嫌弃死。”

“想得美，”罗然然直接呛回去，“没有婆家这一个说法，我是不会结婚的。”

“大过年说这种话，”婶婶抬起沾满面粉的手就要去拧她耳朵，被她躲开了，“净给我找晦气是吧？”

“你学学你姐不行？”婶婶说完，正看见罗宁正在擀饺子皮，叹道，“宁宁这个饺子皮擀得好，不仅形状圆，大小也刚刚合适。”

罗然然闻言“哼”了一声，扭头去沙发上玩手机去了。

别人夸罗宁，宋文慧面上不显，心里也是高兴的，话里开始向着对方：“然然还是学生，你大过年惹她生气干什么，她小孩子心性。”

“我都不愿意说她，上学的时候早恋，该正经谈对象的时候又说自己独身主义。”

“我是不婚主义，”罗然然在沙发上纠正，“和独身主义有区别。”

话说到这儿，婶婶看了一眼罗宁：“宁宁谈男朋友了吗？”

罗宁将擀好的饺子皮罗列在案板上，抓了一把面粉撒了上去：“暂时不考虑。”

“过年又长一岁了，不考虑也不行。我和你妈在你这个年纪的时候，你和你妹都已经会跑了。”

罗宁笑笑没说话，正巧奶奶在厨房里面拌饺子馅，喊了她一声。她口中应着，将手往围裙上擦了一擦，转身过去。

“哎，年轻人怎么都这个样，你和她爸也不替她操这个心？”婶婶说完和宋文慧对视了一眼。

宋文慧瞧着罗宁进了厨房，才低声道：“她是个有性格的，自己心里有主意。”

对方奇道：“宁宁瞧着挺乖的。”

“我和她爸以前也这么认为。”宋文慧盯着自己和面的手，枯黄的皮肤上分布着凸起的青筋，无一不在提醒这双手的主人岁月易逝，“她小时候我们教育她，打过也骂过，那时候她就闷声不吭的，话也少讲。”

后来高考志愿的时候，他们才发现这个独生女儿安静的外表下隐藏的执拗，离开他们的心又是如此坚决，以至于几年后都不愿意再回来。

对方安慰道：“父母子女之间哪有真正的仇，再说女孩儿离家近点儿多好。”

“她愿意回家工作尽孝心是因为我和她爸年纪都大了，现在她愿意搬出去就搬出去，不想找对象逼她也没用，”宋文慧话中有妥协的无奈，“操不完的心。”

吃年夜饭之前，罗宁先煮了一碗饺子端去爷爷屋里。到那里才发现这碗饺子是多余的，她两个星期没来，爷爷情况愈发不好，如今只能吃些流食或者绵软的面包。

他一天的绝大部分时间都在昏睡，此刻奶奶将他喊起来喂食，他的余光也能瞥到两个孙女，被子下面的身躯微微动了一下，喂进嘴巴里的米粥从嘴角淌出来了一些。

罗然然给罗宁递了纸巾，罗宁捏着去擦拭，对方有些想躲，奈何身体不听使唤，只能张着嘴粗喘了几口气。

能看清楚老人的口腔里面残存着牙齿全部脱落的痕迹，空留一排细小的钢牙。

“我老了该不会也是一口假牙吧，”罗然然在一旁发出感叹，“我牙齿正畸花了不少钱呢，老了一样全部掉光。”

罗宁听她这样讲，就想起从前在书里看过一个说法，可以通过观察别人牙齿的状态来判断这个人的生活阶层以及水准。她从前觉得颇有道理，天生一口标准完美的牙齿太难得，牙齿的修正美容就像整形一样，不是所有家庭都能承受得起这种费用。

只是，这种判断标准到底还是有时效性，人老了，一切衡量都变得没有价值。

“你智齿拔完了吧？”罗然然突然发问。

罗宁点点头，突然就想到了李煜安。

从他出差到现在，两人几乎没断过联系。是他赶在年前回来的，下飞机的时候还抽空给她拍了照、发了信息，一板一眼地汇报日常行程，又说回去收拾一下，要先去他父亲的家庭那里。罗宁自然说好。或许是忙，这两天，对方都没有任何消息再弹出来。

两人聊天向来是李煜安挑起话题，既然他不说什么，罗宁也不可能主动联系。只不过这两天，她还是会下意识地像往常一样，时不时地看两眼手机。

大家围在一起吃年夜饭时也很热络，饭后几个大人就出了门，罗宁和罗然然没出去，照例坐在沙发上，对面的电视开着，屏幕上的春晚节目姹紫嫣红一片热闹。

节目热闹归热闹，但是没有吸引人的能力，她俩都低头抱着手机玩。

方知许在微信上给罗宁发了个两千块钱的红包，罗宁点开收了，又回了一千八，美其名曰：你发我，我发你，大家一起沾沾喜气。

罗然然抢了一圈红包回来，罗宁的手指还停留在屏幕上不动。她一副出神的样子让罗然然好奇起来，探头看了一眼对方手机——没有红包和拜年信息，上面显示的聊天记录时间还是前天。

“谁是李煜安?”罗然然问，“这名字有点熟悉，好像在哪儿见过。”

听她发问，罗宁又把手机收回去，隔绝了她的视线，显得有些没精神：“困了。”

“不守岁了?”

罗宁点点头：“提不起来劲。”

“这才不到十一点，”罗然然看了一下时间，朝她眨眨眼，“咱俩偷偷出去，吸根烟精神一下?”

罗宁这一阵子抽烟频率降低了不少，此时被罗然然一勾，心又麻麻的，但她还是摇了摇头：“熬不动了，我要去睡觉。”

“好吧，”对方撇了撇嘴，“你明天还得过来拜年，是在这儿睡还是回去?”

“回我自己住的地方，明天来拜年也方便，你和我一起吗?”

罗然然说“好”，拿了包同罗宁一起回去。

市区内不让燃放烟花爆竹，但睡梦中偶尔也能听见噼里啪啦的响声。罗宁睡得早，第二天起得也早，洗漱收拾完之后，才把罗然然从床上喊起来。

罗然然睁开蒙眬的睡眼，瞧见堂姐的身影在床前晃动，刚想抱怨着再眯一会儿，又突然打起了精神，定睛看向床前的人——

罗宁今天穿了一件白色的加厚改良旗袍，衣身一周都坠着毛条边；因为是定制，柔软的真丝重缎紧贴着颈肩，她的下巴和脖颈都是莹白的颜色，衬得厂字襟上的玛瑙扣愈发红润。

罗宁看见人醒了，就转身坐到梳妆凳上，旗袍衣角堆在了地板上，胸前曲线和腰身弧度顿时显了出来。

罗然然拥着被子打趣道:“姐,你太适合穿旗袍了,美得我瞌睡都没了。”

罗宁描眉的手没停:“赶紧起吧，趁早给爷爷奶奶拜年。”

罗然然起身帮罗宁编了头发，年夜饭做得腻，两人早餐就只吃了一点清粥。

因为都还没工作，罗宁和罗然然照旧还是领了长辈的红包。

过了九点，其余的亲戚陆陆续续过来拜年，客厅的沙发上坐满了人。罗宁原本只想过去打一圈招呼，然后找个别的房间待着，结果没走成，被人拉着在沙发上一问一答，聊了不少，最后罗宁甚至有些如坐针毡。

还是罗然然过来，把她方才放在桌子上的手机递过来:“姐，你手机刚刚亮了，好像是有人给你打电话,”

罗宁像抓到了救命稻草一般,也不管是真是假,接过手机就去了阳台。

手机上果然显示着半分钟之前有一通未接来电，是熟悉的号码。罗宁拨了回去，对面几乎是立刻接通，声音隔着电流传过来。

“罗宁?”

今天没有风，阳台上的光线又很足，可以看清楚每一粒细小的尘埃在空气中起伏飘摇。

他说:“你现在通话方便吗?”

罗宁轻轻地“嗯”了一声。李煜安说了句过年好，罗宁没回他，盯着明亮的浮尘看得认真。

那边静了一瞬，又开口:“你现在在你爸妈家吗?”

“在我爷爷奶奶家，我爸妈也在。”

“和他们一起过年还算愉快吗?”

“每年都一样。”

他问:“心情不好?”

罗宁说没有，只是有点不想和亲戚打交道。

那边轻笑了一声："我也一样，和不想见的人在一起，算不上过年。"

"你还在你父亲家吗？"

"还在，"他回答，又问她，"你呢，你还在市区吗？"

罗宁说在。

电话静默下来的时候，两人都能听到彼此的呼吸声。

他说："我还是很高估我自己。"

"嗯？"罗宁没懂。

"这两天，我还挺忙的，但也在等你。"

"等我什么。"

他笑："等你主动给我发信息。"

罗宁沉默，心脏的位置传来怦怦的声音。

"结果连新春祝福也没有，有点伤心。"

见这人开始痴缠了起来，罗宁说："你想听什么，我现在可以补。"

"和别人一样的祝福我不要。"

她失笑："大家过年过节都说一样的话。"

他反驳她："但对我来说，两三天没你的消息，过年已经不算节日了。"

"我想见你，"李煜安说，"让我看你一眼就行。"

罗宁给李煜安发了定位。

这个房子是在小区的第一排，从阳台往下看，能清楚地看见下面黑色的沥青道路。

大年初一，街上没什么人，对面的小餐馆都拉上了卷帘门，台阶上还残留着昨晚偷偷放鞭炮时留下的碎纸残屑，偶尔有一辆车行驶过去，带起的风便卷开道路旁的红色炮皮。

大概过了有半小时，罗宁看见了一辆黑色的雷克萨斯。和其他急行的车辆相比，车主显然开得较慢，行驶了一段后，在路边缓缓停住。

罗宁在阳台上，看不清车内的情况，便转身出去。穿过熙攘的客厅，她去拿外套的动作吸引了罗振阳。

他问：“你要干什么去？”

“有点事下去一趟。”

“亲戚都在这儿，别乱跑，回来一起吃中午饭。”

罗宁怕罗振阳不高兴，连忙答应了。

今天确实不冷，罗宁走出来的时候感觉到了，她在旗袍外面搭了卡其色的针织长衫，腿上没穿衣物，走动时，衣摆和脚腕处裸露的皮肤有些略略的凉意。

出了小区门往右拐，没走几步就看见了李煜安。

他早就从车上下来，倚着车门不知在想些什么，低头的时候露出了黑色的高领内搭，像沉思的鹤。

像是有所察觉，他偏头，目光投向她。

他穿得也不厚，长款西装外套配着西裤，一身松垮的黑色，只有板鞋和内搭外面套的衬衫是浅色，衬衫一半折进裤子里，另一半扯出来垂在身下。这装扮很衬他的身段。

李煜安转头之后就没动过，一双眼睛直直盯着她瞧。他眼神中，属于男人的东西太明显，那种不加掩饰的欣赏和欲望。

罗宁顶着李煜安侵略性很强的目光，在距离他两步远的地方停下，总觉得脚像踩在云端，走起路来有些发飘。她拢了拢身上的衣衫，避开了他的视线。

李煜安拉开了车门，两人坐了进去。他说了第一句话：“家里有客人，出来的时候不容易吧？”

“还好，”罗宁只盯着车窗上的雨刷瞧，“中午吃饭前回去就可以。”

“几点吃饭？”

“大概十二点半或者一点左右吧，”罗宁抬眼，“你理发了吗？”

她在车内才好好看清楚了他，好像瘦了，下颌线更加清晰，两鬓的头发都变得很短。

他的眼神从开始就一直落在她身上："你看出来了？我以为会不明显。"

"仔细看就能发现，"罗宁身体往他的方向靠了一下，举起手，隔着空气在他耳旁虚虚比画了两下，"这里，还有这里。"

李煜安也靠近她，在她举起手的时候顺势歪了歪头，她的指尖就碰到了他的头发。

罗宁顿了一下，刚想收回手，李煜安温热的手掌就覆在了她的手背上，带着她的手指，滑到了自己的鬓角处。

刚剃过的头发有些坚硬，罗宁顺着他的指引来回轻抚了几下，指尖都是麻麻的触感。他好像很喜欢这种触碰，又让她去摸自己的面颊，最后抬着下巴在她的指尖上蹭了两下。

主驾驶和副驾驶的位置有二十多厘米的距离，但是两人贴得很近，李煜安拉着她的手，垂着眼，用唇碰了碰她的食指指尖。

罗宁总觉得下一秒他要张口咬她，下意识地将手指微微勾起。

"罗宁，"他喊她的名字，将她的手捋平，又把唇贴了过去，按着顺序，在她的中指、无名指尖流连，挨个儿碰了一下，"才十点，我们找个地方说会儿话吧。"

罗宁眼神柔和，不忘提醒他："你说只看一眼来着。"

他笑，热气扑在她的手上："我原本想看你一眼，但现在心里又觉得不够。"

"都关门了，去哪儿说话。"

李煜安给她系上安全带，点点头："你提醒我了，咱们去茶馆坐一会儿。"

他要带她去的地方离这儿倒不远，说是茶馆，倒像是一家新中式的小酒馆，难得大年初一还在营业。

进门就是一个摆满酒瓶的超大博古架，只留了一个穿着时尚的年轻男孩在前台调酒。

“你们老板呢？”李煜安走进去问。

“回家拜年去了，”男孩瞄了一眼跟在李煜安身后的罗宁，“两个人吗哥？”

李煜安点点头：“不要酒，弄点茶。”

他带着罗宁上二楼，踏上一级楼梯的时候又转过身，伸过来一只手朝她晃了一晃。

罗宁一只手提着旗袍的下摆，还没动弹，李煜安就倾身过来，将她垂在身侧的另一只手拢进了手心。他拉着她走楼梯，上来的二楼是一个个的木制小包厢，进去之后，她将外衫脱了下来，他接过来替她挂上。

方才的男孩端了一个陶制泥炉上来，里面煨着炭火，将铁丝网放在上面，替他们煮上了茶又下去。

桌子上的九宫木盒里装着甜点和水果，李煜安挑了蜜薯、板栗和甘蔗放上面烘烤着。罗宁斜坐在他对面，闲聊了几句，香甜的气息就扑到面庞。

他将栗子剥了外壳，拿纸巾裹着递给她：“小心烫。”

一壶茶没喝几口，李煜安就在口袋里摸索了一下，掏出来一个红包封皮。他搁在桌子上，推向罗宁。

她有些惊讶：“压岁钱？”

对方挑挑眉：“打开看看。”

罗宁拿到之后才发现厚度不对，隔着封皮摸了一下，感觉形状有些凹凸不平。倒进手心里，才发现是一串金镶玉手串。

李煜安从她的手心取过珠串，套在自己的手上，又将她的手腕轻扯到桌子上。他的指腹搭上她的手背，拇指勾着圆滑的珠子往下蹭，手串就被他过渡到了罗宁的手腕上。他在她掌心里轻挠了两下。

罗宁的袖边围了一圈白绒毛，她收回手时袖子便遮住了手腕，稍有动作，就能隐约瞧见珠玉的清润。

瞧她的样子，应该是喜欢的，李煜安也愉悦："刚好配你的衣裳。"

她问："什么时候买的?"

"出差的时候挑的。起先想给你挑一对耳坠，"他的眼神瞄在她耳畔，"又想到你没有耳洞。"

罗宁闻言捋了一下耳畔的发丝。

快到十二点的时候，李煜安又把车开回到了之前的地方，只不过这次停车的地方略微隐蔽一些。

车内一阵静谧，他"咔嗒"解开安全带的声音变得异常清晰。罗宁像是有所感应，坐在位置上没有动，手指抓住了安全带上的纽扣。

李煜安探身过来，胳膊从她身后伸过，肘部抵在两个座椅之间的中央扶手盒上，手指在距离她面颊几厘米的地方停住。

明明还没有触碰到，罗宁却觉得有些痒。她迎上他寸寸打量的目光。他的手指偏移了位置，替她拢了拢耳边的碎发，动作轻柔，又好像在避免碰到她。

密闭车厢里的空气都似乎在他眼神和指尖中流动，距离那样近，却又不相碰，只是描摹和打量。一切都在不上不下地吊着她。

罗宁想让这种被他掌控的氛围停住，或者打破这种被觊觎的感觉，便轻声开口："你是直接回家吗?"

他摇摇头，缓缓向她靠近，鼻息扑在了她的脖颈处："回我爸家，还没拜完年。"

她下意识地往后靠，感到身上的桎梏一松，原来是他帮她解开了安全带，她的手因为他的贴近不知道往哪儿放。

她说："来回至少两个小时，怪折腾——"

话音没落，罗宁就闭上了眼，因为李煜安封住了她接下来要说的话。

只是两三秒的相贴，唇与唇轻轻蹭了两下，他很快松开了她。罗宁能看清楚他的眼睛，里面盛满了笑意，他往后撤了一下距离，说："不亏的。"

“只不过，”他又贴了过来，“亲一下不太够。”

李煜安揽住了她的肩，低头咬住，在她齿关处轻磨了两下，颇有要耐心品尝的意思。

罗宁的手攀住了他西装袖口，上半身也向他那里倾斜，她的长衫滑到小臂堆积着，面前的人带来滚烫的温度。

下一秒这温度又倏然离开。

她在迷茫中睁开了眼，李煜安的手轻抚着她的脸颊，又一次靠近。她知道他惯会磨蹭，便以为他还要吻她，再次合上眼皮，下巴轻抬唇齿微张，朝他的方向微不可察地移动了一下。

没有立即等来他的亲吻，反倒有一声轻笑响在耳侧。

罗宁睁眼，看见了他还在原先的位置没动，眼神里满是纵容，唇角勾着得意的笑。

她立即反应过来，自己是被他捉弄了，耳垂瞬间发红。她有些恼羞，瞬间想撤回去，还没动作，李煜安就掌住了她的后脑不让她走。

这次没有了方才的磨蹭试探，只一下下地深吻，一个劲儿地勾缠，把她的哼气声都吞咽了下去。

他的鼻尖蹭在她的脸颊上，呼吸粗重。换气的时候他捏着她的下巴，边喘边朝她笑：“我是不是有些得寸进尺？”

罗宁面上泛着粉，只张口喘着气，眼睛不去看他。

李煜安勾着手指，蹭了蹭她颈子上的薄汗，把她身上的外衫拽了下来：“都亲出汗来了。”

罗宁想平复一下呼吸，可旗袍布料在方才的缠磨中贴紧了身体，曲线在喘气时愈发显眼。

脱掉外衫，李煜安便抚摸着她的肩，又来回拨弄着厂字襟上的红色玛瑙扣。她去握住他的手，眼里动情，怎么看都是欲拒还迎的姿态。

他问她：“再亲一会儿走，好不好？”

车窗贴上了黑色的防窥膜，从外面看不到车里正在发生的情景。

李煜安将驾驶座的椅子往后调了一下，使这个座位可以尽量容纳下两个人。即使是这样，罗宁的后背还是被方向盘硌着，他仰着脖子不停地去亲她，一下没控制住力气，她后背硌着的地方就被抵出疼来，没忍住皱眉轻呼。

李煜安便将一只手贴在她的腰际垫着，另一个手掌在腰间来回抚摸，去感受真丝布料的滑腻。觉得不够，又往下寸寸游移。

李煜安西服里的衬衫是黑白色的细条纹，极为柔软的布料，罗宁被逼得直往后仰，手指下意识地曲起，一下又一下地揪着他的领子。

这是她特有的小习惯，他的衬衫被她攥得乱七八糟。绵长的吻结束后，她抵着他的额头轻喘，说话也是滴水一般的呢喃："硌得慌。"

"哪里硌？"他眼中的神色翻腾，循循善诱地去问。

她看他的眼神带了嗔恼。的确被硌得有些疼，她撑着他的肩往后挪动了几分，却被他紧紧抓住了手。

"故意的。"他说她。

罗宁眼底的水色氤氲起来："真的不舒服。"

肌肤与布料相蹭，也能堆叠出如坠云雾般的朦胧感，罗宁后背蹿上来一阵阵酥麻，李煜安埋在她衣领间，一呼一吸间又将这股酥麻加深。

他在她耳边低声说话，一遍遍地重复着。他说他很想她，可她明明就在他眼前。

后来有天旋地转的一刻，罗宁感觉他的声音也变得模糊，只觉得一切都乱糟糟的。

副驾驶上的手机响了很长时间。

良久，罗宁捂住嘴巴，给刚刚打过来的罗振阳回了电话，声音听起来如常："嗯，嗯嗯，我知道了。"

李煜安细细地帮她整理衣服，手背蹭到她的下巴，她轻轻瞪了他一眼。

“我马上回家，能赶上的。”

挂了电话，罗宁看了一下时间，两人竟在车上待了近一个小时。她回到副驾驶座，照了照后视镜，身上的衣物刚刚被李煜安整理好，只剩下一些不明显的皱褶，能看出些端倪的也就剩下脸上还没散尽的红晕。

而李煜安那边就有些不太好办了，罗宁想过去帮他一起整理，被他轻轻挡住。他有些好笑地看她一眼：“赶紧回家吧，再过来帮我，时间就真的来不及了。”

罗宁特地在楼道口多待了五分钟，上楼的时候脚步还有些虚浮。

进门的时候大家刚刚开始吃饭，罗然然旁边还给她留了一个座位。她没什么胃口，拿纸杯倒了点可乐，想着降降温。

餐桌上有些吵闹，罗然然贴近罗宁，悄悄喊了她一声：“姐。”

“嗯？”

“我问你个事情。”

罗宁瞧她一眼：“说就是了。”

罗然然表情突然带了神秘的笑：“你刚刚出去干什么去了？”

“见一个朋友，”罗宁下意识拿起纸杯，“怎么了？”

“异性？”

罗宁看她一眼，算是默认。

“只是朋友吗？”她眨眨眼，“这个时间约着出来见面的，就算不是男女朋友，也得是很喜欢的暧昧对象吧。”

罗宁手中的可乐差点没洒出来，她瞪了罗然然一眼：“你别乱讲，小声点。”

“他们注意不到我们，”罗然然低头吃了点菜，“我替你保密。”

罗宁没动筷子：“你看见了？”

对方点点头：“在阳台上，他来接你的时候，不过只有我看见了。”

罗宁松了一口气。

罗然然咬着筷子问:“而且这个人，有点眼熟。”

方才接到电话的时候，堂姐的神情就勾起她的好奇心，所以罗宁下去的时候，她就跟着在阳台上看了一眼。她瞧着罗宁:“是不是之前牙科医院的医生?”

“嗯?”

“很帅的那个，你后来约到他了?”

“智齿就是他给我拔的。”

“你俩看着不像普通朋友。”

“你观察这么仔细?”

“动作眼神间不要太明显。”

罗宁盯着她看。

罗然然在她的眼神中败下阵来:“我拍了一张。”

罗宁的语气冷静:“拿出来我看看。”

对方乖乖将手机解锁，罗宁翻到她的手机相册，只看见了一张，应该是放大拍的——

罗宁正倾身坐进副驾驶，面容被遮挡住，只能看见垂在外面的旗袍边角。而李煜安连神色都被拍得清楚，往前微倾着身子，正一只手握住车门，一只手垫在车顶上，防止她撞到头。

她没删,看了一眼后就将手机还了回去,但阻拦不住对方的好奇心:“一见钟情? 还是他追的你?”

“都不是。”罗宁这才拿起筷子吃饭，神态很随意,“高中同学。”

罗然然的好奇心愈发旺盛:“一直有联系?”

罗宁摇摇头:“好些年没见了。”

“那他现在是不是在追你?”

罗宁咬着筷子，点头不是，不点头也不是。

李煜安惯会这样，不打任何名义去接近，但是眼神昭然若揭，随着她的态度伺机而动，进可攻退可守。

她被问得头痛：“先吃饭吧，说来话长。”

罗然然宁愿不睡午觉也要八卦，又跟着回了罗宁自己住的地方。罗宁被她缠磨得没了办法，挑挑拣拣大致概述了一下他们高中的事情。

“好纯情啊，”罗然然捧住脸，“还一起写作业看电影，算是很好的朋友了吧，你们当时就……没碰撞出一些小火花什么的？”

“没，”罗宁心虚地说，“而且他朋友很多，人缘也好。”

罗然然“啧”了一声，想起这个人的模样：“女人缘吗？”

“女人缘也好，很多人都喜欢他。”

“你呢？”她问，“你也喜欢他吗？”

罗宁开始沉默。

在她乏善可陈的学生时代，他是浓墨重彩的寥寥几笔。他更像一座供她喘息的岛，短暂地让她脱离父母的管辖与同窗的忌惮，他们在一起时，从彼此身上获得的快乐不是假的。

罗然然还在等她的答案。可罗宁不想回答，或者说有意在逃避，只说：“我没想过这个问题。”

罗然然看罗宁不欲回答，便不再多问，扯出其他的话题聊起来。她不想那么早回家，又赖在罗宁家里住了一晚上。

昨晚两人聊得欢，睡得就有点晚，早晨七点的手机铃声响起时，罗然然在旁边嘟囔了几声，又翻了个身。

罗宁从被窝里伸出胳膊将铃声关上。她习惯性早起，刚坐起来穿好衣服，扔到被子上面的手机屏幕就亮了起来。

李煜安给她打了电话。

罗宁看了一眼还在睡梦中的罗然然，拿起手机蹑手蹑脚地走到客厅。她划下接听键，轻声说：“喂？”

“罗宁。”

李煜安此时的声音略微带了一点哑，尾音如同轻碾过的砂粒。

“嗯?”

“刚起吗?”

“怎么了?”

“没事,”他说,“我在你家附近，你吃早饭了吗?”

“没有,”罗宁顿了一下,“我堂妹还在我家里。”

李煜安听出她的话外意思:“不方便讲话?”

“她还在睡觉。”

“我知道了,”李煜安好像将手机拿远了一些，声音听着有些朦胧,“过十分钟我给你发短信，你下楼一趟，不耽误你时间。”

罗宁说了一句“好”，便挂了电话。简单地洗漱完毕，等到李煜安的信息时，她便裹了羽绒服下去。

罗宁还穿着拖鞋，扶着把手下楼，脚步声在楼道中清晰可闻。

李煜安的车停在她的楼下，天色还浮着清晨的冷气，他在车外站着，穿得很薄，闻声将身体转向她，神色还残留着夜的晦暗。

罗宁在他面前站住。他拎出一个餐盒，转手递给她:“上去吃吧。”

罗宁接过来，盯着他的脸瞧了两眼。

李煜安注意到她的视线:“怎么了?”

“你看着很累。”

“夜里没睡觉,”他低头笑笑,“被过年才能碰见的朋友叫过去打牌了，不好拒绝。”

“你怎么来这儿了，不去休息吗?”

他摇了摇头，忽地往前跨了一步，一只胳膊揽住她的腰部，手臂缓缓收紧。他的下巴抵在她的肩膀处，将脸埋在她领口间重重吸了一口气，随后飞速地放开。

“下面冷,”他说,“你赶紧上去吧。”

罗然然起床的时候，罗宁已经坐到餐桌上了。她将里面的粥盛出来，和堂妹说话：“洗把脸过来吃饭吧。”

罗然然看见桌子上的餐盒，转头问罗宁：“姐，你订的外卖吗？”

“怎么了？”

“没啥，这家早餐挺有名的，”她说，“就是之前好像不外送。”

罗然然早晨吃过饭就回去了，罗宁随后跟着宋文慧去了外公外婆家。又忙了几天，她自己一个人买了些礼品，开车去拜访当年的语文老师。

她每年的这个时候都会过来，给她开门的是老师的爱人。他们有一个儿子一个女儿，在外地工作，大年初三的时候都回去了。

得知罗宁留在家乡，老师也很开心。她仍然在教书，接触的是单纯的学校环境，还很关心地问起罗宁的近况，问还有没有在联系的同学。

“乔彤都结婚啦？”听完她的描述，老师有些惊讶，对当时那个明媚张扬的女孩子有些印象，“她高考是不是出国了？”

罗宁点点头：“她结婚的时候，郑欣宜也去当伴娘了。”

老师推了推眼镜，“唔”了一声：“她也当过我的课代表。”随后感叹，“你们都这么大了，都到结婚的年纪了。”

罗宁原本以为老师会接着问自己的感情状况，谁知对方下一秒就转移了话题：“你回来找工作，是你父母的意愿还是你的？”

“家里就我一个孩子，他们一直希望我回来。”

老师笑着看她：“不想回来吧？”

“还好，”罗宁瞧着手指，“他们年纪都大了。”

老师拍拍她，想起来什么：“你和咱班那个男生，很帅气的那个，叫什么来着？”

罗宁下意识地脱口而出：“李煜安？”说完她就有些后悔。

“对，就是他，”对方没在意，“你们还有联系吗？”

罗宁声音有些低：“有他的联系方式。”

李煜安刚开始上班，最近一段时间也忙，没再找过自己。她话说得模糊，因为这些天他经常打电话过来。

罗宁昨晚就将手机放在枕头边，听着他讲话，偶尔回两句，最后竟直接睡着了。今天她醒来才发现电话还没有挂断。

罗宁尽量使自己的语气变得自然一些：“怎么了？”

“你们刚上大学那一年，”老师像是突然想起来什么好玩的事情，“大学放寒假的时间早，他有几次来过你们班主任那里，说想看你们毕业班的志愿录取统计。”

罗宁拨了拨头发，双手不知道往哪里放。

“你们班主任说有些同学没联系上，就没统计，问他想看什么，”她边说边看向罗宁，“他说他想知道你去哪里上大学了。”

罗宁顿了一下，只好解释了一番：“我们是后来才遇到的，当时高中毕业的时候，确实没有联系方式。”

老师笑笑：“那还挺有缘分。”

罗宁从老师家出来，刚开上车，乔彤就给自己打来了电话。对方问她忙不忙，邀请她过去一起打把麻将。

罗宁只好实话实说：“我玩得一般。”

“不碍事，”乔彤打消了她的顾虑，“本来也不是打牌，你过来帮我凑个人数，我朋友求我约了个局，等你过来我详细给你讲。”

既然都这样讲，罗宁就打开了导航，定位到了乔彤说的那家棋牌社。

罗宁停车的时候，乔彤出来迎她。

“不用担心输钱，”乔彤安慰她，“咱俩打两把就撤，我请你吃饭去。”

罗宁倒不在意：“无所谓，咱俩走了，其他人呢？”

“待会儿有人过来替咱俩的缺。”

牌桌上的另外两个漂亮女孩都很陌生，乔彤介绍她们给罗宁认识。

乔彤坐在罗宁的左侧，伸手捞牌的时候，朝罗宁压低声音：“我对面，是我哥刚交往的女朋友。”

罗宁恍然大悟似的点点头。

牌桌上距离近，讲话还是不方便，罗宁和乔彤便抽空在微信上聊两句。

罗宁好久没玩，手生，但是胜在运气好，连坐了几把庄。对面的女孩是个自来熟，眼睛很漂亮，一边摸牌一边朝她放狠话：“等着吧，这把绝对让你下庄。”

信誓旦旦地说完，码好牌后又重重拍了拍桌子：“真是老奶奶上香，一样一张。”

罗宁被她逗得笑了出来，她给乔彤发信息：怪有趣。

乔彤打完这把才回她，发过来一连串信息——

就是她约的局。

等的人还没来，她自己倒是玩嗨了。

罗宁看了一眼，刚想打字，听到后面包厢的门被推开了。她没回头，但是看到对面女生的双眼顿时亮了起来。

“打着呢？”乔宇走过来，顺手将胳膊搭在女朋友的肩上，偏头愣怔了一下，下意识地看向关门的人，“罗宁也在啊？”

罗宁顺着他的视线往后转，看到了李煜安。

她知道他今天不上班，身上穿了他们第一次见面的那件黑色冲锋衣，下身配灰色卫裤，头发软塌塌的。

他转身后率先和罗宁对视了一眼，抿唇笑了一下。罗宁听到对面的女生在同他打招呼：“哈喽，好久不见。”

李煜安像是才看见对方，点了点头。

这女孩是乔彤的朋友，乔宇只是有些面熟，没怎么说过话。他闻言看向李煜安：“啥时候认识的？”

乔彤替她回答：“亚宁之前要拔牙，我把李煜安的医院推荐给她了。”

这个叫亚宁的女孩笑笑：“李医生还给我优惠了。”

桌子上的麻将发出碰撞声，这一把刚开始，乔宇和李煜安就在一旁看着。过了一会儿，乔宇看了看女友的牌，叹一口气："手气不行啊。"

"看牌可以，不能帮忙，"乔彤扔了一张牌在桌子上，余光瞥见了哥哥手间的动作，"干啥呢哥，你再这样，这把就不作数了。"

"那这把就不作数，"乔宇让拍了拍女友，示意她起来，"我替你胡一把。"

徐亚宁瞅着他俩，话里不留情面："怎么还有人在牌桌上秀恩爱。"

乔彤抬抬下巴，朝刚坐着的李煜安示意："这把不作数，你去帮帮忙，待会儿我和罗宁出去吃饭，你们继续留在这儿玩。"

李煜安闻言果真起身，一只胳膊轻松捞着凳子搬到了牌桌前。他将凳子紧贴着罗宁的座椅，在她的侧方坐下。

乔彤瞥他一眼："怎么坐这儿？"

棋牌室的座椅都有靠背，李煜安将一只手搭在上面，温言："不是说帮忙吗？"他说话间又往前倾了倾身，似乎是想把罗宁的牌看得更清楚。

"你待会儿去哪儿吃饭？"李煜安的气息扑在罗宁的耳侧。

"嗯？"罗宁察觉到身后人的逼近，她在这么多人面前有些无所适从，腰背都有些绷直，偏偏此刻又到了她出牌，一时心乱，正犹豫间，拿了手旁的一张就要打出去。

"哎！"李煜安出声制止她，搭在座椅靠背上的手往前动作，将罗宁整个人虚虚环住，他拿下了她手中的牌，又换了一张打出去，"换这张。"

徐亚宁看向乔彤。

乔彤一时语滞，朝乔宇使了个眼色。

乔宇过了好半天才接收到信号，一脸疑惑："干什么？"

乔彤一脸恨铁不成钢："没事。"

罗宁这一把打得有些恍惚，但最后到底还是赢了。

乔宇把牌一推，朝女友笑道："牌不好我也没法，改天爬山去庙里给你求个手串，换换手气。"

徐亚宁在旁边也接腔："也带我一个。"

乔彤受不了乔宇的挽尊："你怎么净找莫名其妙的理由。"

几个人插科打诨了几句，李煜安心情也颇好，勾着唇角不言语，虚揽着罗宁的胳膊没有撤回来，一边听他们讲话，一边随意将手旁凌乱的麻将一张张摞起来。

垒了没几下就全倒了，李煜安去勾牌，手指蹭到了罗宁的手背。她下意识地将手收了回来，同时将身子侧了一下，离他更远一些，她的指尖收回袖中，蹭了蹭圆润的珠串，珠子也沾染了她手腕上的温度。

李煜安顿了一顿，收回了胳膊。

"怎么了？"他低头凑在她耳侧，声音不大，刚好能让她听见。

罗宁还没开口就感受到了注视的目光，转眼看见乔彤正看着他俩，一副欲言又止的模样。她只好避开李煜安起身，对乔彤说道："今天手气好，我请你吃饭吧。"

乔彤点了点头。

李煜安又问："你们现在就走？"

乔宇"哎"了一声："你别跟着跑，这样就凑不齐四个人了。"

徐亚宁在一旁扯了扯嘴角，笑道："对啊。"

罗宁也笑笑，没去看李煜安，和乔彤一起出去了。

李煜安转头看着她的背影消失在门外，手指在桌子上轻轻敲了两下。

CHAPTER 08

依恋

第八章

乔彤沉默了一路，在餐桌上终于忍不住问了出来："什么情况？"

罗宁给她倒了杯饮料。

"他可表现得太明显了，"乔彤挑挑眉，"你俩私下有联系吧？"

罗宁没说话，神态如同默许一般。

"没听你提过，他追的你？"

"没明说。"

组局的时候碰到当事人心有所属，这种事情，作为中间人属实吃力不讨好，放别人身上可能会觉得尴尬或者生气，但乔彤不一样，反而兴致勃勃。

她将后背贴在后椅上，开始认真打量罗宁，眼神也玩味起来："徐亚宁原本对他有点兴趣，那现在看来是没机会了。"

罗宁问："他知道这个事吗？"

乔彤没反应过来："什么事？"

"别人对他有意思。"

"这我倒不清楚，"乔彤笑笑，"不过他要知道是这种局，十有八九不会过来。"她开始八卦起来，"你什么想法？"

罗宁低头吃东西，面对她的盘问有些不知如何回答。

“以前没见过他这个样，”但乔彤似乎不太在意她的态度，有些幸灾乐祸了起来，“郑欣宜知道了不得气死。”

乔彤意识到有些失言，便拉住了她的手：“我不是拿你当枪的意思。”

罗宁摇摇头表示没事。

见对方不在意，乔彤又放开了话匣子：“她性子又傲又执着，从高中开始我就瞧不上她这样，自己拉不下来脸直说，还去给别人使绊子，这下我可痛快了。”

罗宁垂下了眼，不知在想着什么。

下午五点多钟吃的饭，等罗宁回来的时候，天色已经擦黑。她走到自己住的楼层下面，看到前方停着一辆熟悉的车辆。

驾驶座开了窗，能看到进出楼栋的人。

罗宁走近，刚好和车内的李煜安对视上了。他摇上车窗，很快就下了车。她看了一眼手机上的时间，问他：“你怎么在这儿？”

李煜安低头看着她：“玩了两把，觉得没意思。”

“不好玩吗？”

“也不是，”他观察她的神色，“我只是瞧着你不大高兴。”

罗宁猜测他应该很早就过来了，但没给自己发信息，

“罗宁，”他喊她的名字，语气很诚恳，“我们要不要聊一聊？”

罗宁定定地瞧了他两秒，轻声道：“上来坐会儿吧。”

罗宁在玄关给他拆了一双新的拖鞋。

房子是曾经一家人住过的地方，古朴的中式装修，房间又大又空荡，她低头在茶几前面煮茶，显得有些寂寥。

茶叶在沸水里面翻腾，罗宁拎着茶壶走到李煜安面前，给他倒了一杯水。她放下茶壶，将杯子推到他面前：“你吃晚饭了吗？”

李煜安说“没有”，又问她：“你吃过了不是？我也不是很饿。”

和乔彤那一顿饭，她其实只动了几筷子，虽然现在也不饿，但她还是

拿出了手机："我点外卖吧，咱俩吃一份也可以。"

李煜安制止她，起身去冰箱和厨房查看了一番。冰箱里面没太多可吃的东西，只剩两包没拆封的意面，李煜安拿了一包放在手上，又抓了一把小番茄。

罗宁在冰箱的下层拿出冰冻的肉酱料包，给他递过去："可以吗？"

他点头："可以，先放微波炉解冻。"

李煜安等锅里的水煮沸后，将意面绕圈撒了进去，回头见罗宁正在菜板上切蒜末和洋葱末。他走过去看，果然发现她眼睛红红的。

"刀沾上水就好了，这样就不容易刺激眼睛，"他将她手中的刀拿过来，放到水中冲洗了一下，"剩下的我弄就行了。"

罗宁将身上的围裙脱下来，递给李煜安。他没接，噙着笑："手上沾水。"罗宁只好说："那你低一下头。"

他闻言微微弯下了腰，罗宁将围裙挂在了他脖子上，等他直起身子的时候，罗宁就绕到后面，给他系上带子。

最后李煜安端出来两盘意面，量都不多，不过卖相还不错，罗宁吃了一半。吃完两人各自将自己的盘子洗刷了，罗宁从包里翻出来独立包装的漱口水，给李煜安递了一支。

那一瓶旧的漱口水其实还没有用完，独立包装的漱口水是她前不久新买的，买时没怎么注意，现在倒进嘴里才尝出是蜜桃味，很浓烈的味道，又凉又甜。她含了几秒钟，走到洗漱间吐了出来，随后拧开了水龙头洗手，从镜子中看到了李煜安。

罗宁问他："是不是太甜了？"

"还好，"李煜安刚从卫生间里面出来，站在她后面，将手指伸进水流中，随后替她关了水龙头，"你不喜欢吗？"他的手还湿着，捏住罗宁的下巴，将她的脸偏向自己。

罗宁闭上了眼睛，口中甜腻的蜜桃味交缠，她的脸热了起来。李煜安扶着她的腰，边亲边逐渐直起身，罗宁被他带着慢慢踮起了脚。

当他不再照顾她的身高时，这个亲吻姿势就变得有些别扭，唇齿之间分离出了距离。她在迷糊中睁开，发现对方一直没闭眼，她顺着他的眼神去看，发现他一直在看着镜子中的他们。

罗宁恢复了清醒，看到镜子中的自己唇色殷红。

李煜安抬手给她擦了擦唇角，又问:“你不喜欢吗?”

罗宁口中的味道已经淡了，但是她知道他不是在说漱口水。

她别开了眼，李煜安却让她重新看向镜子里——他们的姿势很亲密。

罗宁平日里被他抱着的时候，目光所及的地方有限，睁眼看见的是他清晰的下颌骨或者含笑的眼，感受到的也是他短发刮到额头的麻痒，鼻尖触碰到脸颊的温热，衣料摩擦之间的薄荷味。她原本以为自己是不会沉沦的，是清醒无比的，现在亲眼看到的镜中的自己，她又是另外一番心情了。

李煜安捏捏她的脸:“又不高兴了?”

罗宁侧过脸去躲他的手，面颊贴在他冲锋衣的料子上。

“我刚刚在镜子里瞧，”她后面用鲨鱼夹挽着头发，李煜安上手将夹子取了下来，五指伸进发丝间缓慢又耐心地捋着，声音响在她的耳边，“感觉你是喜欢被我亲的，对不对?”

罗宁眨了眨眼，睫毛蹭着他的衣料。

他问:“下午打牌的时候，为什么不高兴?”

“你不知道吗?”

“知道。”

“那么多人，”罗宁声音闷闷的，“还是以前的同学。”

“生我气了?”

“你总是乱来，”罗宁扭头瞧他:“不要在人多的场合试探我。”

李煜安说“好”，又问:“我让你感到很为难吗?”

“也没有，”罗宁犹豫了一瞬，“我只是，有些尴尬。”

李煜安继续将她按在怀里，极轻地叹了一口气。

罗宁从他怀里挣扎着出来，头发也被弄散了。她去卧室里拿梳子，李煜安在倚在门旁，敲敲门:“我可以进吗?”

她回头，说“可以”。

罗宁屋内铺着地毯，引人注目的是书桌旁的大书柜，从上到下一共七层，被书本塞得满满当当，李煜安还在最下面一层看到了罗宁从小学到高中的课本。

罗宁坐在梳妆凳上瞧他:“书桌前和床上都可以坐。”

李煜安便坐在床沿上，看着她梳头发:“乔彤有没有问你什么?”

罗宁将梳子放下:“问我们的关系。”

“你怎么说的?”

“你猜得到。”

“是了,”他笑了,“你啊。”又问,“还说了什么?”

罗宁偏过身，面对他:“说了徐亚宁。”

李煜安的神色变得迷茫:“这是谁?”

罗宁说:“你们下午还一起打麻将。”

他“哦”了一声:“我给她拔过牙，她是我的患者。”

“我也是你的患者。”

李煜安笑:“你可不是。”

她没再接话，两人静静地坐了一会儿。

墙上的挂钟滴滴答答地在走针，卧室上方有拖鞋和地板接触产生的踢踏声响，还有不知道什么东西掉落的“咚”的一声，不大不小，透过天花板传下来。

罗宁端详着镜子中的人像，看久了竟然也觉得有些陌生。镜子宛若一个窗口，另一个世界的自己也在凭窗观望，缠绕心中的迷茫和犹豫在彼此对视中散了一些，她忽地生出一丝果敢来。

过了半晌，罗宁开口问他："你想留在这里过夜吗？"

李煜安闻言，眼皮猛然抬起来。

罗宁揽住李煜安的脖子，被他抵在书架上。身后的书硌住她的肩背，他呼吸很重，热气全扑在她的唇角、下巴和脖颈处。

他在她唇间呢喃："为什么？"

罗宁从他的眼睛里看见了翻涌的答案。

"我们不是高中生了，"她被揉捏得喘气，一字一句回答得很艰难，"因为有欲望。"

他显然不满意这个回答，手中的力气变得更大："只是这个吗？"

罗宁哼出声来。

李煜安的外套被拉开，他将她的手拢在掌心，又贴在他的胸口。隔着轻薄的衣料，她感受到了他沉稳有力的心跳。

"不要告诉我你感觉不到，"他含住她的耳垂，"需要我明说吗？"

罗宁的上衣被扯得不成样子，可李煜安就是要她开口，他还在坚持："我们是什么关系？"

罗宁垂着脸，眼睛扑闪得很快，刚想出声，就被李煜安捂住嘴巴。他声音很低："不要说那两个字，如果你不想把我气死的话。"

这是个记仇的人。

两人靠在书架上，罗宁身体的每个感官都好像消失了，只感觉自己仿佛成了他手下的钢琴。她也看不到他，周身是一片火热，面颊则压着一排书脊，呼出的气息扑在密集的书墙上，又被反弹放大至两人的耳边。

罗宁的余光不可控制地瞥见旁边的书名，她的目光停在一本书上不动。暗红色的书封，中文下面配上法语，她语气破碎地念了出来。

李煜安听到了声响，捏住她的脸颊，又接了一个绵长的吻。

"再讲一遍，"他贴着她的鼻尖，"我没听清楚。"

罗宁用的是气音，喃喃道："我们是情人。"

这不是李煜安想要的答案，但他的心里莫名发热。这是和约束无关，却又纠缠到灵魂的名词，神秘又性感，让他想到了一些电影，也想到了一些台词。

我们是情人。我们不能停止不爱。[3]

李煜安的电话响了起来，是外卖电话，他方才下了订单，买了一些东西。

"你开门去拿，"罗宁推开他，将衣服拉下来，气息有些不稳，"我先去洗澡。"

罗宁出来的时候已经换上了鹅黄的睡衣裤，头发湿答答的，被她用毛巾包了起来。她将崭新的浴巾和浴袍递给李煜安："你先穿这个。"

他挑挑眉接过，说"好"。

"脱下的衣服不要被水蒸气打湿了，"她说，"我这里没有你能换的衣服。"

"你在外面帮我拿着。"

"行。"

李煜安先将冲锋衣递给她。他里面只穿了一件黑色短袖，罗宁还没反应过来，他就拽住领口，双臂往上一提，轻轻松松将衣服脱了下来，猝不及防，上半身赤裸在她眼前。他应该一直在适度健身，腰部线条流畅且有力量，顺着脊背滑向灰色卫裤的边缘。

罗宁接住他抛过来的短袖，移开了目光。所幸他没有继续，直接走进了浴室，几秒钟后，罗宁从门缝中接过他递出来的剩余衣物。她将衣服用衣架撑起来，和她的衣服一同挂在床边的衣物架上。

床头柜上放了一个袋子，是李煜安刚刚拿进来的快递物品，她翻了一翻，林林总总的一些东西，还有男士内裤，外加一瓶印着英文的小罐子。

她出于好奇还研读了一下，看了两行就直接丢回了袋子里。

李煜安洗得快，没十五分钟就裹着浴袍回了卧室。

罗宁坐在镜子前刚吹完头发，正往发尾上涂抹护发精油。她透过镜子看见他又坐到了床沿上，头上搭着毛巾，正拆床柜上放置的盒子。

她问他要不要吹头发。

他收回手，望向她："你帮我。"

罗宁将插头拔下来，重新在床边接上电源。她盘腿坐在床里侧，李煜安在她前面低头，一只手捏起她的发尾把玩，随后又拿到鼻尖嗅一嗅。

吹风机轰鸣的声响停下来，他也直起身子，捏着她的发尾去挠她的脸颊，笑："好香。"

"这是栀子花味的。"

罗宁感觉痒，拿住他的手，将床头的电源拔下来。她想下床把吹风机放回原处，但是李煜安揽住她的腰不让她走，她便顺手将它放到床头。

"喜欢花香味？"他问。

"嗯？"罗宁自己都没太意识到，她在购买物品的时候，除却性能、价格，气味好像也是在她的选择前列的，"感觉好闻就买了，是不是花香没怎么注意。"

李煜安又去嗅她的领口，头发蹭着她裸露出来的脖颈，轻轻吸了两口，鼻息扑在上面："沐浴露也是花香，是茉莉花。"

说着他的手就从她的袖口中探了进去，睡衣宽松，刚好供他的手掌任意探索。

卧室里的床是罗宁从小睡到大的，虽然是双人床，但是两人在上面也不是很能施展得开来，尤其还随着晃动发出咯吱咯吱的声响。

木板摇晃的声响不大，但也够刺激人的神经，罗宁心跳得很快。这个时间点，寻常人家还没有睡觉，楼上楼下又都是几十年的老住户。她把脸闷在枕头里，拼命咬着嘴唇，紧紧抓着李煜安的手，又往上去够他的手腕和小臂，想通过攀附去降低一点晃动感。

李煜安把枕头扔到一旁，将她的脸掰过来去啃她的下巴，喘中带笑："你要把自己憋死吗?”

枕头算什么，让罗宁喘不过来气的罪魁祸首是他。

几次下来，有些声音就无法避免，罗宁有些脱力，膝盖跪着逐渐往前挪移，只差半个手掌的距离就到了床边缘。她感觉自己要被撞下去了，撑着身子回头:“你……轻点。”

“没事,”李煜安托着她往回撤了一下，力道没减,“我护着呢。”

“我觉得,”罗宁蹙着眉，手指按在他手臂上，指尖都在泛白,“够了。”

“我觉得,”他含她的耳垂,学她咬字,话里有揶揄,“应该还能吃得下。”

再次洗完澡回到床上的时候,罗宁眼睛都有些睁不开了。她问李煜安:“几点了。”

“十二点多，不到一点,”他摸摸她的头发,“睡吧。”

她难得睡了很沉的觉，早晨隐约感觉到身旁的动静。她迷迷糊糊中还以为是昨天晚上，想去拉李煜安的手，又问了一遍几点。李煜安正在穿衣服，听到声响又回到床边，把被子给她掖好，俯身吻她。

罗宁最后有些喘不过气，偏过脸去躲避，她眼睛睁开又迅速合上，只觉得浑身都要散架了，对方好像还是精神抖擞。

在快要重新睡着的时候，罗宁似乎听见他趴在自己耳边说了一些话。大概意思是他今天上班，要先回家换衣服，好像还说了下班要带她一起去吃饭，罗宁也不管听没听懂，只“嗯嗯”了几声，裹紧被子翻了个身。

李煜安亲亲她的头发。

罗宁这个回笼觉不知道睡了多久，李煜安方才说话时的声音还在她梦里延续，让人分不清真假。

卧室房间向阳，光线洒在脸颊的时候，就算是闭着眼，也能感受到眼皮在光下映出的明亮颜色。罗宁将手腕挡在眼前，迷瞪了一会儿，突然清醒，起身坐起来，转头看了一下窗帘。

窗帘昨天晚上被自己拉得严实，李煜安走之前拉开了一条缝，她是被从缝中穿透过来的强烈阳光唤醒的。她拥着被子发了一会儿呆，才想起拿起手机看信息。

这一觉睡到了九点半，微信里的消息不少，但聊天的就那几个人。最上面是乔彤，她经常不管不顾发过来一堆信息，而李煜安的对话框旁也浮现了小红点。

罗宁点开同他的对话框，第一条是八点半发的：醒了吗？

半小时后又发了一条：醒了给我回个消息。后面配了一个微信自带的枯萎玫瑰花表情。

罗宁回他：刚刚睁眼。

李煜安在上班，不一定能立即看到这条信息。她又切换到和乔彤的聊天界面，见乔彤昨晚分享了好多链接，每个应用软件的都有，她挨个儿看完回复。

乔彤秒回：看书呢？

罗宁缓慢地打字：没有，刚起床。

乔彤先发过来一张表达疑问的表情，又发：好难得，昨晚熬夜干啥了？

罗宁：睡晚了。

她回完就有点心虚，干脆扔下手机，穿上衣服准备去洗刷。刚下床的那几步走起来有一点别扭，腿根隐隐有些发酸。

结束后再回到卧室拿手机，发现李煜安已经回了：点了早餐外卖，十点多一点点就能到。

罗宁回了一个"OK"的表情，他紧接着回复了三个小太阳。

外卖员来的速度比想象中要快，罗宁拆开，发现李煜安给她点了广式早茶，白色的塑料小盒码在一起，堆了满满一个袋子。每个小盒里的量少，但种类极多，罗宁在餐桌上摆了好几排：虾饺、燕麦包、豉汁凤爪、香煎萝卜糕，还有肠粉和甜豆花。

她拍了照给李煜安发过去，后面又加了一句：有点多……

罗宁今天食欲不错，加上昨晚睡眠质量高，所以连学习效率都比往常提升了不少。早饭吃得晚，午饭就免了，下午的时候才摸回手机，看到李煜安中午给她回了很多消息。

——挑自己喜欢的吃就是。

——我吃得比你多多了。

又附了一张自己的工作餐，照片边缘还能隐约窥见他腕表的一角。

——有一家泰式餐厅很有名。

——晚上有空吗？我六点下班。

——要不要来找我。

现在已经快五点了，罗宁便起身换了衣服化了妆，匆匆忙忙走到玄关前换鞋，抬头的时候看见面前的换装镜，起身的动作就顿了一顿。

不是第一次有这种感觉了。

镜中人是远山黛，眼睑上抬时，眼尾的弧度变得润圆。与平日里沉静的神情不同，这种表情更应该出现在兴致勃勃去约会的小女生脸上。

罗宁下意识地垂眼，躲避了这陌生的对视。她感到身如飞逝列车，一切在往不受控制的地方驶去，她的心是烫手的方向杆，前方是深渊还是平地，无从知晓。

罗宁在原地顿了两秒，随后从包里扯出一张纸巾，用力擦了擦自己唇间的颜色。

李煜安既然开了车，罗宁就乘坐地铁过去。到达口腔医院门口的时候，还差五分钟就到六点。

罗宁走到门口，隔着自动玻璃门望了一眼，前台站着的人她看着眼熟，是第一次来和她有过交流的小护士。前几次来的理由是拔牙，如今再来，就有些不好解释。她最终还是没进去，只给李煜安发了一条信息，告诉他自己已经到了。

发完信息后，她去了门侧台阶下方的花坛下站着，还没两分钟，就看见李煜安从自动门里小跑出来，身上还套着白色的大褂。

他来得匆忙，出门的时候又紧紧刹住了步伐，额前的头发还随着惯性竖起了几缕，只握着手机左顾右盼。

从那个位置看不到罗宁，罗宁看到李煜安原地踌躇了一瞬，又低头去点手机。她喊了一声他的名字。

李煜安转身，闻声往下望，看见她就笑了起来。他很快来到她旁边。

“你怎么在这儿，吹风不冷吗?”李煜安边说边去握她的手，“手冰凉。”他看着她继续道，“我收拾一下就下班，你进去等我。”

罗宁摇摇头：“我不进去了，就在外面等。”

李煜安没说什么，只将车钥匙给她：“那你进车里。”

罗宁勾着他的车钥匙，朝停车的方向走去。

她在副驾驶待了一小会儿，李煜安就回到她的身边，怀里还抱着一个黑色的保温杯。他坐下之后，将杯盖拧开，很自然地递了过来。

罗宁接过保温杯，抿了一口热水。

“有点烫。”她说。

李煜安拿回来，将热水倒进杯盖里，吹了两下，自己试了试温度，又递回去:“现在正好了。”

李煜安开了导航带罗宁去吃饭，罗宁抱着杯子坐在副驾驶，盯着挡风玻璃后面快速变换的风景。天际金乌下坠，整个地平线边缘都被染得赤红，她这才迟缓地意识到，白昼开始变得越来越长。

身旁开车的李煜安看起来心情很好，唇角一直勾着笑，时不时瞄她两眼。路上遇见了红灯，车子停下，他的手指在方向盘上轻轻敲了敲，又移过来捏捏她的手，拇指在她的掌心摩挲出热感，等到绿灯的时候又松开。

吃饭的时候，李煜安给她点了热椰奶，用透明的塑料袋扎着，放进满是涂鸦的小铁桶里。他将吸管插进塑料袋里，又推到对面。

罗宁低头喝了两口，抬头发现对方还在看她。她问："我脸上有东西吗？"

"没有，"他目光柔和起来，看着她又低头笑，"那我不看了。"

饭菜大多偏甜口，两人都吃得少，在餐厅里待了半小时就出来了。

这家店的位置好，临江而建，夜色缓慢罩下，解放大桥上的暖色灯光便陆续升起。他们没着急走，沿着桥上的人行通道散步。

这两天天气稍微回暖，但江边的风依旧不小，罗宁的头发被风吹得乱七八糟的。她低头在口袋里翻找出头绳，去扎头发的时候，李煜安就在后面伸手帮她整理逸出来的发丝。

头发被罗宁拢成了一个不高不低的马尾，她松开手后，发尾还悬在半空中被李煜安握着。他往上轻抚，指尖就顺着头顶的发旋绕回前面，在罗宁的眉毛处点了点，又顺着鼻梁滑到了唇角。

罗宁莹白的面容在暖光下变得柔和，李煜安低头靠近她，下巴蹭着她的鬓角。他轻声启唇时的热气扑在她耳旁，话刚出口，很快又被江风吹散。

具体说了什么，其实罗宁并没有听清楚。

旁边驶过一队骑摩托车的年轻人，戴着头盔，穿着黑色的皮夹克，身下的摩托发出轰鸣，车后方坐着和他们同龄的女孩，裸露的长腿在这个季节很是吸引周围人的眼球。

他们行驶得慢，成群结伴，声势浩大地行驶到桥中心，一辆接着一辆经过罗宁和李煜安身边，最后一辆摩托车上的男孩还偏头朝他们吹了一声响亮的口哨。

罗宁的注意力被他们吸引过去。吹口哨的男孩后座上坐了一个漂亮女生，她转头迎上罗宁的目光，随即朝罗宁扬了一个飞吻。

罗宁没忍住，轻轻笑了一下。李煜安掰过她的脸，指尖按住她唇角还没来得及收回的弧度，瞅着她："你笑什么？"

"嗯？"她这才把目光移到他脸上，"就是觉得，他们很年轻很快乐。"

"我们也很年轻，"他反问，"你不快乐吗？"

“有时候也快乐。”

“那现在呢？”他拉起罗宁的手，继续沿着江边走，“我是说我们在一起的时候。”

她不习惯直接袒露情绪，只说：“我觉得很放松。”

“你在我面前很少笑，”他语气轻快，“大多数时候，我都是去猜你在想什么。”

罗宁低头看着鞋子：“刚刚扎头发的时候，你说了什么？”

李煜安停下了脚步，凑近她：“你没听到？”

“没有，刚刚好吵。”

“我说，”他抿抿唇，“今晚要不要和我在一起。”

罗宁的神情出现了短暂的空白，她过了两秒，轻轻“啊”了一声。

他在她的手腕上揉捏着：“这是什么意思？”

“昨天不是刚——”她没说下去。

“昨天不好吗？”

罗宁不去看他。

李煜安的声音低了下来：“是不是身体有不舒服的地方？”

她回答得果断：“没有。”

他看见罗宁的神情，有些忍俊不禁：“那行吗？”

她微不可见地点了点头：“嗯。”

“去我那里吧，”他说，“我今天早晨去给麦麦喂食，感觉它都有点闹脾气了。”

“它怎么了？”

“可能嫌我这几天没陪它吧，昨天晚上也没给它喂食，正好你也去看看它。”

“好。”

李煜安将车停在罗宁家楼下。罗宁自己一个人上去，拿了一个黑色双肩包，装了一些换洗的衣物，又把床头柜里昨晚剩下的东西带上。

两人从车上下来，并排回家。拧开门的时候，罗宁比李煜安先进去，在玄关处还没来得及换鞋，就被李煜安从后面抱住。

他将下巴搁在她的肩膀上，胳膊收紧，箍住她的腰，喃喃喊她的名字："罗宁。"

"嗯？"

"罗宁。"

"怎么了？"

"没什么，就是喊喊你。"

罗宁手上原本还拿着背包，李煜安的手从后面绕过来的时候，背包就不受控制地从她手中脱落，带着布料特有的沉闷的声响，坠到了他们的脚边。她实在顾不及去捡，扭头去承受亲吻时，那些缠绵的声音就响在耳旁。

他上手去摸她的脸："感觉有点不真实，像做梦一样。"

"那我是你梦中人？"

"你一直都是，"他咬她的耳朵，"我对你念念不忘。"

罗宁去揪他的衣服："好听的话谁都会说。"

"那我怎么没听见你给我说几句？"

"你要听什么？"

他踩掉她的鞋，将她转过来面对着自己，罗宁便穿着棉袜踩在他的鞋子上。他抵着她的额头："说你也对我念念不忘。"

罗宁的睫毛眨得很快，正控制着自己的呼吸。

李煜安的手掌早就探进了她的衣服里面打转，隔着边缘轻拢慢捻："说不出口？"他继续在她耳边咬字，"那我说给你听，你可以学着。"

他也踢掉鞋子，轻轻松松把她抱起来，带着她一起去洗澡，衣物在门外散落了一地。浴室玻璃门早就被雾气熏白，罗宁只觉得大脑一片茫然。

"你有没有在听？"李煜安从后面去挠她下巴处的软肉，"你重复一遍我刚刚说的那几个字。”

“我头现在好晕，”她攀住对方有力的肩，“你让我说什么。”

他鞠了一掌水，轻轻洒在她脸上：“你是我遇见过最坏的女人了。”

罗宁没躲开，水珠顺着她的下巴滴在锁骨处，她半睁着眼，凝睨过来的目光如潺潺流动的水：“我吗？”

李煜安去啃她的下巴，连同那些水珠一起卷进去。

她总是距离他很近，又距离他很远。

面前的她不是等待别人垂怜的女人，她警觉又敏锐，对他的态度就像乖和又疏离的风，吹得他们之间的情感如同团焰火一般不断游移，他的心也随之摇摆不定。

李煜安曾经多次想过这个问题，他比任何人都清楚。

人生短短几年，爱也短短几年。假如他们能有一段正常的恋爱，在最渴求爱的那些年月，互相拥有年轻滚烫的青春，彼此纠缠热切赤忱的灵魂，即使未成正果，左右不过是相逢一笑，至多怀念轻狂岁月。

可在他最不设防的年纪里，罗宁飞逝而过，留下了印记。时间如长河，裹挟着沙砾，日复一日地冲刷心上这块痕迹，一点点凿开了一个无法缝合的缺口。

对于这个缺口，他一直刻意去忘记，这些年任由风从里面呼啸而过，最多最多，不过是午夜梦回时睁眼，茫然听到风过的余响。

不相见的时候，他不会去想，也算是另一种程度的平静。而不是如今这样，看着她，望着她，有时觉得勉强满足，有时候又觉得还不够。

两人折腾了许久，最后李煜安抱着罗宁的腰倒在床上，脸蹭着她的锁骨，最后选了个最舒服最暖和的位置贴着。罗宁的手指穿过他的发间，有一下没一下地按摩，指尖染上了发丝的湿潮，有凉涩的触感。

就在两人都迷迷糊糊的时候，李煜安突然动了一下，抓住她的手，随即抬起脸，眼皮掀开的痕迹因为困倦变得明显。

他小声说了一句:“糟了。”

罗宁微微支起了半个身子，也没了困意:“怎么了?”

“麦麦还在阳台上呢，也没给它喂东西，”他无奈,“怎么又给忘了。”

罗宁用手背遮住脸，轻轻打了个哈欠。

李煜安拍拍她的手:“那你先睡。”

“我和你一起。”罗宁边说边起身。

李煜安拿了一个毯子裹在她身上，她便跟着他去了阳台，一只手攥着毛毯的边缘，看着李煜安将果蔬拌进鸟粮里，又放进麦麦日常吃饭的小碗。

“你要天天给它喂食吗?”

“嗯，不在家的时候就放宠物店里寄养，”李煜安把还在阳台上扑腾翅膀的麦麦赶进鸟笼里，拎回了客厅,“养娇气了，只放鸟粮它都不爱吃的。”

“我就不太会养这些小宠物，我养不活的。”

“得陪着它玩，”他放下笼子看着她，笑,“只不过最近没怎么顾及，它就会觉得孤独。”

罗宁还想再看会儿，却被李煜安推着回了卧室:“有空可以再买一只，给它配个对。”

往后的几天都是如此，李煜安下了班就来找她，两人顺便简单吃一点。

“十五那天去爬山吗?”李煜安问她。

罗宁正趴在床上点手机，闻言也没抬头，回答随意:“去哪里?”

李煜安说了一个地方。

“乔彤也给我发信息了，”罗宁这才抬眼,“是不是一起的?”

“无非就是那些人,”他勾勾她的小指,“还可以放灯。”见罗宁没有反应，他便轻捶她的背，一路敲到小腿,“去吗?”

李煜安捶打的力度和位置都让人感觉挺舒服，罗宁将脑袋埋在枕头里，最后才轻声说道:“我就不去了。”

他依旧帮她按摩，语气听起来似乎没有什么变化:“你那天有安排?”

“陪我爸妈吃饭也算安排的话，那就是有。”

李煜安点了点头，意识到罗宁看不到他的动作，又补了一句：“那我知道了。”

越是逢年过节，家里就越容易摩擦吵闹。

罗振阳不是把家务全部撂挑子的家庭角色，相反他是非常勤快的，做饭也比宋文慧好吃，但动作同语言不一致，手上忙碌着，说出口的话却不怎么体贴。两人在厨房里，他一会儿嫌宋文慧这儿，一会儿嫌宋文慧那儿。

从小到大，有千百次的争吵都是以这种情况作为开端。他们之间的一言一语都像是空中飞来飞去的流弹，罗宁知道相撞爆炸是必然的结果，但等待的过程也有一种难以言说的胆战心惊。

罗宁起身把宋文慧从厨房拉出来，自己顶替上去。她刚碰到锅铲还没多久，罗振阳就让她去一边打下手。

洗菜，择菜，放在案板上切成细细的段，罗振阳翻动锅铲的声音也没能盖住他讲的话。

“人哪有活自己的，各个阶段有各个阶段的想法，碰到不错的接触一下也没什么。”

她只机械般地点头。

“你觉得如何？”他问，“比你大三岁，外科医生，各方面条件都合适。”

罗宁心不在焉地接话：“也是医生啊。”

罗振阳偏头看她：“‘也’是什么意思？”

“没什么，”罗宁将切过的菜放进沥水的篮子里，“等我工作稳定再说吧。”

没得到回复，罗振阳面上神情就不太好看，饭桌上的气氛有些压抑。

元宵是罗宁煮的，买的混合果味，吃的时候没注意，烫得她舌尖有点发麻。直到回家洗漱后躺在床上，舌尖依旧还有挥之不去的异物感。

她不爱发朋友圈，但是会经常去看，一目十行地刷过，五花八门的文案，隔着屏幕也能感受到热热闹闹。

乔彤和郑欣宜的动态是上下排在一起的，似乎是同一个场景的不同拍摄角度，几个人围在一起放灯，罗宁在视频的结尾看到了黑衣白裤的高挑身影。

将手机充上电，她又拆开了新买的工具书。

开年之后，许多编制岗位都传来了招聘消息，其中也不乏好些她感兴趣的，她也改变了想法，广撒网多捞鱼，总归上岸才是第一要务。

新书散发出来的油墨味熏得罗宁有些头疼，她趴在枕头上眯了一会儿又醒来，抬头看了一眼钟表，已经十一点多了，她赤脚下床关灯，又躺回床上继续闭上眼。

窗帘没拉严实，外面路灯投射进来的光刚好落在罗宁眼皮的位置，她翻了翻身，还是觉得别扭，睡意也淡了许多，无奈只好再次起身下床。

她将窗帘拽了两下，不经意间往下瞄了两眼，收回手的时候，动作顿了一顿，随即又“唰”一下拉开。

罗宁只在睡衣外面裹了羽绒服，下来的时候周围静悄悄的，她走到不知何时停在楼下的黑色轿车前。从外面看不到里面的情景，她也没拿手机，只好敲了敲驾驶座的窗户。

敲了三下，没有任何变化。

就在罗宁想绕到后面去确认一遍车牌号时，车窗缓缓降了下来。

李煜安瞧见她，也是一愣，随即抬头望向了三楼：“你刚刚不是熄灯了吗?”

“你……”罗宁一时都不知道问他些什么，有些无奈，“你怎么在这里，不上去吗?”

“我给你发了信息的，怕你不方便。”

只不过他没收到回复，她卧室的灯也是一直亮着。

“我没看手机，”罗宁说，“刚刚睡着了。”

他的神情舒展开来，像是反应了一下，随即下车，又回身从副驾驶上拿了一个东西，白乎乎的一团，用麻绳吊着，连着麻绳另一端的木棍被他塞进罗宁手里。

“这是什么？”

“给你带的，”李煜安边说边从口袋里摸索出打火机，弯着腰低头弄了一会儿，“喏，好了。”

他点燃里面的蜡烛，罗宁这才看清，手里的东西是一个竹篾制成的兔子花灯，外层的白棉纸被烛火映出橙色的光影，像是他自己做的，样子颇为憨态。

她捏着木棍，举起兔子灯仔细瞧，末了抬头看他，声音轻微：“怎么还送我这个，我又不是小孩。”

他凑过来笑：“我觉得你喜欢。”

罗宁语气软了下来，问：“我真的没看手机，不知道你来了。”

李煜安啄了一下她的下唇：“没事，这不还是等到了吗？”

他还想再深入品尝的时候，罗宁突然制止了他的动作，面色也随之一变：“你喝酒了？”她捶了他的肩膀，“你疯啦？”

“我叫代驾把车开到你楼下的，没自己开，”李煜安赶紧抓住了她的手，“喝了一点点。”

他贴着她的额头喃喃道：“你也在担心我吗？”

果然有点不清醒。

罗宁将兔子灯挂在了车子的后视镜上，自己则被李煜安推上了车后座。她说自己吃饭的时候烫到了舌尖，李煜安就捏着她的下巴：“那我给你吹吹。”

早就已经不疼的舌尖又被他吮出些麻涨感，罗宁一边吸气一边揪他的领子：“上去。”

他像是有备而来，从前方扶手箱的最里面摸出一个盒子，又故意曲解她话的意思：“上哪儿去？”

李煜安发现她舒服的时候总是喜欢揪着他的领子，闭着眼将面颊贴到他的侧脸上哼气。他故意磋磨着，看着她眼睛里含满细细的水雾，流转着望向自己。

她的不满意也很明显，李煜安去仰头吻她，她便迅速撇开了脸。他觉得好气又好笑：“不给就不让亲？”

罗宁将手指贴在他唇边，他微醺的状态有些不知轻重，她让他把声音控制得小一点。

李煜安将她的指尖咬住，眼睛在昏暗中发亮，有蓄势待发的意味：“这下满意了？”

他的嗓音哑得很，说完就急切地将她的气息一同吞咽下去。罗宁在其中，竟然还分出心神去担忧挂在后视镜上的灯笼会不会抖落下去。

“我……”她费了劲才找出空隙说话，“我……要喘不过来气了。”

他肩背被对方隔着衣物抓出痛感来，沿着脊背一路蹿上去。快到达顶峰时，李煜安又突然停下，直直盯着她的眼睛：“我让你快乐，对不对？”

她闭着眼蹭着他的面颊，只点头。这人又不满意，大手掌过她轻薄的侧背，使两人分出一些距离：“只是这样吗？”

罗宁不明白他要寻求一个什么样的回答。

“我在你这里只有这样？”他另一只手绕到她前面，模糊的声音隔着皮肤传递到一泵一泵跳跃着的心脏，“那这里呢？”

她回答他的只有抽气声。

CHAPTER 09

情书

第九章

虽然昨天闹了一场，但李煜安不到五点钟就醒了，他伸出胳膊迅速关上床边的手机铃声，又扭头去看身旁的罗宁。

对方没有被铃声吵醒，睡容在黎明的昏暗中显得有些沉静。她无意识地翻了半个身子，末了将手搭在了额上。

李煜安昨晚喝了酒，现在还不能开车，所以得提前走。

他轻轻掀开被子探出身来，坐在床边时又回握住罗宁的手腕，低身用唇蹭了一下，随后将她的手放回被子里。

刚把被子上下拢好，罗宁又挣开，上身的被子从肩臂处滑了下来。她拉住李煜安的手指，睡意蒙眬时，声音就黏腻得仿佛化不开:“你现在要走吗?”

他轻轻“嗯”了一声，要起身拿衣服，发现床上的人还抓着他的手不丢开。一时心软，他隔着被子揉捏了两下，往上抚摸着她的发旋，在脸颊连连亲了两三口。

罗宁顺势揽住他的脖颈，在他唇角处回应了一下。

她也就是在半梦半醒间才会这样，可李煜安却被她难得的主动勾起来火，直接揽着她滚进了床里侧。

时间紧，两人只是匆匆温存，等李煜安依依不舍地离开后，罗宁便借着运动后的松懈继续睡了一会儿。

罗宁是被急促的门铃声唤醒的，她在卧室赶忙起来，趿拉着拖鞋走过去，迷糊中还在想是不是李煜安忘了什么要紧的东西在这里。

她隔着猫眼往外望了一眼，看到一件异常熟悉的黑色羽绒马甲。

这是宋文慧经常穿的一件衣服，罗宁开门的手顿住，残存的睡意不翼而飞。门铃还在继续响，她赶紧拢了拢衣衫，心虚地把门打开。

门外的宋文慧拎着一袋小笼包和盛着粥的保温壶，语气不太好："想过来看看你，结果给你发信息不理，打电话也不回。"

"你愣着干什么？"宋文慧看她低头扶着门，无精打采的模样，一时有些来气，"都几点了还没睡醒？昨天是不是又熬夜了？"

罗宁赶紧接过东西，又飞快地去厨房拿碗筷，将宋文慧买的早饭放在餐桌上摆好。之后趁她人还在客厅，罗宁赶紧回了房间。

房间乱糟糟的，她先将两人私密的东西收好，为了保险又将垃圾桶里的塑料袋系上，把凌乱的床铺整理一遍，又开窗通了风。

宋文慧喊她的名字，罗宁就拿了新的衣衫和毛巾出去。

"不吃饭？"

"妈，你先吃，"她直直走进浴室，"我去洗个澡。"

"大早晨就洗澡，受凉了怎么办？"

罗宁隔着浴室的门，边脱衣服边回应："我身上黏得难受。"

她对着镜子看了一眼，眼尾有些不正常的泛红，白皙的皮肤上残留着昨夜的记忆。

没吃饭就洗澡，被云雾一蒸腾，罗宁难免有些晕，她扶着白瓷墙壁，又忽地想起李煜安。

他最喜欢在她耳边问她快不快乐。重逢也没多久，这人就如此强硬地占领了她的生活，她何尝不清楚这和她一再的纵容退让脱不了干系，坠入情欲深渊的时候，真的是什么都不用想。

罗宁中午陪宋文慧去商场购物，待到下午才回去，剩余的时间她就只能老老实实坐在课桌前学习。

李煜安的车钥匙还在她手上，罗宁便给他发了信息。

李煜安过了一段时间才回复：要不要开我的车来接我？

后面带了个企鹅旋转的表情符号。

罗宁回了一个相似的表情符号，是黑白小企鹅左右蹦跶着跳舞。

李煜安说他今天下班可能要稍微晚一些，罗宁便将车子停在口腔医院外面等了一会儿。正当她低头摆弄着手机时，有人轻轻敲了车窗。她按下车窗，看到了一个最近没怎么见到的熟人。

对方看到驾驶座上的人是她，面上的笑意还没来得及褪去，就骤然凝固了。

罗宁解开了安全带下车，和来人面对面站立。

郑欣宜踩着高跟鞋，刚好和罗宁平视，她精致的妆容掩盖不住眉眼里的讶然，罗宁表情很自然地和她打了招呼。

郑欣宜笑了一下："原来是你啊。"

李煜安还在隔间给顾客补牙的时候，前台的声音就通过呼叫器传进他的耳朵里："李医生，有人在前台找你。"

他没停下手中动作，只回复道："麻烦你领她去我办公室，让人稍等我一会儿，我这儿马上结束。"

旁边打下手的助手是李煜安带的实习生，一个还没毕业的男大学生，对什么都感兴趣，随口一问："哥，谁找你啊？"

李煜安没看他，只说："帮我看看几点了。"

"六点十三。"

"麻利点儿，"他说，"还能早下班。"

对方笑："这么着急，女朋友啊？"

李煜安也笑:“别管这么多。”

“哥,你最近真的……”他边端详着李煜安的神色,边递过来工具,“真是春风满面。”

李煜安勾着唇角不回复,只握着光固化灯放进患者嘴巴里。补完牙后,他拍拍助手的肩膀:“收拾一下这里。”

话音才落,他就快步离开,走向了办公室。

进来的时候,李煜安先关了门,声音含笑:“今天怎么愿意进来找我?”

他转身倚着门板,边说话边解外套领口上的扣子,没听到回复便有些纳闷,偏头看过去,一时愣怔:“怎么是你。”

郑欣宜坐在他办公桌一侧的椅子上,偏着头瞧他,好整以暇地欣赏了他面上神情的变化。他的神态、他的反应,何尝不是她方才的复刻?

郑欣宜心里的自嘲在这一刻到达了顶峰。

“不是我还是谁,”郑欣宜捋了捋胸前的头发,随后站起身来,笑容柔和,“罗宁吗?”

李煜安忽地抬起头来:“你见到她了?”

“是啊,”她又撩了一下头发,“还知道了一些事情。”

“她人呢?”

她奇怪道:“你这么紧张干什么?”

李煜安蓦然有种说不出的烦躁。

“最近大家都在说你好像谈女朋友了,我就好奇过来看看。我问罗宁知不知道这件事,”她继续说,“她也说不清楚。”

他面色猛然沉了下去,将身上的白大褂扯下来丢在一旁,作势要走。

“煜安!”郑欣宜喊住他,“和我聊一聊吧。”

李煜安没理会,直接拧开了门把手。

“她早就走了,还让我把这个交给你,”她抬起了手,指尖勾着一个晃悠的物品,是他昨晚留在罗宁家的车钥匙,“我和她也聊了很多,你现在去找她——”

郑欣宜在话剧团工作，有副清亮柔和的嗓子，此时吐出的话也一字不落地传进他的耳朵：“她可能不太愿意见你。”

郑欣宜的语气掺杂了一些虚假和试探。这句话她半小时前对罗宁也说过，不过语境不同，指代的主人公自然也不同。

“最近李煜安不太愿意见我。”郑欣宜看向罗宁，她很喜欢用打趣一般的口吻说话，“我猜，可能是有了女朋友，要和我避嫌呢。”

“从小一起长大的好友有什么可避嫌的，”罗宁翻了翻身上的口袋，“这是哪里来的道理。”

郑欣宜面上的笑容依旧：“是吗？”

罗宁在口袋里摸索了一阵，只碰到了蓝牙耳机和一包纸巾。

“你们晚上有约？”郑欣宜问她。

“还不确定。”

“不进去等？”

“他今天下班会晚一点。”

“那我找他有点事，你介意吗？”

“这话让我怎么接，”罗宁难得笑笑，“这不是你的自由吗？”

对方挑起眉：“你是只在我面前这样，还是真的无动于衷？”

罗宁按了一下车钥匙，身旁轿车的车灯“唰”一下亮了起来。她重新拉开车门：“不用说这样的话试探我，想问什么就问什么。”

“也没什么，就是好奇。”

郑欣宜说这话时，眼中仍然闪着令罗宁倍感熟悉的光芒。

这是某种少女之间心照不宣的暗语。

总会有一个不合群者成为众矢之的，被选择的理由或许简单，或许荒谬，可能是因为长相出众或平庸，也可能是获得过多的偏爱和注视，更有可能只是因为一个眼神间的不合拍。

这些眼神是汹涌澎湃的暗流，罗宁曾经被卷进去过，也曾经冷眼见过其他的游戏参与者轮番变为不合群的目标。她如今感到厌倦，可郑欣宜仍然乐此不疲。

"这么多年了，"罗宁返身从车里找到李煜安的烟盒和打火机，车门关上时发出沉闷的声响，"你怎么一点长进都没有。"

她抽出一根烟来，抬眼望向郑欣宜，见对方的脸色不太好看，但没有离开的打算。她问："可以抽烟吗？"

"我不喜欢闻烟味。"郑欣宜回答得很利索。

罗宁又将烟支放回去。十来步远的地方有家咖啡店，她朝对方示意："进去聊？"

郑欣宜今日过来，也是临时起意，此刻看着坐在对面的罗宁，就不可避免地回忆起了前一天的事情。

昨晚他们相聚的时间很短，在山脚下的山庄吃饭，李煜安吃完饭便说要走。

乔宇有点不大乐意："旁边有民宿，咱们在这儿睡一宿得了呗，待会儿还能泡泡温泉。"

"你女朋友在这儿，你当然不着急，"乔彤比乔宇更上道，"有人可就归心似箭了。"

郑欣宜坐在他们对面，闻声看了过来。乔宇便压低声音："那你怎么自己一个人来，罗宁呢？"

李煜安眉眼间已经带了几分醉意，先是愣了一下，随后只笑不说话。

"乐成这样，"乔宇在桌子底下踢了一下他，"这是妥了？"

"没，"李煜安伸手去拿外套，"任重而道远。"

乔彤不遮掩："需要我给你推波助澜吗？"

他还真的认真考虑了一下："那拜托你多说说我的好话。"

"乔彤会在你面前说李煜安的好话吗？"郑欣宜捏着小勺子，将方糖丢进去搅拌，又扯起唇角笑，“你和她是不是挺想看我笑话的。”

她的朋友们明知她的想法，却依旧在她面前不加掩饰地起哄罗宁和李煜安，这让她分外难堪。

罗宁只说：“你太好面子。”

“别自以为很懂我，”郑欣宜语气不善，“你不也是在假清高？”再美的女人，说起刺耳的话来也不含糊，“天天吊着李煜安，把他耍得团团转，也挺乐在其中吧。”

罗宁微微皱起了眉，随后又舒展开来，提起了别的事情：“今年过年的时候，我去看了我们高二的语文老师，不知道你还有没有印象。”

“当然有。”

“她也是，”罗宁说，“还记得你，说你当过她的语文课代表。”

“后来是你替代了我。”

这件事情在郑欣宜脑海中依旧清晰。

高二下学期开学第一次班会的时候，班主任便宣布了新的班干部名单，很多学生的职位照常，只是她不再担任语文课代表。

郑欣宜是那种很愿意分出精力去维护“人缘”的女生，她在乎别人的看法，和所有人交好让她有种掌控一切的愉悦感。

班里的女生得知职位变动，有的甚至跑来嘘寒问暖，看到她云淡风轻的态度，大家也只当她是主动辞职。即便后来又有了文艺委员的身份，这件事情也难免成为郑欣宜学生时代为数不多的尴尬时刻。

“你学习很好，长得也漂亮，”罗宁盯着自己的手背，说出的话让对方一时有些摸不着头脑，“我很喜欢你写的作文，也给你改过很多批注。”

郑欣宜张了张嘴，想说些什么，又被罗宁接下来的话压下去。

“李煜安和你，还有乔彤和乔宇，走到哪里都很引人注目。你们可能有很多值得回忆的青春岁月……”罗宁顿了一顿，“但那时候的我不太一样，而且我在班里同你们并不和睦，我高中的时候只想着一件事，那就是赶紧考一所离家远一点的大学，我对你们之间的恩怨不感兴趣，也不想同你们有任何的交集。”

郑欣宜反驳：“你与乔彤的关系比我和她的关系要好很多，不也因此认识了煜安吗？”

“那些事情在我看来只是一些小插曲，重点不是这个，”她提醒，“你说过，你看过那些情书，也认识我的字迹。”

郑欣宜的表情有一瞬间的茫然。

罗宁叹气：“你怎么能忘了呢。”

高中发生的事，曾经是罗宁绕不过去的一个坎。

没有毫无理由的相见，即使当时的动机有些青涩幼稚。

几封署名模糊的情书不足以让她心意忙乱、举止疏忽，但事情的进展超乎了罗宁的预料。那个颇受欢迎的男生似乎很想和她交朋友，他在学校的时候周围总是环绕着很多人，自己一个人居住做饭的样子却莫名有些可怜。她送了他几条小鱼，他竟然直接拉住了她的手。

面对不可控制的事物，及时止损向来是她的第一选择。

周末，罗宁老老实实回到了补习班，在班级里依旧当作不认识李煜安。

对方总是在上课下课、转身抬头间有意无意地向她投来探究和不解的目光。她同乔彤偶尔会在晚自习的大课间去操场散步，几乎每次都能碰到他。他和乔彤熟稔地聊天，会陪着她们沿着操场走上大半圈，好几次他都顺势同她搭话，她要么只点点头，要么就是快步往前走。

罗宁冷淡的态度终于让李煜安恢复了以往的常态，只是他在班里的存在感似乎一下子变强了，以至于罗宁感到郑欣宜身旁的那个空着的位置有些过于吸引眼球。

乔彤在下午最后一节自习课的时候提了一嘴，说他好像请假了，因为生病。

“不去看看吗？”罗宁问。

“嗯？”乔彤抬眼看她，“谁去看？”

“……你，还有你哥。”

“我们都不知道他住哪儿，不过已经给他发信息了，应该没事。”

罗宁点点头，没有多言。有同学拍了拍她的肩膀：“老师喊你去办公室一趟。”

“语文老师吗？”

“班主任让我喊你的。”

课代表的日常任务无非是送作业、拿试卷，所以罗宁一天跑几趟办公室是常有的事情，但班主任却鲜少找她。她从座位上起身出去。

班主任的书桌和语文老师的挨着，罗宁进来之后，语文老师还问她有什么事情。她还没来得及说话，就见班主任敲了敲桌子，示意她站到面前来。她便老老实实过去，脚尖并拢，立正站好，微微低着头。

罗宁在老师面前向来有些紧张拘谨，目光不会往上移，自然看不清此时班主任的脸色。她的视线只在他穿了将近一个月的墨蓝色冲锋衣上溜了一圈，又绕回了桌子上。

办公桌是由两张木桌拼成，再垫一层绿色的绒布，绒布上压着厚实的钢化玻璃，上面摆满了很多杂物，一些纸张，几沓作业，还有玻璃茶杯。

上课的老师几乎都有这么一个杯子，双层的保温玻璃，上面印着“嘉裕中学”的字样，语文老师会往里面泡枸杞，班主任则会装茶叶。他负责教授历史，语速很快，每次讲到口干舌燥时就会拧开杯子喝几口。

玻璃杯里的茶叶被泡到几乎冒出头，黄澄澄的液体，肉眼看着就很苦。但他每次一仰头，牙齿咬住杯沿，没几秒钟，一杯水就被吸溜着一气喝光，紧接着将阻隔在牙齿外面的茶叶“呸”一声吐回杯子里。

现在他又重复了这个行为，不急不缓地吐完，拎起桌角的水壶将水杯重新注满，没盖盖子，随手放在了右手边。

玻璃杯底蓄了一汪水，将旁边信纸的边角都浸湿了一小块。

罗宁的目光停留在信纸上不动了。

班主任的开场语很平凡，只问她最近学习状态如何，罗宁就说还好。

对方从抽屉里拿出了上次月考的成绩单，在名单上寻找罗宁的名字，一个科目一个科目地仔细看。

“排名还是中游，有很大的提升空间，”他推了推眼镜，拿着被烟熏得泛黄的指尖点了点她的成绩，“和上次期末考相比，进步的幅度还是太小。”

罗宁没吭声。

“在实验班，大家都很拼，学习如逆水行舟，不进则退。你平日里看着文静，又不声不响的，老师们都很看好你。”

“谢谢老师关心。”罗宁说。

“对待学习，全心全意才能有进步，”他又看了她一眼，“你的心思有没有全部放在上面？”

罗宁犹豫了一瞬，随后迟缓地点点头。

“不见得吧？”他拿着桌子上的信纸在她眼前晃了一晃，“认识这个吗？”

罗宁在这模糊的几眼中捕捉到了几个破碎的词句，轻而易举地辨认出这是她写给李煜安的第一封信。

乔彤送情书的方式很粗暴。罗宁刚写完没多久，她就拿过来装好，下课铃一响，她就“噌”一下迫不及待地站起来往教室前面走，又推开围在李煜安身旁的几个男生，将这封信甩进他怀里。

大家一瞬间都没反应过来，只有李煜安拿起信封，边拆边问：“这是什么？”

乔彤回答得干脆坦荡：“情书啊。”

人群安静了几秒，接着不出意外地纷纷吹起口哨，起哄声惹得班里人的目光都往这里聚集。

李煜安被她骄纵的态度逗笑，又垂眼看了信纸上的内容。旁边有男生想凑过来一起看，他却护着纸张挡住对方的视线。

李煜安将信纸折好，轻声咳嗽了两下，唤回了正往郑欣宜那边看的乔彤的注意力。他说：“那我会好好保存的。”

此刻面对班主任的问题，罗宁顿时觉得有些好笑，他保存到了哪里？

见她没说话，班主任又问：“是不是你写的？”

字迹无法更改，罗宁只能继续沉默。

“这情书上面没署名啊，”他捏着那张纸翻来覆去地看，表情不怎么严厉，但话中有刨根问底的意味，“写给谁的？”

她摇了摇头：“谁都不是。”

“这样的事情，作为老师，我们见得很多。学生现在的主要任务是学习，谈情说爱不可取，尤其是女生，很容易就分散心神，成绩下去了就很难再提上来。”

班主任说了许久，罗宁只抿着唇不言语。他的耐心逐渐消磨殆尽，瞅着低头沉默的罗宁，重新拿回桌子上的水杯。

其实这只是一件很小的事情，既可以轻拿轻放，也可以大做文章。

杯中的茶叶已经泡了一天，尝起来是无比寡淡的味道。班主任只喝了几口，随即起身走到门口的垃圾桶旁，将杯子倒过来，用力拍了一拍，那些附着在杯底的软塌塌的茶叶就被击打了下来。

他重新回到位置上，语气严肃起来：“你的认错态度不好。”说完这句话，他的手指就在膝盖上快速敲打着，“你如果告诉我是谁，我只会找你们分别谈一次话，你俩写个保证或者检讨，这件事就算结束；你如果还是不说，那处理的办法就有很多种。”

罗宁缓慢又坚决地摇了摇头。

她很早的时候就明白，在大多数老师眼中，那些成绩尚可、没有性格、脾气温吞如白水的学生，最容易得到青睐。因为省心，知晓上进，还带着一丝愚蠢的懵懂，以至于容易管教。

她长久以来都把自己包裹在这一层“白水”的壳子里，把自己当作由人随手栽种的绿植。所以，班主任此时的愠怒不是无缘无故——就像吞咽白水时突然尝到的沙粒，随手挪动盆栽时冷不丁扎进手掌的一根刺。

罗宁的缄默被他视为一种抵抗，他的神情明显不悦："刚才还夸你文静老实，倒没发现脾气还挺倔。"

"既然这样，"他放下杯子，掏出来手机，"我只能和你家长联系一下了，你先回去上自习。"

听到这句话的罗宁终于动了一动。

日光之下，并无新事。"情书"对于她来说，实在不陌生，她曾经收到过，现在也写过。

罗宁看过同名的电影，那是宛转于少年少女之间遗憾又恸然的青春。但在当下这种情况下，"情书"就成了另一种意义上的恐怖童话，她则是隐居在高塔里的莴苣姑娘，她无法想象宋文慧得知这件事的反应。

罗宁似乎被一种看不见的力量禁锢住了，一股凉意从脚后跟升起，直到脖子的上方，她只觉得浑身僵硬。周围的任课老师偶尔投过来打量的眼神，长达半节课的焦灼都随着时间一分一秒地压在她的脊背上，让她难堪又无助。

"联系宋文慧"是最后那根稻草。

罗宁抬起脸来，眼圈红红的，说出的话让面前翻动家长联系电话的班主任一愣，甚至有些不可置信："什么?"

没等罗宁再重复一遍，坐在对面的语文老师站了起来。她拿过那封信，一目十行地看完了，随即笑笑："徐志摩的诗啊，这首我课上讲过。"

"下午的自习课都快上完了，"她朝罗宁说，"你先回教室，把我布置的语文作业写在黑板上。"

罗宁看向班主任。他面色发沉，抬了抬下巴："你先去。"

最后是怎么走回教室，又怎么在黑板上板书的，罗宁自己都有些恍惚了。写完最后一个字时，她扭头发现语文老师不知道什么时候已经从办公室出来，正站在走廊里朝她招手。

教室里的学生都在低头上自习，没什么人注意到她们。她的面容同语气都很和善："你现在饿不饿？咱们去吃晚饭行不行？"

罗宁有点发蒙："还没到下课时间。"

老师没多解释，只让她跟着。

学校的教职工和学生分开用餐，自然不会出现排队拥挤的情况。吃饭的时候，她很自然地同罗宁聊天，问了她平日里喜欢读的书，还向她推荐了诗集。

"你们现在这个年纪，有一点事情就觉得天都塌下来了，那以后遇见的困难和压力多了去了，那时候怎么办呢？"

罗宁面皮有些燥热，低头拿筷子在米饭上戳了很多个小洞。

"去找你班主任吧，刚刚我和他聊了一下。"语文老师对她认真说道。

罗宁顿了一下，说"好"。

班主任再次看到罗宁的时候，态度就明显柔和了很多。先把那封信还给了她，给她提了一些学习上的建议，末了还关心地问了她和父母的关系，问她最近是不是压力很大。

罗宁一时还没反应过来，班主任就主动给她开了假条，让她今天晚上不用上晚自习，先提前回去休息一下。她拿着假条，先回了教室。

此时才刚下课，晚饭的时间短暂，上了一天课的学生都饥肠辘辘，纷纷出去觅食，班里已经不剩几个人了。

她拿着那封信，走到了李煜安的位置面前。他的课桌上没有书立，因为一天没来上课，桌面要比其他人显得干净空旷，上面摆的还是昨天的课本。她没有翻动他的东西，只把手里的情书重新塞回他的桌洞里。

之后，罗宁背着书包出了校门，漫无目的地溜达着。

她很少在这个时间出现在街上，周围都是下班后匆忙回家的人群，推着小车的小贩在叫卖吆喝，身后送外卖的小哥高喊着"借过"，街角新开的面包房传出香气，随着傍晚的风扑在她脸上。她停在了一家药店前，才想起有能去的地方。

郑欣宜面前的咖啡已经变得温凉。她坐在罗宁对面一动不动，过了一会儿才开口："你对老师说了什么？"

"我说，"罗宁面上浮现了短暂的笑，"如果你给家长打电话，我就去跳楼。"

郑欣宜意外地瞧她一眼："很难想象这是你能说出来的话。"

罗宁性格里有极端执拗的部分，平常是不易察觉的，但会在某些时刻突然冒出头，让人大吃一惊。

郑欣宜审视了她好几眼："你和他提起过这些事情吗？"

"我们从来不说这些。"

"为什么不说，"她问，"多好的机会。"

"什么机会？"罗宁觉得好笑，"你想要的，不一定是我想要的。"

郑欣宜吐出了一口气："我真是不懂你。"

罗宁垂眼："有时候我自己也不懂我自己。"

"你恨我吗？"

"你好像很期望我恨你，"她说，"但真的不至于。"

她没有什么执念，某些阶段会想要一些自由，后来她又意识到自由是相对的，越是逃离，就越是靠近。

罗宁起身，将车钥匙推向她："都向前看吧。"

郑欣宜盯着那把车钥匙，迟迟没有伸手去拿。"其实，那封——"话说了一半，她又咽了回去。

罗宁拿了包，回身看她："什么？"

"没什么。"

郑欣宜看着罗宁推开门，门上的风铃随之发出叮当轻响，她隔着玻璃看罗宁在外面伸手拦了车离开。她浅淡的一些歉意同方才被咽下的字句一样，终究没能说出口。

郑欣宜想，罗宁也不会在意这个了，对方眼中流露出的通晓让她感到不理解。

她只知道，和被怜悯相比，她倒是希望对方记恨她。

郑欣宜这句话说完之后，李煜安果然身形一顿，下意识就摸索口袋去找些什么。

“你的手机在这边的桌子上。”她好意提醒。

他这才回眼看她。

“我只说了一句她不愿意见你，你就这个反应，”郑欣宜嘴里泛起了苦意，“她可以随时抽身，你却因为我一句真假不定的话开始患得患失，我真替你感到不值。”

李煜安有些无奈：“别这么说。”

“确实，”她偏过脸去，“我最该替自己感到不值。”

他垂在身侧的手指动了一动：“以后你就别再来找我了。”

郑欣宜看着眼前这个年轻的男人，看着他静默的眼，看他用平淡礼貌的语气说出这种近似决裂的话……她甚至都能回忆起他从小到大每个阶段的模样。

沉默了一会儿，她才缓缓开口：“你小时候犯错挨打，替你求情讨饶的人是我；你因为母亲去世伤心时，陪在你身边的人是我；你和家里决裂，支持你搬出去独立的人还是我。”

郑欣宜的语速越来越快，她知道这些话不说，以后可能就没有机会再说了。

“你不愿意回应乔彤，拿我挡枪，我是知道的；你高考旅游回来的那段时间低迷又颓废，从不相问等待你恢复常态的——”她有些哽咽，又在这一瞬间感到有些丢脸，“是我，是我，这些都是我。”

李煜安站在她对面，被她这一段话说得讶然。

“我也知道你敬重我父母，更清楚你从小到大对我没有别的情意。李煜安，你是个什么样的人，除了你自己，只有我最清楚，”郑欣宜话里带出怨来，“你的温柔太一视同仁了，对我，对乔彤，甚至对每一个对你有好感的人都是如此。”

“你轻视别人的情绪，因此在这些关系当中游刃有余；你伪装绅士得体，但其实只在乎自己的喜好；你生性固执，才会冷眼衡量和挑拣，认定的东西决不放手。说到底，你本质上就是一个冷漠至极的人。”就算再想假装不在意，罗宁的话仍旧不可避免地点醒了她，“这些年我无非就是在自讨苦吃，我被你折磨够了。”

李煜安走过来，将桌上的抽纸往这里推了一推。郑欣宜没理会，用手背擦了擦脸。

“事不关己，高高挂起。”她胸口的郁气散了一些，突然想起一些事来，“天道好轮回，你也活该得不到她的回应。”

罗宁打车回了父母家，陪宋文慧和罗振阳吃了一顿饭，随后才回到自己居住的地方。

她感到异常的疲惫，躺在沙发上，手腕贴住额头，身旁的手机在昏暗中亮出光芒。她盯着屏幕上的来电显示，看它亮起又熄灭。

过了许久，门外响起了敲门声。

三下，一重两轻。

隔了十分钟左右，又如此敲了三下。

罗宁终于起身，推开门，来人倚在门旁，垂着眼，不知道在想些什么。

像是没有料到她会开门，李煜安抬头时，面上还有未褪尽的情绪。外面分明是晴夜，但他神情晦暗，像是刚遭逢过一场大雨。

他顿时直起身来：“罗宁。”

她没有动，但感觉到肉体深处随着他的呼唤，发出了一声极轻极轻的叹息。

李煜安透过门缝看到里面的黑暗，试图用寻常的语气同她聊天："你怎么不开灯？"

"我有点累，想睡觉。"

罗宁说的是实话，她从小到大，面临费心神的问题和抉择时，总想闷头大睡一觉。

两个人在门口杵着总归有点奇怪，于是罗宁让他进来，随后打开了灯。

她在茶几上煮茶时，转头看见李煜安坐在了沙发上。

屋内静谧又凝滞，只有咕嘟咕嘟的水声响在耳边。蒸汽将玻璃茶壶的把手烘出了不低的温度，罗宁往李煜安面前的杯子注了一半的水，滚烫麻痒的触感迫使她不得不放下。

李煜安说他自己来。

"很烫，"她去拨他的手，"你先别动。"

李煜安闻声停住，伸手要捉住她的手掌看："你的手烫到了？"

"当然没有。"罗宁觉得他有些大惊小怪，便直接侧回身，躲避了他的触碰。

李煜安的胳膊悬停在半空中，又突然想到今天早晨她在迷糊中扯住自己的样子，态度和此时截然不同。他一个没留神，收回胳膊时，袖角带倒了方才的半杯热水。

玻璃杯顺着桌子滚了下去，因为铺了地毯，没碎，只有热水沿着桌子边缘滴滴答答流下去，打湿了桌角下的一小块地方。

他平日里是很仔细的人，如今倒是心不在焉的。就在他俯身去捡杯子时，罗宁看到他黑色衣袖的边缘比别处颜色更深。

"烫到了吗？"

李煜安也说没有。

罗宁抽出抽纸，塞给他。他将纸张铺在桌子边角，纸巾瞬间变得透明发皱，紧紧贴在桌子上，映出底下的颜色来。

“桌子用抹布擦一下就好，”罗宁又抽出纸张递给他，“你垫一下袖口。”他再次接过来，只往手腕上潦草擦了两下，随后纸巾就被他握在手心里揉成一团。

“对不起。”他突然说道。

罗宁想了一会儿，猜测他为什么道歉。

“我以前不知道情书的事情，那时候我以为你来找我，我以为……”李煜安没说下去。

“以为什么?”她看向他。

他希望得到她的回答，但又害怕她的答案，犹豫许久，才问:“是我自作多情了吗?”

罗宁垂下了眼睛，刚要开口，便被对方打断。

“我不在乎这些，”李煜安说道，“我其实不在意怎么开始，我也不在乎你曾经离开，我只是觉得很抱歉。以前只要是和你在一起，我就觉得自己幸福得要发晕了,我只沉浸在我自己的情绪里,我以为你会和我一样快乐。”

罗宁眼眶一阵酸涩，她突然站了起来:“你别说了。”

李煜安几步跨了过来，几乎是蛮横地从背后抱住她。“罗宁，”他的嘴唇贴在她的头发上，声音嗡然，“你不要逃避我。”

李煜安感觉到了手背上的一阵湿热。

“这些事情是我没处理好，”他艰难开口，“以前是，现在也是，我不会再和她见面。”

“你不需要这样，”罗宁声音很低，“你也不必做到这个地步。”

她挣开了他的怀抱，转向他，睫毛还是湿漉漉的。她深吸了一口气，说:“郑欣宜是郑欣宜，你是你，这些事情，本质上和她没有关系。”

他想碰碰她的脸，此刻竟有些抬不起来手。

她继续说："你的话我也记得清楚。"

"什么？"

"你同我讲过你妈妈的事情，你说她美丽脆弱，笑貌温柔，你怀念她的拥抱，所以，我就没有推开你。"

李煜安的喉结滚动了几下，说："你是心软的人。"

"我很少向你说我的事情。"罗宁说道，"我父母待我严苛，从小我有很多需求几乎都得不到回应。我以前会一遍一遍地告诉自己，生活在比较富足的家庭，不愁吃穿，我还有什么感到不满足的呢？"

"我多少次想告诉他们，我不喜欢上学的班级，我想去一个能接纳我的环境，但是我知道没有用，我改变不了。我妈妈甚至很少和我有肢体接触，我以前会希望她抱一抱我，但是现在，她来牵我的手，我都感觉浑身别扭。"她回避了李煜安灼烫的视线，话既出口，就如同砸碎堡垒的房角石，心中的城池已经摇摇欲坠。

罗宁这才意识到，原来袒露伤疤是比缠绵床榻更加私密的事情，更让她无所适从。

"在外地上学的那几年，我觉得自己一个人很好，我感到很平静。方知许曾经告诉我，这种平静只是麻木的表象，但麻木总比剧烈失控，比揣着随时会受到伤害的风险要好，至少我可以保证我是安全的。"

罗宁承认自己是渴望爱的，但是她没有能力去承担爱带来的动荡与不安。罗振阳和宋文慧爱她，但是无法理解她，会束缚她；年少时期有许多腼腆的男孩子也含蓄地说过爱她，但爱是学生的禁忌品，最后受伤害的只会是她。

哪怕她强制自己不去想这个问题，也不能否认，面前的这个人是能强烈牵动她心神的人，是让她感觉到"大事不好"的人。离别前，重逢后，她都对他有过动容，她不能说她不心动；高考后的消失，与其讲是不告而别，不如说是落荒而逃。

她伸出手摸了摸李煜安的脸："我很贫穷的，你能从我身上得到什么？"

李煜安的鼻尖蹭过她的掌心，他贴过去轻轻吻了她的手，反问："那你要什么？"

"我原本什么也不想要，"罗宁很认真地说，"我想自己往前走，可能不结婚，或者很晚结婚，总归不会有孩子，我的心神最多维持到这里。"

他将脸埋在她的手中，这样她就看不到他的表情。过了许久，他才说出来话："你是要把我留在原地。"

罗宁想抽出手来，但是他的力气很大，让她动弹不了。她最后放弃了，缓缓说道："你给我一点时间吧。"

他说话时的气息扑在她手心纹路上，只问："你会给我回复吗？"

"会，但不是现在，"罗宁斟酌着词语，"最近，我们太亲密。"

这种亲密不是不让人快乐，但更多的是让她头脑发热，不清醒。她需要后退一步，需要谨慎地去审视。

李煜安这才抬起头，一双眼睛直直盯着她瞧。她将手收了回来，垂在身侧，不去看他。

"你的话我记住了，"他最后说道，"那我等你。"

李煜安拧开门准备离开的时候，罗宁就在后面看他。他触碰到门把手的瞬间，又转过头来，视线和她的眼神对上。

往日里他们也有这种对视，不出两秒他就会过来圈住她深吻。

"能问你要一件东西吗？"

"什么？"

他抿唇："你给我写的信。"

"你不是生气不要了吗？"

"没有不要，"他解释，"只是你当时很排斥我，我给你，当然是想再找机会讨回来。"

罗宁欲言又止，看了他一眼："你稍等。"

装着书信的文件夹被她塞在书架上，就在某两本书的缝隙中，她很快取出来交给他。

李煜安带着牛皮纸袋回到了车上。车就在罗宁的楼下停着，他没着急走，坐在驾驶座上，抬头刚好能看到她卧室房间的窗户。

和她窗口的灯光相比，车顶灯就昏黄暗淡了许多，可他仍旧拆开信封，按照顺序，一封封地去读。

他有定期规整物品的习惯，之前打扫房间的时候，会在放置贵重物品的箱子里将这些信翻出来。但他几乎没打开过，每次只是扫一眼，不敢多看就匆匆合上。

罗宁给他写了十七封信，有的短，有的长。她性格素来内敛，但字里行间能隐约窥见脆弱的柔情。

在最后一封里的结尾，她引用了埃姆朗·萨罗希的诗——

我越是逃离
却越是靠近你
我越是背过脸
却越是看见你
我是一座孤岛
处在相思之水中
四面八方
隔绝我通向你
一千零一面镜子
转映着你的容颜
我从你开始
我在你结束

CHAPTER 10

故地

第十章

从过年到现在，罗宁终于再次投入到学习的状态里。

时机赶得好，市级图书馆出了人才引进的招聘公告，招的人并不多，但学历和专业都有硬性要求，罗宁的条件刚好符合。

报名审核通过后，三月初就要直接进行两轮面试，她之前没有训练过这方面的专业技能，感觉时间有些紧张，在征求了宋文慧和罗振阳的意见后，她报了一个训练班。

白天的大部分时间都在训练班里进行一对一的练习，老师比她大十来岁，做过很多年的面试官，有股很干练的领导做派。

“别太紧绷，”老师看她，“你形象好，回答问题很有条理，逻辑也清晰，如果再松弛一点，会给你加很多分。”

罗宁轻轻吐气，心里知道机会难得。这是让她感兴趣的岗位，待遇优厚，和被父母勒令考取的那些学校不同。

上次出现这种紧张的状态还是备战高考的时候，那时候是想逃离，现在则是感觉掌心向上的日子不好过。

夜里，罗宁坐在书桌前整理思路。今日是二十四节气中的雨水，这两天的气温总是忽上忽下，乍暖还寒，白天还有些冷峭，夜里突然又感觉到有些闷。她便将窗户打开，倚在窗前吸烟。

下面停着的一辆黑车突然亮了一下灯。

罗宁咬住烟蒂，垂着眼往下看。是熟悉的雷克萨斯，里面的人也没有下来，只静静地停在楼下，待了不到十分钟就离开了。

至此，罗宁晚上便留意了起来。一个星期之中，能碰到的频率大概有三四次，每次停留的时间都不长，待她发现后便离开，似乎只是来这里看她一眼。

他们之间的联系并不多，只有寥寥几语的问好，李煜安也知道她正在备考。

第一轮面试的结果出得很快，罗宁的成绩排名第一，和第二名拉开了有七八分，不出意外的话，第二轮面试，后面的人是很难翻盘的，她这才稍许松了一口气。

罗振阳和宋文慧看到她的初试成绩之后，纷纷给她发了三个竖起的大拇指，鼓励她再接再厉。

复试和初试相隔了一个星期，方知许恰巧就要在这周离开。对方知道她正在准备考试，表示电话送别就可以，但罗宁还是抽出了半天的时间，请他去爬了山。

“你以前来过吧？”方知许走在她前面，偶尔会停住脚步等一等落在后面的罗宁。

她有点跟不上他，只回答了简短的两个字：“高中。”

他看她气喘吁吁的样子，有些好笑：“你应该多锻炼，这对你的情绪和心情都有好处。”说完将手伸过去，想拉她一把。

罗宁摆摆手，避开了他的搀扶：“我就应该听你的建议，在电话里告别。”

“那再坚持一小会儿。”

上山除了攀爬阶梯，还可以坐缆车，所以到了半山腰的时候，罗宁便放弃了继续往上爬的想法，和方知许一起坐了缆车，刚好直达山顶。

到的时候是饭点，寺庙提供的素斋位置有限，他俩不愿意白等，便溜达着转一转。

罗宁不爱爬山，对她稍有吸引力的是山顶上的寺庙。她也不进去求拜，但喜欢站在寺院外瞧人头攒动，游客踏过朱红门槛，铜制宝鼎香火旺盛。

方知许在里面看佛珠手串，串了几串套在手上，回头问罗宁的意见。罗宁俯身过去和他一起比较着挑选，刚付完款，突然听到有人喊她的名字，声音带着狐疑和不确定。她和方知许一起回头，来人竟然是乔宇。

乔宇看见罗宁回头，目光往她身侧动了一下，随后笑："真的是你啊，我刚刚还以为是认错了。"

罗宁愣了愣，下意识地扫了一眼周围，见乔宇旁边只跟着他女朋友，上次玩牌的时候打过照面。那女孩对上罗宁的眼神，举起手朝她打招呼："哈喽！"

"……嗨，"罗宁也挥手回应了一下，"你们两个人过来玩？"

"也不是，"乔宇顿了一下，"我妹和我妹夫也来了，不过我妹不愿意上来，两人就在山脚下等我们。"

她点点头："乔彤不爱爬山。"

"我也不爱，这不是上次打牌手气不好，就带她来挑个手串改改运，"乔宇偏偏头，再次朝方知许看去，"这是？"

罗宁很客气地介绍："我读研时候的师兄。"

方知许往前跨了一步，朝乔宇伸出手："你好。"

乔宇也回握："你好，我和罗宁是高中同学，都是同窗。"

方知许若有所思："高中啊。"

乔宇闻言瞧了他一眼，收回手："你们吃饭了吗？"

"还没，"方知许微笑，"人有点多。"

"下去一起吃？正好我订个农家宴。"

方知许看向罗宁，罗宁便朝乔宇委婉说道："我师兄第一次来，我们还没逛完，就不耽误你们了。”

乔宇显得不甚在意，摆了摆手：“没事，那你们继续。”说完之后就揽着女朋友转身离开。

走了几步，那女孩回头看了看罗宁，又附到乔宇耳边私语了几句。

方知许看着罗宁，笑了一下：“你和刚才的同学似乎不太熟。”

“……是。”

“但他邀请我们一起吃饭也不像是客套话，只是你有点排斥。”

“上学的时候，我和他妹妹还有他的好朋友更熟络一点，”她随后又补充，“也是这半年才又重新有了联系。”

方知许沉吟了一会儿：“你和他们接触的时候是什么感觉？”

罗宁避开了熙熙攘攘的人群，和方知许走到了一棵贝叶棕下。她说：“他们很热情，但我是社交需求很低的人，有时候会感到费精力，很想逃避。”

“人是群居性动物，渴望社交才是正常的，”方知许说，“你和我提起过，你高中时期曾经被孤立，所以这些年你还是在一个负面的循环里，仍旧通过逃避来获取安全感。”

罗宁沉默，透过人群中的间隙，望向了大殿里的大行普贤菩萨。佛像身披彩衣，面若满月。罗宁的声音很低：“我知道的，不破不立，否极泰来。”

方知许很意外地看了她一眼。

周末吃斋饭的人太多，两人最终还是没能排上号，罗宁只好开车去别的地方。山脚的路有些曲折，她握着方向盘小心翼翼，正聚精会神地开着车，旁边的方知许喊了她的名字，示意她往外面看。

靠近路边的位置停了一辆车，有一个男子正在打电话，罗宁凝神一看，竟又是乔宇。他们靠边停下来，乔宇回身看见他们，便将手机挂了。

“怎么了？”罗宁问。

“车抛锚了，”乔宇有些烦躁，“我打电话叫人来拖走。”

罗宁说道：“那待会儿车来了我载你们回去。你女朋友呢？”

“坐车里闹脾气呢。”

罗宁便将她喊了下来。

“你们先走，”乔宇说，“我妹在前面的山庄里，我待会儿找你们会合。”

方知许问：“你待会儿怎么过去？”

“没事，”乔宇说，“我刚刚喊了朋友过来。”

既然乔宇这么说，方知许便点点头，和罗宁一起回到了车上。

罗宁给乔彤发了信息，对方将具体位置定位发了过来。路程不远，驾车也就二十分钟，到了那儿，才发现这两口子正在山庄里面的池塘边坐着钓鱼。

乔彤没钓，只在旁边端着果盘，一边玩手机一边百无聊赖地嗑着瓜子。

看到他们，乔彤隔着远远地就招手。“还挺巧，”她起身，“爬山都能遇上。”

罗宁又向他们介绍了一下方知许。

“我哥让我留你俩吃顿饭，”乔彤晃了晃手机，“他那边处理完了便过来。”

罗宁用眼神询问方知许，对方朝她笑了一笑。

方知许也是爱钓鱼的，和罗宁说了几句话后，就走过去看别人钓，乔彤老公还给他分了一套渔具。

乔彤趁这个间隙把罗宁拉到一旁：“问你个事。”

“你说。”罗宁心里有了预感，依旧面不改色。

她附在罗宁耳旁，轻声问：“你最近和李煜安闹别扭了？”

罗宁瞧她一眼：“他说的？”

“这倒没有，”乔彤表情有点无辜，“就是最近感觉有点不对劲。”

“我在忙考试。”

“这我知道，以前你也不怎么爱搭理他。”

罗宁没接话。

"没成不要紧，"乔彤宽慰她，"就是别伤了咱俩感情。"

"你想哪儿去了。"

"爬山都不喊他，还和别人一起，我都以为你放狠话把他拒了。"

"你怎么不猜是他厌倦腻味了，"罗宁解释，"而且我师兄难得来一趟。"

"这种猜测我一般只会用在我哥身上。"

一时没忍住，她俩都笑了起来，惹得乔宇女友好奇地往这儿看。

三个女生觉得钓鱼无聊，便去了斜坡的躺椅上晒太阳。大概过了一个小时，乔彤看了一眼手机上的信息，指了指外面："终于来了。"

罗宁随之往外看。

一辆路虎驶了进来，缓缓停靠在了不远处的停车地点。乔宇首先从副驾驶上跳了下来，转了个身就瞧见她们，扬了扬胳膊。

正逢午间，阳光比往日都明亮强烈，罗宁忍不住眯了眯眼，再次定睛看的时候，发现驾驶座的门也打开了，有人从里面跨出来。车门遮住了对方的身形，从她的角度只能看到一双长腿，穿着黑色工装裤，裤脚松垮堆在浅靴口。

这双腿的主人同乔宇一起不急不缓地走了过来。

"顺利吗？"乔彤问。

"还行，直接被吊车拉走了，"乔宇走到女友身边，两人冰释前嫌地拉着手，"吃完饭就坐煜安的车回去。"

"这儿的野味不错，"他随后又问，"订包间了吗？"

"没进去坐，还有两人在那边钓鱼。"

乔宇看向李煜安："过去先打个招呼？"

李煜安从下车为止一直没开口讲话，闻言微微点了点头。

罗宁在后面跟着，看李煜安到那里同方知许握了手，两人浅谈了几句，听不清说了什么，不过松开手后，方知许朝她的方向看了一眼，李煜安也随着方知许的动作往这边侧了侧脸。

旁边的乔彤突然碰了碰她："你别说，你师兄和李煜安的侧脸竟然有点像。"

罗宁示意她往旁边走："先吃饭吧。"

他们订了一个中等包厢，乔宇率先拉开了座椅："座位没讲究，大家随便坐。"

方知许给罗宁拉开了座椅，罗宁便一左一右地挨着他和乔彤，刚坐下就注意到对面坐的是李煜安。对方没看她，手指轻轻绕着菜单书页的边角打转。

几位靓丽的服务生进来给他们倒茶水，其中一位正弯腰侧身向李煜安推荐菜品。

方知许旁边是乔彤老公，两人还在聊，剩下都是熟人，氛围也算热络。

罗宁往前收了收靠椅，侧身的时候蹭掉了筷子，掉在地上发出了一声轻响。她刚想弯腰，旁边的方知许扶了扶她的肩，一只胳膊撑住桌面，低身将筷子捡了起来。

"谢谢。"罗宁说。

"我的没拆封，"方知许边说边拿起了旁边的茶壶，"这双冲一下就可以了。"

罗宁觉得有些麻烦他："再要一双也可以。"话音刚落，一双还没拆封的筷子就从桌子对面滑了过来，堪堪停在面前。

罗宁抬头，看见李煜安垂着眼，还在听服务生讲话，只在末了插了一句："麻烦再帮我取一双筷子吧。"

方知许将筷子斜放在杯子里，正要往里倒水，被罗宁制止。"不用麻烦了，"她朝方知许低声说，"我这儿有新的了。"

等大家都安定了，乔宇便说："女士先选。我之前吃过这里的手撕烤兔，可以再点一个。"

乔彤将他手中的菜单拿了过来，朝罗宁说道："你也选。"

李煜安对服务生摆了摆手，将另一份菜单隔空递了过来。罗宁下意识地去接，菜单竟纹丝不动。她抬眼看过去，发现对方牢牢捏住了另一端。

从李煜安下车到现在，两人这才有了第一次的眼神接触。

之前小半个月都没有真正意义上的见面，仅仅在这一两秒的对视中，罗宁觉得他有些陌生起来。她率先移开了目光，心底浮上了奇异的感觉，既酸涩又麻痒。

李煜安很快就松了手，仿佛方才唤醒她注意的拉扯没有存在过。

罗宁在菜单上打了几个勾就传给了方知许，方知许看了一眼："你选的这些就可以。"

菜单又传到了乔宇那里，他拿着笔翻开，讶异地挑了挑眉："怎么都是素的？"

乔彤看罗宁："你不爱吃野味？"

罗宁摆手："我都可以，剩下的你们随意点就是。"

"我师妹可以吃，不过因为我肠胃不好，所以基本都是素食，"方知许开玩笑，"不是不爱吃，是心有余而力不足。"

乔宇有点同情他："吃喝是人生乐事，和你在一起过日子岂不是像出家，那还有什么意思。"

"习惯了就还好，"他笑，"看你们吃也一样。"

吃完午饭还要回去，大家点了一些饮料，没要酒水。

饭菜确实做得颇有风味，快吃完的时候，乔宇掏出了烟盒，问女友和罗宁："介意吸烟吗？"她俩都摇头，只有乔彤起身把窗户打开。

乔宇将烟给在座的男士挨个儿递了一遍。

罗宁知道方知许不吸烟，但是乔宇递给他的时候，他也没拒绝，只捏着烟支在手指间转悠。

她起身去窗前陪乔彤说话。

"我看出来了，"乔彤将声音压低，"我哥这是要帮人盯梢呢。"

罗宁偏了偏脸，看到李煜安正低头听乔宇说话。他的面容很沉静，显得那猩红的一点在指尖愈发明亮，他胳膊抵在桌子上，像是有所察觉，往罗宁这边抬了一下脸。清白的烟雾从肺腑中吐出，隔着烟云，他的神色都模糊了起来。

很难去形容这一眼，罗宁想到了他们过年相见时的瞬间，他倚在车前肆无忌惮的眼神。

庄园很大,饭后大家提议溜达一圈再回去。罗宁想走,但是一起吃了饭,也不好提议离开，便问方知许的意见。对方说这里他也没来过，就当逛逛。

两人跟在人群后方，方知许看向罗宁，说:“我上一届的师姐，她也在这个城市工作，如果你愿意的话，我可以帮你联系她。”

方知许不是第一次提起这件事情。之前他和罗宁有过几次课题上的研究和合作，结束之后，罗宁再次找到他。

“我说过你只是我的合作者，而且，在合作期间我们很愉快。”他敲着桌子，眼角含笑。

外面还在下雨，罗宁来的时候只带了一把黑伞，身上还带着雨夜的潮气。她犹豫一瞬:“我可以付费。”

他定定地看着她:“我可以给你推荐更好的。”

“如果不是你主动来找我，”她说,“你知道我是很难去主动寻求疏导和帮助的。”

“你有烦恼的话，我可以作为朋友来倾听，给你一些建议，但是我不能作为你的心理咨询师来帮助你。”

“为什么?”

“你真的不知道吗?”方知许看她,“一个合格的心理咨询师是不会喜欢上自己的来访者的。”

这句话成功打消了罗宁的想法，虽然他们此后还继续保持着联系。此时方知许再次提起这个话题，他试探着问，同不同意只在罗宁自己的意愿。

罗宁看向前方，盯住了那人高挑挺拔的身形。

人独自行过生命，蒙受玷污，承担罪过，痛饮苦酒，寻觅出路。[4]

她最后说了一句“好”。

下午四点左右，一行人终于准备回去。

乔宇从驾驶座探出身问罗宁：“你俩坐一辆车？”

“对，”她打开车门，“我得先去送我师兄。”

乔宇“哦”了一声，又将身子缩回去。

正当罗宁准备倒车时，有人过来敲敲她的车窗。即使隔着暗色防护膜，她也能看到对方修长的手指，袖口挽上了一截，露出了熟悉的腕表。

罗宁缓缓摇下了车窗，李煜安的目光落在她脸上。

一般情况下，在人群中，他永远好像都是怡然自得的——平静的眼，面容俊秀又柔和。

罗宁不知道别人和他相处时是什么姿态，但她很少主动去看他。每每与他眼神触碰，总会有种说不清的眩晕感，就好像此刻，她被他眼神中锋利又痴缠的风裹挟住了。

两人都没说话。

“你是直接回市区吗？”李煜安率先开口，不急不缓地问。

罗宁点了点头：“嗯。”

“不再玩一会儿了？”

“不了，我俩都有些事情。”

“这样……”李煜安手指动了一动，目光在方知许和罗宁之间游移，“你俩待会儿要一起去？”

“我回家还要忙考试，”她耐心回答，“我师兄明天离开这里，我要先把他送回住的地方去。”

“那方便再捎一个人吗？”

"捎谁?"

"我。"

此时坐在副驾驶上的方知许也觉得有些不对劲了，他望向外面的那辆厚重拉风的越野，里面坐七八个人都不成问题。

他问李煜安:"那辆车是你的?"

对方说是。

不等方知许把疑问说出口，李煜安就解释:"我是想回家，和他们不太顺路。"

"哦，"方知许点点头，对罗宁说，"那你要送两个人了，要不要先导航看看，规划一下线路和顺序。"

还没等罗宁回答，李煜安便开口说道:"先送你就好，她对我家的地址比较熟悉。"

方知许愣了一下，下意识地看向罗宁，却见对方偏头看着窗外的风景，好似没有听到他们之间的对话。

他笑了:"那谢谢了。"

李煜安礼貌颔首，随后也看向罗宁:"上午你开车来的，回去我来开吧，你歇一下。"

罗宁将脸转向他:"你知道送去哪儿?"

他挑眉:"你坐副驾，给我指一下路。"

方知许这段时间一直住在宾馆，下车之后，副驾驶座位上的罗宁摇下车窗和他告别。她将手搭在摇了一半的车窗上:"行程没变，还是明天早晨走?"

他抚了抚衣袖:"对。"

"那路上注意安全。"

"嗯，临走前给你发信息。"

只是简单的例行对话，但这期间，方知许无法忽视车内的另一个人——驾驶座上的男子敲着方向盘，安静地看着他们告别。

方知许原本还有其他的话要对罗宁讲的。

李煜安是一个彬彬有礼的人，第一次见面时也非常客气，客气到让方知许以为他只是罗宁一个普通的同学或者朋友。

有些东西无须挑明。当方知许介绍自己，又提起罗宁的时候，李煜安面上有一闪而过的情绪。说不清是什么，总归让他捕捉到了，可是李煜安与罗宁全程又鲜少交流，让人有些拿捏不准。

在车上，即使不说话，这人和罗宁之间也有种奇异又矛盾的熟稔感，以至于让方知许感觉自己的存在有些奇怪和突兀。

最终，他还是低头笑了一下，精简又快速地向罗宁做了最后的告别："虽然没吃到心心念念的素斋，但寺庙不错，爬山也很开心。"

他说完之后，也向李煜安致意："感谢招待，以后有机会联系。"

风把罗宁的头发吹得有些凌乱，她在车窗合上的那一瞬间朝方知许挥了挥手。方知许没有立刻转身，而是立在原地目送车辆离开。

李煜安在开车的时候异常认真，唇角向下微抿着，有些沉默。

快到下班的点，一路上总是遇见红灯，开开停停之间，他突然没头没尾地说了一句话："他喜欢你。"

罗宁正在看外面的车流，闻言瞬间扭头："什么？"

李煜安轻飘飘地看了她一眼。

她神色复杂起来："别乱猜。"

"都是男人，看得出来，用不着猜，"他轻声说道，"你不知情吗？"

罗宁敏锐地察觉到了旁边人的不悦，索性沉默。

前面的车又排起了长队，李煜安的目光就从前方的车流转移到她脸上。他问："你经常去爬这座山？"

"一共就去过两次。"

"上一次是七年前，"他点点头，"对吗？"

"你记得好清楚。"

"我当然清楚，"他笑了一下，又很快收回，"除了你，我再也没和别人来过这个地方。"

罗宁沉默了一会儿，还是没忍住问道："你因为这个事情生气？"

他随着车队缓缓向前，好不容易到了最前面，绿灯紧接着又变了颜色。

"我以前没问过，"李煜安轻轻拍了拍方向盘，"第一次在医院重遇的时候也没问过，因为我觉得和再次见面相比，其他的都不重要。"

"你想知道什么呢？"罗宁看着他，"现在就可以问我。"

"罗宁，不是这个意思，"他眉目有些紧绷，"我只是，比我想象中的要在意一些。"

那些没有相逢的日子，我对你一无所知。

罗宁缓缓开口："方知许是比我大一届的师兄，我们不是一个专业的，但他给了我很多帮助。如果不是他，我可能也不会有勇气回——"

李煜安突然伸出胳膊，手掌握住了罗宁的手腕，把她从副驾驶上拽过来一点。罗宁一时语滞，抬眼看向他，话没说出口，他的另一只手就抚住了她的脸。

"先别说了。"

他的手修长宽大，食指屈起，在她的侧脸轻轻刮了两下，拇指就捏住了她的另一侧脸颊。她被迫微抬起下巴，下一秒他便闭了眼，勾着脖子亲了上来。

接吻对于他们来讲并不陌生。

那些呼吸的频次，轻啄或者深尝，纠缠时发出的哼气与呢喃，彼此是熟悉的，但罗宁还是能察觉到他这次的力道要重一些。

李煜安啃完上唇又咬下唇，亲吻中故意发出了很响的声音。罗宁紧紧抓住身前的安全带，他却闭着眼，掰开她胸前的手指，带着她去揽自己的肩，又将她整个人斜斜压在座位上，头发都被垫枕蹭到凌乱，直到绿灯再次出现，后面的汽车朝他们疯狂鸣笛。

李煜安很快松开她，罗宁也将脸偏了过去，只觉得唇齿发麻，整张脸都滚烫。

李煜安将车停在自家小区门口，松开了安全带。

罗宁靠在副驾驶上看他，她唇上还有一些痕迹，看得他心热了一下。他忍下了再次触碰的冲动，对刚才的行为表达了不怎么真切的道歉："对不起，我刚刚没控制好力道。"

罗宁瞄了他一眼，也解开了安全带："这话好没分量。"

李煜安下了车，看着罗宁打开车门从车头绕过来。他想拉她的手，但最后只是碰了一下她的胳膊。

罗宁回头看他："怎么了?"

"虽然这段时间很少和你交流，但是复试的名单我一直都有关注，"他说，"你多加油，时间还长，有什么事情先不要放在心上。"

罗宁犹豫了一瞬，低声朝他说道："师兄只是师兄，但你是你，这是不一样的。"

李煜安听懂了。他故作平淡地"哦"了一声，眉目整个舒展了起来，瞧着她，话里有隐微的笑意："我会一直等你的回复。"

罗宁关上了车门，微不可见地点了一下头，而后驱车离开。

复试那天，天气突然又变得很冷。

罗宁在备考室里预备好了三道问题，推门进入时才发现面对的监考官要比上次多了一倍。她回答第二个问题时有一瞬间的卡壳，接着大脑就变成了空白，下一秒便不知道该说些什么了。房间很大，她这才后知后觉到了寒冷和紧张。

中间的主考官察觉到没了声音，就抬头看了她一眼，笑笑："不用紧张，慢慢回复就行。"

有人也说过相同的话，罗宁这才逐渐缓了回来，顺顺利利地答完了接下来的问题。

面试结果是当天出来，罗宁看了几遍之后才松了一口气。她和父母发完短信，有些恍惚地走出了考场，心里想的则是单位什么时候会通知她去体检。

她的车就停在不远处，走到跟前，才发现车灯上挂了一束花。她左右环顾了一下，也没看到熟悉的面孔，只将花束取下来抱在怀中，又坐进了车里。

坑纹纸裹了两三只含苞的白雪山，里面还夹着一封信。她缓慢地拆开了信纸，上面的黑色字迹有些熟悉，是一首截断的小诗。

我独自冒着冷
去薄霜铺地的林子里
为听鸟语 为盼朝阳
为寻泥土里渐次苏醒的花草
但春信不至 春信不至[5]

罗宁盯着信纸看了一会儿，又小心折好，放回花束中。

接下来两个星期，罗宁都在忙体检和政审，中间抽出时间约了心理咨询师进行了面谈。

对方是方知许推荐的学姐，很温柔知性的医生。第一次见面，她看到罗宁有些腼腆紧张，还特意放了轻音乐，细心问她喜不喜欢这首歌，如果不喜欢可以再换。

罗宁捏着指尖说这首就很好。她向医生讲述了自己的一些现状，因为工作才有的焦虑，面对选择的畏惧。

最初是有些不好开口的，但第一次交流时留下的印象很愉快，第二次便打开了话匣。

罗宁说到最后，有些迟疑。

“很多时候，我就是很拧巴的心态，明明同一件事情，别人想做就做了，但是我总是在左顾右盼，一拖再拖，好像有什么东西在阻隔着我。”

医生一针见血地点出来：“你对自己的欲望有羞耻感。”

“……是，”她有些难堪，“从学生时代开始，我就是这种心理。”

“每个人的承受能力不同，生活在强硬的家庭关系中，内心柔软的人，长期遭遇需求得不到满足的情况，是会有这种创伤的。你能有这种觉知，并且来寻求疏导，这是很好的信号。”

“最初我也是没有勇气，但是因为有了别的理由。”罗宁没说下去，看了对方一眼，“我需要改吗？”

医生微笑：“你可以把我当成一面镜子，你来这里是为了更加清楚地认识、接纳自己，走出咨询室之后用自己喜欢并觉得舒服的方式去生活，这是不需要强迫改正的，只是一个自然而然的过程。”

“所以我也可以自我修复？”

“当然。方法有很多，自我修复创伤，或者从他人那里汲取力量来治愈自己。”医生继续鼓励她，“对于喜欢的事物，顺应自己的内心就可以了，对于想亲近的人，可以尝试着不要推拒，学习点头、微笑和赞美。”

罗宁低下头，若有所思。

从面试收到花开始，几乎每天都有人来给她送东西。大多数情况下是小花束，牛奶棉扎着郁金香，或者是玻璃纸包上洋桔梗，有时候是一小罐巧克力，还有正方形的锡纸盒，里面装了牛轧糖。

礼物偶尔不同，但总会附带一封信。

和包装精致的小礼物不一样，牛皮纸信封里是很普通的稿纸，红色的线格，高中生惯用的那种，清俊有力的字体常常占了大半页——

“罗宁，你要相信我是不愿意敷衍你的。你以前在信中说‘驿寄梅花，鱼传尺素，鸿雁传书这种事带着古意'，如今我才深以为然，隔着冷冰冰的屏幕是比不上辗转于两方之间的信纸来的有味道、保留得更加长久。我翻看以前你写给我的信，就会觉得我们也没分开多久，果然文字更能贴近心脏……"

"罗宁，这几天我常常在想，之前那七年是如何度过的。记不太清了，以前是没觉得的，好像没什么波动，也没什么期待，日子就像不重要的流水一样，说过去了就过去了，那你呢？我既然觉得你好，那别人一样会觉得你好……"

李煜安不是话多的人，但是洋洋洒洒写出来的东西要比他本人更加直率活泼，他还会在信纸的最后描上一只卡通的小鹦鹉，用箭头圈起来，标注上"麦麦速递"的字样。

罗宁觉得可爱，还特地跑去精品店买了一个鹦鹉印章，每次收到信后就在后面盖一下，表示已阅。

当然，她也会在他剩余的空白处回上一两句话，等下一次快递员来送东西的时候，再将上一次寄过来的信寄回去。

还有一天，她同时收到了两封信，其中一封裹了两层牛皮纸，字迹略有些飘忽。

"这两天有点失眠，睡不着的时候就给你写信，没写几个字就把笔给扔了，想着干脆直接过去找你算了，你那样好说话，我能想出办法让你不拒绝……"

这一封罗宁没盖章，也没寄回去，因为她看到一半的时候，脸就烫了起来。

这个人怎么什么都往上写。

来送东西的快递小哥一直都是同一个人，二十岁左右，前几次穿着工作服捧着花站她门前敲门时，神情还会有点尴尬。

罗宁问了一下，他们是在微信上接单，同城的快递一般都是十块钱。

起初她把信寄回去的时候要给他钱，他只摆摆手说有人给过了，还是一次性付的。

小哥这些天一直都在重复跑这个单子。他不是很理解，也没搞懂这是在干什么。因为这两个人的距离很近，他骑上自己的电动车，开快点甚至不用十分钟就到了。但小哥没问过，让他送花送礼物的顾客是个年轻男人，而且给得挺多。

等到公示期过了，罗宁才算彻底清闲了下来。

乔彤突然在微信上狂轰滥炸，喊她出来一起唱歌。她刚推开包厢的门，乔彤就扑过来，一把揽住她的肩膀："大忙人，可算是见着你了。"

罗宁把两人缠在一起的头发扯开："这不，你一喊我，我就过来了。"

"我之前也想喊你，"乔彤撇撇嘴，"有人说你这段时间忙，我就没敢打扰。"

罗宁闻言看向包厢里面，有眼熟的人，更多是不认识的面孔。

乔彤注意到了她的视线，用手肘轻轻撞了一下："看谁呢？"

罗宁别开眼。

"还没恭喜你呢，"乔彤是替她开心的，"啥时候上班？"

"等通知，估计得下个月或者下下个月。"

她俩一边说话一边坐下来，有人给他们端了饮料，罗宁很客气地说了一声"谢谢"。

男生闻言扬了扬眉。他和乔彤是相识的，便熟门熟路地在她俩旁边坐下，隔着罗宁和乔彤说话。

有人在唱很嗨的歌，话音响在耳边都不太真切，这人重复了几遍，几乎是在罗宁耳边讲，罗宁才意识到他在对自己说话，一时有些发愣。

"你想唱歌就自己去唱呗，"乔彤替她回答，"别拉人家。"

"一起吗？"他只看向罗宁，"以前怎么没见过你。"

罗宁连忙摆了摆手。

旁边一群人在摇骰子，乔彤带着男生去那边凑热闹了。

罗宁坐在沙发边缘处，听着台上的人连续唱了三四首情歌，略微沙哑的男声，还挺好听。她边看着显示屏上面的歌词边伸手去拿杯子，冰凉的液体从喉咙滑下去。

有人的声音在旁边突然响起："这杯好像是我的。"

罗宁闻言一怔，抬头去看，果然发现小桌略微偏左的位置上还摆了一个玻璃杯，杯沿上有不是很明显的口红痕迹。

"不好意思——"她下意识地道歉，话出口觉得不太对劲，一扭头才发现李煜安在她身旁坐着。

包厢太嘈杂，这人什么时候坐到她旁边的，她完全不知道。

"你怎么听得这么认真?"

李煜安斜身往这边靠了一靠，像说悄悄话一般。罗宁瞬间坐直，把手中的饮料放了回去。

他的目光在她脸上长久停留着。

罗宁也不知道怎么了，此时心里只庆幸灯光昏暗，看不出她面上的不自然。

"你，"她偏开了脸，"你什么时候来的?"

"坐你旁边好久，你都不带看我一眼的。"

"太乱了，我没注意。"

"嗯，"他越靠越近，又问，"那我可以喝你的吗?"

罗宁瞄到杯沿的口红印，抓住了他的袖口不让他动："不行。"

他垂眼看她抚在袖口上的手指，果真没动，只是笑她："这么小气。"

罗宁随后将手移开。

"罗宁。"他喊她名字。

"嗯?"

"你是不是有一封信还没给我。"

罗宁装作没听到，去听前面的人唱歌。

“他唱得不如我好听。”

她的眼神转过来，看他虚虚靠着自己，偏头说得好认真。

“真的？”

“不骗你，你想听吗？”

她点点头。

李煜安笑：“那封信你给我回了什么？”

罗宁将身子微微拧过去：“你好烦。”

他伸出胳膊，把她轻掰回来：“哪里烦了？”

她睫毛微动，斜睨了他一眼。

李煜安伸出指尖蹭了蹭她唇角，喉结微动：“怎么是这个表情。”

罗宁看他的手：“我口红花了吗？”

他垂着眼：“那你得再靠近一点，我看不清楚。”

“……这里好多人。”

李煜安忍着笑意：“那我们出去？”

罗宁还真想了一下：“咱们是不是得先和乔彤打个招呼。”

“你怎么这么可爱，”他将手掌摊开，放在她的膝上，“我带我女朋友出去一会儿，怎么还要向别人汇报？”

李煜安说完就看着她。

他没等到罗宁的反驳，她将手轻轻搭在了他掌心上。

CHAPTER 11 春信 第十一章

李煜安不动了。

轮转的各色灯光投在他脸上，从睫毛到鼻梁，折出了明暗的交界。他的面容就在这忽明忽暗中变得暗淡模糊，唯剩一双眼睛亮得惊人，如同迎着月光的湖面，盛满了悬悬而望的欣喜。

过了几秒钟，罗宁忍不住轻声问道："不是要出去吗？"他像是才反应过来一般，低头看着罗宁搭在自己掌心的手："先等一下。"

李煜安勾起手指，指尖从她的指缝间缓缓穿过，掌心相贴，紧密相扣。他将她的手攥得很紧，试探地问："我刚刚说了什么？"

"你说要出去。"

李煜安摇摇头："不是这句。"

"你说看不清，让我再靠近一点。"

"也不是这句，"李煜安笑了，"我指的是最后说的那句。"

"我问要不要和乔彤打招呼，"罗宁感到他的掌心干燥又滚烫，像团火焰一样，"你说不用汇报。"

"噢——"李煜安拖了长腔，话中带了几分揶揄的意思，"我原话是这么说的吗？"

罗宁动了动手指，下一秒就被握得更紧。他拽了一下两人相扣的手，咬着字继续问:“你是不是，漏掉了什么重要的关键词?”

李煜安的力气很大，当罗宁整个人往侧边倾倒的时候，他便顺势将她揽住。她用另一只空着的手去扶住他的肩膀，面对面抬起脸时，鼻尖就险些碰到他的下巴。

他们俩坐在卡座的偏角，李煜安抱着她斜靠在扶手上，昏暗的光线和宽大的椅背都成了遮挡外界的幕布。

“不用出去也能看清楚了，”他垂着眼，幽暗的目光落在了她面上的某一点上，“口红没有花。”

呼出的气息混着他身上特有的薄荷清香，这距离让人有些目眩了。

罗宁喃喃道:“你骗我。”

明明隔着几米就能看清楚的事情，他非得要贴在一起。

从高中开始，李煜安的一大爱好就是故意曲解罗宁话里的意思，借此想方设法地多逗她同自己说几句话。

他轻声回复:“我还担心你骗我呢。”

“我不骗你。”

他眼睛亮晶晶的:“真的?”

罗宁知道他在等一个确切的答案，便轻轻“嗯”了一声。

“那我得记着。”

李煜安说完就松开她的手，从口袋里摸索出手机，瞄了一眼上面的时间。罗宁趴在他的肩上，看他熟练地解锁屏幕，打开了前置相机。

点开开关，视频上方的秒表计时刚变红，李煜安就清了清嗓子——

“现在是二零二三年三月四日，周六，北京时间，十九点二十三分。”他异常认真地报了一长串数字，随即又瞄了一眼时间，措辞变得犹豫，“具体时间应该再提前几分钟。”

罗宁眨眨眼瞧他。

“不过没有关系，”他说道，“无论是节令、日子还是年岁，重要的不是时间意义上的分秒不差。”

她有些迷糊了：“什么？”

“因为你我之间，用来计算时间的方法，”他将镜头往罗宁那里移动了一下，“是感觉。”

罗宁看到视频画面里的自己睁圆了眼睛。

“和你在一起的时候，会有默然的快乐，这日子就感觉过得短暂；不和你在一起的时候，时间像流水一样无波无澜，日子在毫无知觉下，也是过得飞快。”

李煜安像是在对着手机自白，也像是在对着她念诗。

“但重要的是，会有那么一瞬间，”他顿了一顿，随即又开口，“那种时间定格、万物都在天旋地转的一瞬间。”

罗宁被他说得有些愣怔。

“罗宁，”他问她，“你有没有过这样的一瞬间？”

她闻言偏头，李煜安就伸手挠了挠她的下巴，用手指将她的脸颊掰正，重新使她面对镜头。

罗宁看着屏幕里的他。他并没有看镜头，反而垂着眼，在很认真地盯着自己瞧。她目前还没弄清楚他究竟要表达什么，只好暂时保持了沉默。

没等罗宁回答，李煜安又自顾自说了起来：“我有，和你在一起的很多时刻，我都体会过这种感觉。”

“嗯？”罗宁感觉他的眼神中涌动着说不明的情绪，她的思绪便被这暗涌带走了，“什么时候？”

他的眸色愈发深，缓言道：“比如每次推门见你的瞬间。

“高中每次上体育课，你总是自己一个人躲在教室里，有时候睡觉，有时候看书，我开门进去的时候，你偶尔会抬头看我一眼。

“我很多次早早回去，就是为了等你看向我的那一眼。”

罗宁脑海中只留下了一些浅薄的印象，她睡意蒙眬的时候，记得他转身对其他男生说小声一点。

“还有我生病，看见你背着书包站在门外的一瞬间。”

李煜安好像忘记自己在录视频，胳膊垂得越来越低。罗宁连忙伸手替他托住了手机，心跳的速度越发快了。

而他的声音也逐渐变低，气息扑在她脸庞，讲话近似耳语：“还有刚刚。”

“什么？”罗宁看见屏幕里的他越靠越近，声音就有点不像自己的了。

“刚刚，”他缓缓说道，“你默认是我女朋友的那一瞬间。”

李煜安说完这句话，就低头吻了下来。

手机从罗宁手中滑落，发出了一声轻响，但她顾不得捡了，李煜安也不给她机会去捡。

这是一个非常绵长细腻的吻。

每当他偏头啄几下后，就会抬头看看她，随即又闭眼去亲吮。时间一长也有些窒息，他就轻捏着她的脸颊换气，细细的呼吸缠绕在唇齿之间，连话语都变得含糊：“口红被我亲花了，怎么办？”

罗宁勾着他的脖子，指尖触摸到他的耳侧，也含糊回答：“这要怪你。”

“嗯，怪我，”他的笑声很低，“那让我来帮你弄干净。”

罗宁攥紧了他的衣领。

好一会儿，罗宁感到火势隐隐有蔓延的趋势，只好费劲地推开了他。她的面颊烫得像要烧着了一般，起身的时候很心虚，回头看了看周围的人。

在看不清面容的情况下，他俩引起不了别人的注意。因为大家都在玩自己的，不远处还有两对情侣像他们方才一样，正贴在一起说悄悄话。

罗宁俯身捡起了掉在地面上的手机，屏幕还亮着，视频已经录制了二十分钟。

李煜安按了保存键。他拉着她一起回看，记录说话的时间只有五分钟，紧接着屏幕一晃，视频就陷入了黑暗。他将视频拖回去，又重新开始看一遍，突然说道:“我们之前好像从来没有过合照。”

罗宁解释:“我以前不太喜欢拍照。”她说完看了他一眼,“或许以后可以多拍一点。”

“罗宁,”他捏着她的手,“你可真好。”

她闻言和他对视，又躲闪了他的目光。

但李煜安不怯，只微微一低头，嘴唇就贴在她的头发上。他又问:“要不要听我唱歌?”

罗宁说要。

他强调:“我会说这是唱给你的。”

罗宁蹭着他的衣服，缓缓点头。

台上的人正在唱的这首歌已经到了尾声，于是李煜安松开了她，起身大步走了过去。

包厢很大，今天来玩的人大都是他这些年的朋友，还有的是朋友的朋友，彼此都没什么架子，爱唱歌的就唱歌，玩游戏打扑克的都聚在其他桌子上。

平常相聚，李煜安也会唱上几首，所以当他拿到话筒准备切歌的时候，周围的人只是偶尔投过来一眼。

他清了清嗓子，隔着人群望向罗宁，话中带着笑意:“这首行吗?”

声音被麦克风放大，因为不知道是对谁说的，有些人就停住了手上忙的，纷纷往李煜安那里看。

李煜安看到罗宁点了点头。

“和以前不一样，今天唱的这首歌呢,”他单手握着话筒，话说得清晰而缓慢,“是唱给我的女朋友。”

话音落下，所有人都一愣。

李煜安既不是游走情场的行家，也不是不近人情的高岭之花。尽管有人对他的感情状态颇为好奇，有过打听和猜测，但确实从来没听说过他有过女朋友。

一直在角落里和别人玩牌的乔宇率先反应过来，将手中的扑克一扔，站起来就吹了一声响亮的口哨。被他一带，其他的狐朋狗友就算没搞懂情况，也不管三七二十一地跟着起哄鼓起掌来了。

罗宁脸上还是滚烫，她陷在沙发里，手指绕着发尾打圈。

李煜安唱歌的时候一直望向她。

……

'Cause all that I need is this crazy feeling

(只愿能感受这奋不顾身的疯狂爱意)

A rat-tat-tat on my heart

(以及我胸腔怦怦跳动的心)

……

李煜安说自己唱歌比别人好听，这话不假。他念英文的时候比平日说话要更缠绵，听起来格外让人心动。

唱完这首，大家又一次起哄。李煜安竟然难得腼腆起来，推开人群重新回到了罗宁旁边。

他坐下的时候又拉起了她的手。这次是很轻松的把玩，先轻轻挠了挠她的掌心，又将她十指的指尖轮流捏了一遍。

李煜安偏头在罗宁耳侧说了什么。周围嘈杂，罗宁感到脖颈处有他呼出的气息，声音却听得含糊。

她靠近他："嗯?"

他又重复了一遍："走不走?"

罗宁只瞅着他，不说话。

李煜安勾起手指，在她下唇处揉搓了两下。

她躲了躲脸："你干吗?"

"走吧。"这人语气无辜极了。

“你真的好烦。”

罗宁今天第二次重复这句话，但语气不见恼怒，听起来像猫爪在心上轻挠一般。

“你不是说人好多吗，”李煜安一只手抚住她的肩膀，低头咬耳朵，“我们就不能单独相处一会儿？”

KTV在三楼，罗宁只来得及给乔彤发了个信息就被他拉着往下走。

密闭空间里只有他们两个人，彼此都没有再说话，只是李煜安的手又搭在罗宁的肩上，从他的角度只能看到她头顶的发旋，她在静默中低垂着眼，他拨了一下她耳后的碎发。

罗宁动了动睫毛，依旧不看他，电梯里信号不太好，消息后面跟着不停转动的灰色圈圈。

等电梯门一打开，李煜安就重新拉起了她的手。

地下停车场光线昏暗，罗宁穿了小高跟，走在李煜安旁边时会发出嗒嗒的轻响。这声音规律又清脆，在封闭昏暗的环境里被放大，每走一步都像在他心尖上敲鼓。

前方的车灯闪烁了几下，罗宁走到车门前，指尖才刚碰到车门把手，就被后面的人拽了过去。李煜安一只手护着她的脑袋，另一只手打开车门，把她推进了后座。

左右不过是亲吻。但他很急切，封闭的车厢，凌乱的呼吸，让他难以平复这些天来长久等待的焦躁。

这是一个快要让罗宁窒息的热吻，最后她捶了他的肩膀数下，这人才松开。她剧烈地喘，不可避免地掉了眼泪。

李煜安亲她的眼皮：“哭什么？”

罗宁拽他的领子：“我要喘不过气了。”

“我以为你喜欢这样。”他边说，边将她的衣服揉得乱七八糟。

罗宁浑身都热起来了，还不忘纠正他："是你喜欢这样。"

李煜安将手臂贴在了她的面颊旁，抬起一些距离，注视着她，很坦然地承认："嗯，我喜欢。"

"那你呢？"他抱紧她，微微坐起来一些，将她抵在车门上，"你从来没说过你喜欢什么样的。"

罗宁轻轻瞥他一眼，动作间鞋子都快要蹭掉了。

"嗯？"李煜安问她，又隔着衣物催了她一下，"刺激的？还是温柔的？"

罗宁眼角含着水意，看过来的神色分不清是恼还是羞。"你别在这儿，"罗宁想退都没地方退，"车会晃得很厉害。"

他凑在她衣领旁边笑，带起了她脖颈处的一片麻痒："当然不在这儿，你把我当成什么了。"

罗宁都有些嗔恼了，她微微瞪眼："那你现在在干什么？"

"我就是好些天不见你，"他慢条斯理地说，"想和你多亲近亲近。"

罗宁复述他的话："亲近？"她感觉这人要把她给生吞了。

"要不然呢，聊天、接吻、拥抱都算亲近。"

罗宁推他没推动，无奈去揽他的脖子，在他耳边小声说道："不然……去我家吧……"

"好啊，"李煜安捏着她下巴舔她的唇角，动作像一只偷腥的大猫，答应得很爽快，"待会儿我开车，不着急。"

这话着实令罗宁存疑。

但是李煜安的确也不着急。

进了家门后，从玄关开始，他便磨蹭起来，他的温柔小意总出现在不该出现的时候。

绵密酸涩的感觉忽上忽下，罗宁在他的手臂处留下了几个恨恨的牙印。他"嘶"了一声，这才把她捞起来。

浴室里，李煜安将浴巾裹在她身上，看她面色潮红一片，边擦头发边凑过来问："生气了？"

罗宁自顾自地出去了，回应他的只有一个轻飘飘的眼神。说不上生气，更多的是欲说还休的嗔怪。

李煜安被这一眼勾得心里发热。等他也到卧室的时候，看到罗宁裹着毛毯，正背对着他吹头发。

吹风机声音轰鸣，罗宁有好一会儿都没再听到李煜安的声响。她转身去瞧，发现他松垮地披着浴袍，倚在书桌前，拿着一张纸在很认真地看。

罗宁将吹风机关掉，走过去要夺那封信："你不能看。"

李煜安将手中的信纸举高，边瞅她边笑道："我写给你的，我为什么不能看？"

两人一扯一闹间，罗宁身上披的毛毯掉到了地上，李煜安这才看清楚了她的穿着。不知道她何时换的衣服，白色蕾丝吊带裙，裙摆在白皙的大腿处摇曳，锁骨处被细细的带子勒着。

李煜安突然就明白了她不让他看信的缘由，面上虽不显，却明知故问："以前没见你穿过这衣服，什么时候买的？"

罗宁咬了咬唇："你先把信给我。"

他晃晃手中的信纸，笑："你过来拿就是。"

她攀着他的肩，语气带着恼："我够不着。"

李煜安还在继续逗她："就不能想想办法吗？"

罗宁贴着他的手臂蹭了蹭，轻柔的布料贴着他的肌肤，她轻声说："你太高了，我想亲你都亲不到。"

李煜安怔了一下，果然低了头。罗宁趁这个机会，快速踮起脚要去抢他手中的信。李煜安反应很快，自然也没让她得逞。他箍住她的腰："骗我？"

她瞄了他一眼。他笑着往后退，坐在桌子上，捏着信，快速找到了那几句关键的字句，慢吞吞地去读，念一句就看她一眼："你出现在我梦里的次数未免太多，梦中你穿着一件白丝绸的裙子……"

李煜安没有说下去，因为罗宁抬起胳膊，主动环住了他的肩颈。清润的香气袭来，她闭眼吻了他。

李煜安直接将信丢掉，偏过头热烈地回应。彼此呼吸都重了起来，他眉眼间是藏不住的得意和欣喜，低声道："这裙子和我梦见的一样，是不是特地买的？"

罗宁面上发热，只趴他怀里："你怎么不读了？"

"美梦变成现实了，"他眸色愈发深了，"还读那个做什么？"

凌晨时分，李煜安把被褥压好，揽着罗宁有一搭没一搭地说闲话。

罗宁明显困了，但还是强打起精神回应。具体说了些什么，她当时听得清楚，只"嗯嗯"答应着，早晨醒来就全模糊了。

今天是周日，按理说李煜安应该不上班，但罗宁醒来的时候没有看到他的身影，摸回手机才看见他给自己发了信息。

——我先回家喂麦麦。

——回来给你带早餐。

——朋友圈。

最后跟了一个粉色的爱心符号。

罗宁点开他的朋友圈，才发现他昨晚零点的时候发了一条动态。

图片是从他们昨天录的视频中截下来的一个瞬间：画面偏昏暗，整张图片的主体是她，莹白的脸，面对镜头时微微瞪圆了眼睛；旁边的李煜安正偏头盯着她，整个人看起来就像喝醉了一般，落在她面上的眼神带着说不出的迷蒙。

文案则是他自己编辑的一段话，罗宁知道只有她才能看懂——

不再是书信里飘惘的意象

许多年以后

夜莺又落到了我的身旁

罗宁盯着手机看了一会儿，随后将图片保存，给他的这条官宣动态点了个赞。点完之后想了一想，又在下面给他评论了一个粉色爱心。

退出来的时候，罗宁发现朋友圈右上角出现了提示的小红点——有人很快回复了她的评论。

第一个就是李煜安，他在她的粉色爱心下又回复了一个粉色爱心。

剩下的全都来自乔彤，她在他俩互评爱心的评论下回复了好几条——

恭喜恭喜！

腻歪死了!!（微笑表情）

还不快请大家吃饭!!!

李煜安非常爽快地在下面回了一个“OK”的手势。

罗宁几乎是不怎么发朋友圈的，但几天之后，她也破天荒地发了一条动态，是麦麦的图片。它躲在李煜安的黑色睡衣口袋里，被他用指关节轻轻卡住脖子，歪着头瞅向镜头。

很日常的分享，但是总有人能看出一些端倪。

先是罗然然。她私信敲了敲她，将朋友圈图片上不太显眼的位置用红笔圈了出来，重新发了过来。

——我是侦探小能手。

——男人的手，男人的睡衣。（坏笑表情）

——那个牙医？高中同学？

罗宁没有否认。

罗然然：我不会告诉别人的。

紧接着发了三个被捏住嘴巴的小黄鸭表情图片。

罗宁：不是什么秘密。

罗宁：可以说。

罗然然先发来一个表示震惊的感叹号，又打字：我以为你怕你爸妈知道呢。

罗宁：还没给他们讲，不过迟早要见面。

罗然然：原来你俩是认真的。

罗然然：以后看牙可以优惠了。（龇牙笑）

罗宁最后回了一个哈哈笑的表情图片给她。

隔一天的傍晚，罗宁正在阳台上喂鸟，方知许给她打过来了一个电话。

或许是最后一次见面让他察觉出了什么，所以这段时间他们联系得不是很密切。他还是照例关心问候她近况。

罗宁歪着头，将手机放在肩膀上，手里拆开了一袋新的鸟粮。麦麦和她已经非常熟识了，听见声响，点着头就往她手心里钻，要去啄她拿着的食物。

提起最近做的咨询，罗宁便同方知许讲了许多。

只顾着打电话，没注意外面的情景，等听到客厅传来窸窸窣窣的动静时，罗宁险些吓了一跳。她往外瞧了一眼，发现李煜安已经下班回来。他将外套扣子解开，正偏头找寻着什么。

蹲在阳台上的罗宁朝他招了招手，李煜安这才注意到，神色立即柔和起来，唤了一声她的名字。

罗宁指了指自己的手机。他走过来的时候才看清："打电话呢？"罗宁点点头。

听到别的声音，电话那边的人静默了一瞬。

"我看到你发朋友圈了，"方知许在那边缓言，"是之前那个男生吗？"

罗宁嗯了一声。

"现在是男朋友？"

她又嗯了一下。怕他有别的顾虑，随后又补充："这几次咨询也是他陪我一起的。"

方知许好像是笑了，语气听不大真切："是好事，替你开心。"

她真心实意地回复："谢谢。"

等挂了电话，她注意到麦麦飞到了鸟粮袋子旁边，大半个身子都探进去。她赶忙去捉，又想起了李煜安之前同自己提过要给麦麦找个伴的事情。

"去之前的地方再买一只玄风吧，"罗宁同他讲话，"那天爬山的时候，山路上还是有很多卖小鸟的。"

麦麦扑棱着翅膀不愿意出来，不小心将一些蔬菜干和谷子拨在了地上。

等了一会儿不见回答，罗宁转头看向李煜安："嗯？"

他一直在她旁边，正在清扫地上被麦麦弄洒的鸟粮。等到罗宁问了，他才慢吞吞地说道："上次和你师兄爬山看见的？"

罗宁怔了一下："对啊。"

"刚刚也是他给你打电话？"

罗宁反应了过来，有点小无奈，睨了他一眼，捧着麦麦就要离开阳台。他却挡住了道路，不让她走。

罗宁抬头和他对视："干吗？"

他伸出胳膊箍住她的腰，眼神黑漆漆的："你说呢？"说完还把麦麦从她手里赶了出去，"去去去，自己先一边玩去。"麦麦不情不愿地飞到了旁边的杆子上。

"哎，"她轻轻捶了一下他的肩，"你对它温柔一点。"

李煜安顺势抓住她的手，低下头去咬她的耳垂，往脖颈吹气的时候，暗示就已经很明显了。

罗宁踮起脚，轻轻抱住他，一只手在他后背滑动，带了些安抚意味："我们就是朋友。"

李煜安将下巴搁在她肩窝处，又偏头吻她的唇角，把她往卧室内带："我没说我不信。"

罗宁："那么记仇。"

“不是记仇，”他低头去亲她的手，话里酸溜溜的，“只是和你有关的事情我都记得清楚。”

罗宁先是陷入绵软的被子里，随后整个人又贴在墙面上，繁复的印花壁纸硌着她的脸颊，身后火热，墙体冰凉。

李煜安多少带着一些不满的劲，咬她的耳垂，低声问她和方知许怎么认识的。她知道他存心，却实在有些受不了，便抬起身子凑近去亲他的下巴，用力咬他的下唇。

李煜安仿佛不觉得疼，还回应得异常热烈。

CHAPTER 12 尾声 第十二章

两人到底还是抽出时间一起去爬了山。

途中李煜安一直拉着她，走得很慢。爬到四分之三的时候，罗宁还是有点累，李煜安蹲在她前面说要背她。

罗宁抓着他的肩膀，有点犹豫。

“快上来，”他偏头，“就剩一小段路程，你又不沉。”说完拽过她的胳膊，轻轻松松把她背了起来。

快到山顶的时候遇见了卖鸟的摊位，罗宁松开了他的脖子下去看。

李煜安拎起一个鸟笼：“这个看着机灵。”

“麦麦不机灵吗？”罗宁声音带着笑。

“它有点憨憨的。”

他仔细瞅了瞅，便扫码买下了，又问：“给它起什么名字？”

罗宁看他：“这个你起吧。”

他一时没想出来，只问：“你当时是怎么给麦麦起名的？”

罗宁回忆了一下，发现自己记得非常清楚：“那时候是暑假，路上看到有人正在收麦子。”

场景会加深记忆的深度，名字有时候也是留念。她记得自己当时也是有惆怅的，也想形成一些记忆节点，去铭记一些自认为没有结果的故事。

高考，早夏，还有那个神色柔和的男孩。

只是故事远远没有结束，他们相遇在很多年后的寒冷冬天，重新有了一整个季节的纠缠挂念。

如今已经是暮春了，寺庙前面的古银杏泛了浅绿，许愿带缠了满枝干。

这次，罗宁买了一条红绸带，拿着笔久久未动，春日柔和的风扑在她面上。

她最终写上了“春信已至”四个字，想挂到中间的树干上，只是踮起脚还是有点够不到，便回头看了一眼李煜安。

他也拿了一条带子，刚刚写完，正起身扣上笔盖。对上她求助的眼神后，他快步走了过来。

“写了什么?”他问,“我抱你，这样就能挂上了。”

罗宁闻言靠近，李煜安便揽住她的腰，把她往上抬了一点距离。罗宁抬起手，小心翼翼地在树干上面打了死结。他轻轻放下她，又拨了拨她吹乱的头发，手中的绸带蹭得她的脸有些发痒。

李煜安在她的带子旁边也挂上了自己写的。

有风吹过，红绸带隐在万千条当中，瞬间模糊不见。但罗宁看到了，那是同她遥相呼应的四个字——

夜莺再来。

（正文完）

EXTRA CHAPTER 01

逝去

番外一

爷爷去世的时候，罗宁是在旁边看着的。

那时正逢她入职不久，很多东西都是刚上手，前期的工作会有些繁忙劳累，下班时间就变得晚一点。

就算这样，李煜安每天也都会去接她。那天她休息得很早，大概凌晨的时候，感觉有人轻轻拍了拍自己的脸颊。她迷蒙着睁开眼，看见身旁李煜安起身坐了起来，正试图把她唤醒。

她问："怎么了？"

他将她还亮着的手机递过来："你父亲打过来好几个电话，我没接，估计是有要紧的事情。"

她连忙接过，还没说几句，便挂了电话，转头就寻自己的衣服。

李煜安看她的神色，也将自己的衣服三下五除二套上，随后就给她递外套，又单膝跪在床沿上帮她扣扣子："发生什么了？"

"我爷爷不太好，我得过去一趟。"

李煜安顿了一顿，抬眼看她："这么晚了，我送你吧。"

罗宁点点头。

李煜安还没和罗宁的父母见过面，这个场合出现实在不合适，于是他将车开到小区旁边。

罗宁边解安全带边回头看他："你先回去休息吧，不一定什么时候才能等到我。”

“没事。”他摸摸她的头发。

罗宁进屋的时候，发现父母和罗然然一家人都已经在了。他们在商议事情，没怎么顾及她。

罗宁问罗然然：“走了吗？”

对方摇摇头：“现在还没，听奶奶说已经灌不进去东西了，要走也就是这两天。”

罗宁自己推开门进去了。

爷爷独自躺在屋子里，整洁陈旧的被褥压着他，只露出一张异常蜡黄的脸。

罗宁从前没有接触过“死亡”这种字眼。她长久消磨在自己的痛苦中，以至于生命消逝这种事情，对她来讲太过于陌生。只是如今，死亡这个庞然大物赫然伫立在这个房间，就在一旁虎视眈眈，她强迫自己走近。

床榻上面的人半合着眼，眼珠死死瞪着上方空气中的某处，只大张着嘴拼命倒气，发出一阵又一阵细微的“嗬嗬”声。

罗宁竟不觉得害怕，她喊了两声爷爷，他也不应。罗宁这才意识到，或许他早已失去知觉，只留一副躯壳残喘，像破旧的机器报废后，所有的零件还在随着惯性做最后的挣扎。

罗宁同爷爷没什么感情，站在这里不过是因为血缘，但她还是想做点什么。

她出去打了滚烫的热水，罗然然也跟着进来。她将毛巾放进盆里浇透，开水滚烫，她用指尖捏住毛巾边角，费劲地拧出水后又来到了床前。

爷爷喘气的频率开始变缓了，罗宁拿热毛巾轻轻贴在他面上擦拭时，他又剧烈喘了一声，罗宁手中一顿，似乎听到了哼气声，像恢复了意识一般。

罗宁转头看罗然然：“你听见了没有？”

对方有些茫然：“什么？”

罗宁不答，一直盯着爷爷的脸，看着被褥随着他的剧烈喘气一起一伏，有时强烈有时微弱。

罗然然过来一看，发现人已经不再倒气，反而像是恢复了正常的呼吸，就赶忙出去喊其余人。

外面嘈杂了起来，罗宁觉得发闷，后背也有了热汗，便走到窗前把窗户推开了一点。她再次回到榻前，将目光移回，发现床上的人已经闭上了眼睛。

没有喘息了，像睡着了一样。

罗宁下意识地看了一眼手机，上面显示凌晨一点四十五分。

客厅的人都进来了，罗振阳过来探了探鼻息，又掀开被子拉住爷爷的右手摸了一下脉，重复试探了五分钟，随后出去打电话通知亲戚。

奶奶坐在旁边的椅子上哭泣起来，二叔和二婶也在旁边抽泣。

熙熙攘攘的亲戚陆续过来的时候，也就没有罗宁什么事情了。她下楼，走出小区，深夜的路上没有人迹车辆。她在一辆黑车前停住，轻轻敲了敲门。

李煜安在后座，睡得不安稳，听到声响就直起身来，打开车门的时候，眉目间有挥不去的困倦。

罗宁低身钻进去，胳膊环住他的腰，将脸埋在他的衣领间。

李煜安亲亲她的头发，声音还带着朦胧："怎么样了？"

"我看着爷爷咽气的。"

他轻轻抚摸着罗宁的后背："生死有命，这么大年纪了还缠绵病榻，也是早解脱。"

罗宁嗅到了他衣领处好闻的薄荷香，一时间，似乎所有的彷徨都有了归处。"我没有很伤心，"她说，"只是有点愧疚，这点愧疚是因为我没有愧疚而愧疚。"

除愧疚外，还有点想哭和想笑。

没有遗嘱叮咛，也没有回光返照。原来人不过就是几口气，气喘不上来的时候，什么也就没有了。

他们拥抱了十五分钟左右，罗宁就从他怀里钻出来了："你赶紧回去吧，明天还要上班，这几天我得请假。"

李煜安这次没有推拒，用嘴唇贴了贴她的额头："有什么事情就给我打电话。"

罗宁轻轻"嗯"了一声。

老爷子八十有四，算得上喜丧，又是桃李满天下的老教师，葬礼一连七天，罗宁都穿着黑衣在殡仪馆守着。

停灵的那几天，来吊丧的朋友和亲戚很多。罗振阳在门口站着，突然看到了几个穿着庄严肃穆的年轻人。他最初上前招呼的时候，还以为是老爷子退休前教过的年轻学生，或者是哪个不常联系的远房亲戚家的孩子，祭奠之后上礼，写名字的时候才知道原来是罗宁的朋友。

罗振阳连忙喊罗宁过来，她看见他们还有些微微惊讶。

李煜安可能觉得自己贸然前来有些突兀，但不来祭奠又欠些礼数，便喊了乔宇乔彤一起过来。

趁没人看见，李煜安单独找到罗宁，抚住她的肩头仔细看了一眼："看着有点累。"

罗宁原本还觉得没什么，被他一说，顿时觉得疲惫起来，回头看了一眼，看没人注意，就将头轻轻抵在他的肩上。几秒之后，她又重新站好。

罗振阳和宋文慧忙了好一阵子，过了一个月，在罗宁陪他们吃晚饭的时候，罗振阳突然问她："那天来参加葬礼的几个年轻人……"

罗宁闻言抬起了头。

他将罗宁的反应看在眼里："那个姓李的小伙子，是在追求你？"

"啊，"罗宁手中的筷子险些都没拿稳，话里很含糊，"唔。"

她知道自己这个年纪谈婚论嫁很正常了，但在父母面前，她还没完全从上学时期的角色中脱离出来，贸然被问起，总避免不了一阵心虚。

罗振阳和宋文慧对视了一眼。他又说："他给的挽金数额大，不像是你的普通朋友。"

罗宁捏着指尖："最近和他是在交往。"

"长得倒俊，"宋文慧问，"怎么认识的？做什么工作？家庭情况怎么样？父母干什么的？"

罗振阳用眼神制止住了妻子，缓言："看他挺稳重的，你再相处一段时间，觉得没问题，带他来家里吃顿饭吧。"

罗宁忙不迭点头："嗯嗯，好。"

在罗宁带李煜安回家之前，对方倒先把她介绍给家里人认识了。罗宁都没什么准备，买了点礼物就被他带着过去吃饭。

他们一家人看起来很重视，待罗宁也非常客气。不过罗宁也发现，李煜安同他父亲和继母并不亲厚，非要说的话，礼貌疏离更加多一点。

席间李煜安还询问他们有没有时间，能不能抽出空来同罗宁父母见一面吃个饭。他们自然说有，而且把时间安排交给罗宁父母这边，等罗宁父母定好时间，由他们这边来定包厢见面。

罗宁在下面捏他的手。李煜安悄声问她："怎么了？你觉得不合适吗？"

"也不是，"罗宁想了想，"就是感觉有点快。"

他挑眉："我还嫌慢呢。"

饭后，两人没着急走，李煜安带罗宁去了一座陵园。路上罗宁买了一束花，她猜到李煜安会带她来他母亲的墓碑前。

这才是他真正的亲人。

李煜安将花束放在墓碑前面，罗宁看见上面的黑白小像，如同他曾经向她描述的那样，这是一位柔和靓丽的女子。

李煜安拉起罗宁的手，对着墓碑很认真地开口："都说在生死面前，什么都不算大事情。"

罗宁偏头瞧他。

“你走之后，我过得也没有很差，因为我逐渐意识到，人的活法有很多种。”他是说给去世的母亲听，也像是说给她听，“与其在不属于自己的家庭里求一些廉价的关心与爱，还不如逃离出去，独活也是活。痛苦有很多，但我觉得我很幸运，每当我想起你，想起的是那些很美好很美好的瞬间，我觉得我是被爱的；而在我最孤独的时候，也有很好很好的女孩子过来陪伴着我，那时候我觉得我是会爱的。”

罗宁眼眶有些酸涩，她循着他的指缝，十指相扣，他则更用力地回握。

李煜安的嗓音依旧和煦温柔，目光落在她的脸上：“罗宁，人没有爱是会死掉的。”

“但我仍旧感觉很幸运，”他说，“因为你无论是现在还是以后，都会在我的身边。”

EXTRA CHAPTER 02

青梅

番外二

郑欣宜出生那年，父母在庭院四面栽种了不少的果树苗，前槐枣后杏榆，东榴金西柿银。

当她一年年抽条长大时，树苗活下来的却不多，有些前一年还会长出绒绒的叶子，第二年就只剩下枯黑遒劲的枝干。

唯有西面的两株柿子树一年比一年生得好。父母都很照料这两棵树，它们寓意事事如意，好事成双。

每到夏天，郑父就会把郑欣宜举得很高，绿油舒展的叶子如同铺盖遮住他们，她就一个个地去数下面结的袖珍小果子。她喜欢看果实生长的过程，由小变大，由绿变橘，由夏至秋。

隔壁的同龄男孩很淘气，要么搬着梯子偷果子，要么就过来爬树捣乱。她穿着蓝色的碎花裙子站在树下，还没来得及出声，就看他噌噌蹿了上去，很多小柿子还没来得及成熟就被他收入囊中。

隔壁传来成年男人的呵斥，男孩将所有的果子忙不迭地塞进口袋，双手晃荡着树干，“唰”一下，像只小猴一样灵巧地跳了下来。他逃跑之前还不忘往她手里面也放了两个。

因为李煜安的恶作剧，她家的柿子树到了秋天，结果总是寥寥。

她最初在意果树，后来也担忧他从树上摔下来。那样年幼活泼的时光，短暂如惊飞而过的鸟。

李煜安的母亲去世了，从此她家的柿子树，每年秋天都会结上满满一树的果子。她没见他哭过，只是不再玩闹活泼。小小的男孩，就在她眼前突然长大。

从小学到高中，他们其实算不得亲密。

李煜安是藏心事的人，和她交流并不多。但他们一直在同一所学校，她会等他一起回家，路上他戴着耳机自顾自走的时候，她会故意放慢脚步，看他的背影被夕阳拉得长又长。

即便李煜安比同龄人要通透一些，但同样年纪的女孩，仍旧要比男孩早晓得一些微妙的情感。

那是一个特定的阶段。女孩子们在课间总会有意无意把话题扯向几个雷打不动的名字，在悄声密语和红脸打闹的氛围下，她的心和她的目光也随着鼓动起来了。

郑欣宜从小拥有很多的宠爱。父母对她有求必应，从小到大的同学总是待她友善，她总幸运又合理地拥有很多让别人羡慕的东西。

和她一起的朋友们，大多都是这样的天之骄子，但是郑欣宜这辈子不会像乔彤一样把喜欢挂在嘴边，把追求和被追求当作荣耀。她认为轻易说出口的好感很廉价，不是随意一个人就能得到她的青睐，她少女情怀的寄托处，也应该是别人所羡慕所注视的对象。

因此她有了一个秘密，对方是她的朋友，是她的竹马。

他好像不知情，可她不在乎。

郑欣宜一直以为感情要高傲，要等待，要日复一日的陪伴和成长，但李煜安的变化似乎只在一夜之间。

他开始心不在焉，课间倚在栏杆上的时候，目光总是有意无意地往教室的某处飘去。

他收到过很多情书，基本上都是随手塞进桌洞里，唯有乔彤的那几封，她经常看到他拿出来看，也见他叼着笔在冥思苦想地写回信。他做这些事情的时候，丝毫不避讳自己，这让郑欣宜一度觉得非常残忍。

“你怎么会被这种拙劣幼稚的手段吸引？”“你真的喜欢乔彤？还是另有其人？”这样质问的话几度在她嗓间滚动，但终究说不出口。

他离她越来越遥远，往日周末他还会和他们一起出来玩耍聊天，后来连乔宇都喊不动他。她旁敲侧击地去问乔宇，只得到了对方的暧昧回答：“他有心事了呗。”清高和自尊心甚至不允许她继续问下去，她只能麻木地点点头。

答案就在那几封信里，郑欣宜想。

她比谁都清楚它们的位置，桌洞左边的那摞书，倒着数第二本是厚厚的作文大全，那些信就夹在扉页里。

李煜安生病没来的那天的自习课，郑欣宜还是没忍住将那本书抽了出来。同时她还从讲台上拿了两本没来得及发下去的作业，一本是乔彤的，一本是罗宁的。她告诉自己，就对比一下，就看一眼，仅仅只是为了证实自己心中那个隐约又模糊的猜测。

郑欣宜逐字逐句地读着，对比着，心一点点沉了下去。

她放下了第一封信，手指不小心将摆在课桌上的书本蹭了下去。弯腰去捡的时候，发现掉落的课本旁边有一双皮鞋，很大的码数，陈旧又发皱。

她猛然抬起身，偏头和班主任对视上。

在自习课上悄无声息地溜进班级，观察学生的学习状态，是嘉裕高中班主任的一项必备技能。

郑欣宜慌慌张张地将书信塞进课本里。

她不动还好，一动就引起了对方的怀疑。班主任过来将书本翻开，轻而易举地拿出了那张信纸，瞄了一眼后低声问她：“谁的？”

郑欣宜的声音微不可闻：“我不知道。”

班主任将她桌面上的几本作业一一拿过来对比观看，最后翻到封面看了一眼名字。为了不打扰其他学生的学习，他没有多说，只将那张信纸带走了。

郑欣宜后半节课一个字也没看下去，下课铃响的时候，她看到罗宁站了起来，往办公室的方向走去。

这件事情并没有掀起任何波澜，这让她疑惑也让她庆幸。

从此李煜安的行为在她眼中变得一目了然——

她突然明白，为何体育课打篮球的时候他不再接受别人递过来的水，他为何总有事没事去找乔彤；明白了他的眼神在看向谁，他将书包里的糖果偷偷递给了谁。

她像自虐一般，一遍遍地去窥探，去猜测。她引以为傲的爱慕并未得到想当然的回应，反而让她感受到了另外的滋味——原来喜欢也会让人难堪和酸涩，也让人心生嫉妒和不甘。

念念不忘，必有回响。郑欣宜是相信这句话的。

高考旅游回来之后，李煜安消沉了好一段时间。他考得并不差，大家猜测或许是他和家里闹了一些不愉快。

乔宇把他们都叫出来喝酒，揽着李煜安就掏心掏肺地安慰好一堆话。李煜安喝了很多，趴在沙发上也不说话。

郑欣宜过去拍了拍他的肩："煜安，你要不要喝水？"

他含糊不清地说了一句。

"什么？"她凑近问。

李煜安抓住了她的袖子边角："你不能走。"

郑欣宜愣住，随后说："我不走。"

他闻言睁开了眼，努力看清面前的人后，又将手松开，重新闭上了眼："是你啊。"

不是她还能是谁。

李煜安很快就恢复了常态，上大学，工作，闲暇时间和他们这些朋友一起游山玩水，待她照旧温和客气。

他遇到的桃花不算少，都被他轻飘飘地挡了回去，归根结底还是因为成天和乔宇斯混在一块，别人只当他是不愿受束缚的情场浪子。

郑欣宜偶尔会为自己感到不平，但转念又想，其实他的真心也并没有几分，她看重的是自己付出的心意。

直到她重新遇见了罗宁。

她在一旁，看见李煜安望向罗宁的眼神，是她从来没见过的眼神。那种心逐渐下沉的感觉又回来了。

罗宁说她“好面子”，又劝她“向前看”。她起初是不屑一顾的，不被爱的人已经在下风，她能做的，就是让自己离开的姿态好看一点。

只是那些话经常回响在她脑海中，让她感到无比恍惚——她到底爱他，还是爱自己；她到底是放不下这个人，还是放不下一个装满少女心事和意难平的情感载体。

罗宁和李煜安结婚那天，郑欣宜要上演一幕新的话剧。演出在下午，上午她去了他们的婚礼现场。

他们在室外举行婚礼，邀请的也只是亲近的亲戚朋友。郑欣宜赶到的时候，他们已经快到誓词的阶段了，她挑了一个最边缘的椅子坐下。

她看见李煜安拿出了一封信，念给对面的人听。罗宁捧着花束，穿着露肩背的拖地古董婚纱，玉面桃花，站在他对面，像油画里的人。

李煜安念了很长很长的一段，即使郑欣宜坐在最后面，也能看到他的眼眶红了。在司仪的鼓动下，他偏头轻轻吻了新娘。

看到这儿，郑欣宜起身离开。

回到话剧团的时候已经是下午，她迅速化好了妆。民国时期的打扮，旗袍外面裹了藏蓝的呢子大衣，头发全部被挽到了后面，整个人看起来很陈旧，她的表情也很陈旧。

和她搭戏的男孩并不比她小多少，近来对她很殷勤，看到她一直发呆，唤了她好几声。前几幕戏她都没有很进入状态，但因为排练的次数多，倒也没出什么差错。

“你好吗？”男孩的长相偏成熟，穿着衬衫马甲去扮演一个深沉的男人并不违和，“那个姓朱的，你爱他吗？”

……

郑欣宜站起身来，手掌交叉着放在身前：“是从你起，我才学会了怎样——”她茫然地念着台词，“爱”那个字，她如何也说不出口。

她在这走神的一刻想到了很多，想到了上午那两人的吻，想到了年少时期的李煜安，更想到了年少时期的自己。

她曾经捧高过自己的爱，也怀疑过自己的爱。可人是复杂的，爱也是复杂的。

郑欣宜的泪突然掉了下来，面前的男演员瞬间卡了壳，用极为担心的眼神去看着她。但他们很快恢复了常态。

“爱总归是好的，虽然吃了些苦，”郑欣宜面上的神情似欣慰似悲苦，“可还是要爱的。”

她还是要继续爱的，可能是李煜安，可能是别人，也可能只是自己。

只是，她再也不会见他们了。

EXTRA CHAPTER 03

旧梦

番外三

李煜安这几年已经很少做梦了。

就算有，也只是光怪陆离、毫无逻辑的一些破碎的梦境。

偶尔偶尔，他会梦到高中时期的事情，还会以第三者的视角，将以前的场景事无巨细地重现。

班长在周五放学的时候，宣布了周六组织春游的事情，自行预备饮食，不强求参与。听到这个消息后，大家都很兴奋，整个班里瞬间沸腾了起来。

乔宇斜背着一个书包，在走廊上等他放学已经等得不太耐烦，听到声响后立马趴在门外探头探脑："啊？发生啥了？煜安，你们班怎么了？"

李煜安将校服从身上拽下来塞进桌洞里，抬头看见乔宇从门口拥挤的人流中费劲地穿过来，逆行来到他身边，看他收拾完了，又去前面找乔彤。

李煜安立马跟上他。

乔彤正和罗宁说话："我家里有烧烤的架子，明天喊着我哥，咱们可以早去一会儿……"

罗宁耐心听她说完，面上带了一丝犹豫："可我明天不一定能去。"

"为什么？"乔彤疑惑。

"我妈妈可能会不同意。"

“你妈妈竟然还管你这个？”

“……”

乔彤看到他们过来，便拿着书包转身，边走边回头对罗宁说：“你尽量来啊！”

乔彤和乔宇已经走到走廊上同郑欣宜会合，李煜安还在原地，单手拽着书包不动弹。

“煜安，走了！”他们隔着人群喊他的名字。

罗宁正低头收拾东西，闻言往他站立的方向偏了一下头。

春日的夕阳太盛太耀眼，过度的明亮使得面容轮廓曝光成了模糊的莹白，以至于李煜安看不清她的神情。

但有些他能看得很清楚。比如垂在肩背上泛着光芒的发尾，比如和他对视后又飞速垂下的眉眼。

李煜安这才转身离开。

乔宇和他们不是一个班，春游和他没什么关系，但是他就爱凑这个热闹。他让家里的司机开车，带着烧烤的器具，顺便捎着李煜安，一齐到了约定的地点。

李煜安下来的时候，一眼就看到了罗宁。

她和其他的同学都在草坪上，拿着竹签，戴着透明的塑料手套，正认真地往上面串食物。

李煜安放下东西就往前面走。

“哎，”乔宇一把拉住他，“你干吗去？”

李煜安指了指：“我班同学都在那儿。”

“让他们弄烤串就是了，多好的机会，”乔宇指了指自己脚下的无人机，“咱俩去玩航拍，回来刚好可以吃烧烤。”

李煜安还是望向草坪：“这样不太好。”

“什么意思？”

他看向乔宇："要不你先去玩，我去帮一下忙，然后就去找你。"

乔宇瞪着眼睛看着李煜安扔下他往前走。

李煜安坐在了乔彤旁边，对方一脸惊讶："你怎么没和我哥一起去玩？"

他没回答，只戴上了手套，说："把那袋鱼豆腐给我吧。"

乔彤转头一看，鱼豆腐在罗宁手边。罗宁闻言没抬脸，只将袋子递给了乔彤。李煜安抿抿唇，从乔彤手里接了过来。

乔宇从后面赶来，气咻咻蹲在李煜安身边，拿起了他旁边的竹签，眯眼看了一会儿，把它插进面前的草坪上。

等他要插第三根的时候，乔彤打了一下他的手："你又浪费，怎么不去玩你的航拍了？"

"自己玩没意思。"他缩回手，垂着眼睛瞄一圈，又要去拿鱼豆腐。

李煜安从后面拿了副手套扔给他："戴上这个再拿。"

乔宇没接："我不戴，我又不弄。"

"爱戴不戴，"李煜安将手套扔回去，"待会儿也别吃。"

"不陪我玩，还不让我吃，"乔宇无奈之下也动起手来，重新拿回手套，"这是什么人啊……"他拿竹签往鱼豆腐上戳，"硬邦邦的，怎么戳不动。"

"刚从冰箱里拿出来，肯定硬。"

"那你怎么串得那么容易，让我看看——"他说着就往李煜安旁边凑。

李煜安本来就有些心不在焉，乔宇低头过来的时候恰巧又碰了一下他的肩膀。只听他轻轻"嘶"了一下，手里的竹签就捅破了塑料手套，扎进了手掌心里。

乔宇大惊失色："我去，出血了。"

"对不住啊哥们儿，"他朝周围喊了一嗓子，"谁有创可贴？"

李煜安皱了皱眉："你小声点，多大点事。"

郑欣宜拿着创可贴过来的时候，李煜安连忙摆了摆手："谢谢，只是有点破皮，用不着这个。"

“受伤了就别弄了，”乔彤朝他说道，“快串完了，你去歇歇吧。”

李煜安这才放下东西，和乔宇去了上面的斜坡。

李煜安玩了一会儿就觉得没意思，把遥控器丢给乔宇，自己蹲在斜坡上，看下面的同学忙碌着。烧烤架上白烟阵阵，烟熏火燎的味道顺着风飘到了他面前。

罗宁拿着小托盘，把烤好的串串装进里面，挨个儿分给周围的同学。乔宇眼尖，隔着老远就挥手：“这里这里。”

罗宁闻言看过来，犹豫了一下，还是端着小托盘来了。

乔宇拿了青椒肉串咬了一口：“好吃。”

“谢谢哈，”他边嚼边含糊着说，在托盘里挑挑拣拣，“怎么没有肉了？”

“下面有刚烤好的。”

“那我过去，”他说完又挑了两串，转头看了一眼在旁边沉默蹲着的李煜安，“下去吃？”

“你先去。”

乔宇便不管他，自己走过去了。

李煜安站了起来，看了一眼罗宁。她把托盘移过来，示意他拿一串。他摇摇头，垂下眼，将手心向上翻过来给她看。

不算严重，但是确实出了一点血。

“我有创可贴，”她轻声说道，“你要吗？”

他回答得干脆：“要。”

罗宁从口袋里翻出来创可贴递给他。

李煜安没接，看着她：“我自己单手不方便。”

罗宁将东西收了回来，正要转身，李煜安见状赶忙说：“山坡背面是水库，旁边有很多小亭子，那里没人。”看她还要走，他便小声喊她名字，“罗宁。”

“我先把托盘送回去。”

“哦，”李煜安声调扬了起来，“那好，我先去等你。”

李煜安找了个位置隐蔽的位置，朝过来的罗宁挥了挥手。他坐在喷了红漆的石凳上，摊开手心，垂着眼看罗宁撕开创可贴，小心翼翼地贴在上面。

“我以为你今天不来春游，”他看她，“我原本也没打算来。”

罗宁贴好之后，又在边缘轻轻按了一下：“好了。”

她刚要抽回手，李煜安就握住了她的手腕。

“干吗？”她往回拽了一下，没拽动。

“没人看见，”李煜安朝她那里坐过去一点，“今天可是周六。”

罗宁在白衬衫外面罩了一件草绿色的手织马甲，和亭子周围的柳树枝条几乎融为一体。他用鼻尖轻蹭了一下她的面颊，温温软软。

半晌，她稍微推了推他，声音有点不稳：“我得先回去。”

“今天可是周六，”李煜安又强调了一遍，有点不乐意，揽着她腰的手也重了一些，“我们本来就该在一起。”

“待会儿就有人找你了。”

李煜安还是不放手。

罗宁在他耳边说了一句话。他扬起了眉：“真的？”

李煜安突然惊醒。

熟悉又悸动的感觉如海啸般兜头袭来，又飞快地褪去，只留下疼痛跳跃的神经。他看了一眼时间，已经五点了，天色依旧浓黑。

近日的出差忙碌让他的睡眠质量变得很差。

既然已经醒了，李煜安就披上了衣服，来到阳台抽烟。他垂着眼，拨弄着打火机，翻盖一开一合发出清脆的声响。在一旁睡觉的麦麦被他的动静吵醒，扑腾了两下翅膀。

李煜安一手夹着烟，另一只手靠近它。

麦麦低头啄了一下他的掌心。他猛然缩回了手，想起了方才的梦。

"骗子。"

李煜安像是对麦麦说，又像是自言自语。

冬日的阳台寒冷，一根烟抽完，从胸口往下，都只剩下了寒意。

起得早，到达医院的时间就早。前台的小护士看见他有些惊喜："哎，李医生，你学习回来了？"

李煜安点点头。

"今天患者很多，不过没排你的班哦。"

"那正好整理一下之前的资料，"李煜安来到电脑前，"我先看一眼。"他扫了一眼，随即目光顿住。

"有什么问题吗？"

李煜安还是没动。

良久，他缓缓地将身体往后靠，脊背贴在椅子上，又将手背搭在自己的额头上，说出的话让人感到有些奇怪："感觉好像没睡醒。"

"要不先回去休息一下？"

他起身："我再去洗把脸。"

小护士看着他离开，没两分钟又回来了。他洗得匆忙，下巴和衣领上都沾着水珠。"没事吧？"她看着他的脸色，有些担心起来。

他摇摇头，指了指电脑屏幕："你打电话问一下，看患者方不方便调一下时间。"说完他又起身，像是坐不住一样，在楼上楼下转了一圈，又匆匆回来。

"现在就打吧，"他说，"我在旁边听着。"

"哦，好的。"小护士没敢多问，开始拨打旁边的座机。

拨号的"嘟嘟"声像敲在李煜安的心脏，他动了动自己的手指，感觉指尖发麻，血液好像要凝固了。

"咔嗒"一声，电话接通。

他将眼皮抬起来。

“您好，请问是罗宁吗？”

通话有延迟，大概两秒之后，电话那边才传过来朦朦胧胧的动静——是一个年轻的姑娘，嗓音熟悉柔和如春风。

李煜安幻听到自己的身体发出了噼里啪啦的融化声，血管里的血液重新流动了起来。

对方在电话另一端轻声回复：“你好，我是罗宁。”

（全书完）

注释

1 出自英国作家乔治·奥威尔的长篇小说《1984》。

2《浣溪沙·送梅庭老赴上党学官》。

3 出自法国作家玛格丽特·杜拉斯的中篇小说《情人》，译者王道乾。

4 出自德国作家赫尔曼·黑塞的中篇小说《悉达多》，译者姜乙。

5 影视剧《人间四月天》台词，据传是根据徐志摩作品改编而成。